Zur Autorin

Alice Walker, geboren 1944 in Eatonton, Georgia, studierte Amerikanische Literatur in Atlanta und New York. Später engagierte sie sich in der Bürgerrechtsbewegung, arbeitete als freie Journalistin, als Redakteurin von «M.s», dem Sprachrohr der neuen Frauenbewegung, und bekleidete eine Professur für Literatur. 1983 wurde sie mit dem Pulitzer-Preis ausgezeichnet. Alice Walker hat eine Tochter und lebt heute in San Francisco.

Von Alice Walker sind im Rowohlt Taschenbuch Verlag ferner erschienen: «Im Tempel meines Herzens» (rororo 13163), «Meridian» (rororo 13359) und «Ihr blauer Körper ist alles was wir kennen» (rororo 13256). Im Rowohlt Verlag liegen vor: «Im Tempel meines Herzens» und «Sie hüten das Geheimnis des Glücks».

Nicolaus Schröder, geboren 1958, lebt als freier Journalist in Hamburg.

Alice Walker

Die Farbe Lila

Roman

Das Buch zum Film

Rowohlt

Die amerikanische Originalausgabe erschien 1983 unter dem Titel
«The Color Purple» bei Washington Square Press, New York

Deutsch von Helga Pfetsch
Mit einem Nachwort
von Nicolaus Schröder

Einmalige Sonderausgabe Februar 1995

Veröffentlicht im Rowohlt Taschenbuch Verlag GmbH,
Reinbek bei Hamburg, September 1984

Umschlaggestaltung Walter Hellmann
(Foto: Archiv Jauch/Scheikowski)
Gesamtherstellung Clausen & Bosse, Leck
Printed in Germany
1000-ISBN 3 499 12099 2«

Dem Geist:

Ohne dessen Hilfe
Weder dieses Buch
Noch ich
Geschrieben worden
Wäre.

Zeig mir wie mans macht wie du
Zeig mir wie mans macht.
– Stevie Wonder

Erzähl das lieber keinem außer Gott.
Deine Mama würd sich umbringen.

Lieber Gott,

ich bin vierzehn Jahre alt. Ich bin immer brav gewesen. Vielleicht kannst Du mir ein Zeichen geben, daß ich weiß, was mit mir passiert.

Im Frühjahr, wo der kleine Lucious gekommen war, hab ich das Theater mitgekriegt. Er zerrt sie am Arm. Sie sagt, es is zu früh, Fonso, mir gehts nich gut. Da läßt er sie endlich in Ruh. Eine Woche vergeht, er zerrt sie wieder am Arm. Sie sagt, nä, ich kanns nich. Siehste nich, daß ich halb tot bin, und dann die ganzen Kinder hier.

Dann is sie rüber nach Macon, zum Doktor von ihrer Schwester. Ich mußt für die andern sorgen. Kein freundliches Wort hat er mir gegeben. Sagt nur, du machst jetzt, was deine Mama nicht wollen hat. Erst tut er sein Ding an meine Hüfte und wackelt da so rum. Dann grabscht er mir an die Titten. Dann schiebt er sein Ding in meine Muschi. Das hat weh getan, und ich hab geschrien. Da fängt er an, mich zu würgen, und sagt, halt liebers Maul und gewöhn dich dran.

Aber mich da dran gewöhnen kann ich nich. Und jetzt is mir immer schlecht, wenn ich mit Kochen dran bin. Die Mama regt sich auf und kuckt mich immer an. Sie is froh, weil er jetzt nett zu ihr is. Aber so krank. Lang geht das nich mehr.

Lieber Gott,

die Mama is tot. Mit Schreien und Fluchen is sie gestorben. Sie hat mich angeschrien. Sie hat geschimpft. Ich bin schwanger. Ich kann mich nich schnell genug regen. Wenn ich vom Brunnen komm, is das Wasser schon warm. Wenn ich das Tablett fertig hab, is das Essen schon kalt. Wenn ich die ganzen Kinder für die Schule fertig hab, is es schon Zeit zum Mittagessen. Er sagt nix. Er sitzt bei ihr am Bett und hält ihre Hand fest und weint und redet was von verlaß mich nich und geh nich.

Sie hat mich wegen dem ersten gefragt, von wem isses? Ich sag, von Gott. Ich kenn keinen andern Mann und weiß nich, was ich sonst sagen soll. Wo es angefangen hat mit dem Wehtun und mein Bauch sich bewegt hat und dann das Kleine aus meiner Muschi rausgekommen is und an seinem Fäustchen gelutscht hat, da war ich völlig fertig.

Kein Mensch kommt mal vorbei.

Sie is immer kränker geworden.

Am Schluß hat sie gefragt, wo isses?

Ich sag, Gott hats weggenommen.

Er hat es weggenommen. Er hat es weggenommen, wie ich geschlafen hab. Umgebracht, draußen im Wald. Das hier bringt er auch um, wenn er kann.

Lieber Gott,

er tut, wie wenn er mich nich mehr ausstehn kann. Sagt, ich bin böse und führ immer was im Schild. Er hat mein andres Kleines weggenommen, diesmal ein Junge. Aber ich glaub, er hat es nich umgebracht. Ich glaub, er hat es einem Mann und einer Frau drüben in Monticello verkauft. Ich hab die Brust voll Milch, die läuft an mir runter. Er sagt, wie du aussiehst. Zieh was an. Und was soll ich anziehn? Ich hab nix.

Ich hoff nur, er findet jemand zum Heiraten. Ich seh, wie er meine kleine Schwester ankuckt. Sie fürchtet sich. Aber ich sag, ich paß auf dich auf. Wenn Gott hilft.

Lieber Gott,

er is mit einem Mädchen aus der Nähe von Gray heimgekommen. Sie is vielleicht so alt wie ich, aber er hat sie geheiratet. Er is ständig auf ihr drauf. Sie läuft rum, wie wenn sie n Schlag aufn Kopf gekriegt hat. Ich glaub, sie hat gedacht, sie liebt ihn. Aber jetzt sind wir so viele. Und alle wollen was.

Meine kleine Schwester Nettie hat einen Freund, das gleiche

Kaliber wie Pa so etwa. Seine Frau is gestorben. Ihr Freund hat sie umgebracht, wie sie von der Kirche kam. Er hat aber nur drei Kinder. Er hat Nettie in der Kirche gesehn, und jetzt haben wir jeden Sonntagabend Mr. - - - hier. Ich sag zu Nettie, sie soll bei ihren Büchern bleiben. Es is kein Pappenstiel, wenn du drei Kinder zu versorgen hast, die nich mal deine sind. Braucht man nur Ma ankukken.

Lieber Gott,

er hat mich heut geschlagen, weil er sagt, ich hab in der Kirche einem Jungen zugezwinkert. Kann sein, ich hab was im Auge gehabt, aber gezwinkert hab ich auf keinen Fall. Ich kuck Männer nich mal an. Das is die Wahrheit. Frauen kuck ich wohl an, weil ich keine Angst vor denen hab. Vielleicht glaubst Du, ich bin wütend auf meine Mama, weil sie mich so geschimpft hat. Stimmt aber nich. Mir hat Mama leid getan. Daß sie immer seine Geschichte geglaubt hat, das hat sie umgebracht.

Manchmal kuckt er noch Nettie an, aber ich stell mich immer dazwischen. Jetzt sag ich zu ihr, sie soll Mr. - - - heiraten. Ich sag nich, warum.

Ich sag, heirat ihn, Nettie, und kuck, daß du es wenigstens ein Jahr in deinem Leben schön hast. Danach is sie schwanger, das weiß ich. Und ich? Nie mehr. Ein Mädchen in der Kirche hat gesagt, man wird schwanger, wenn man jeden Monat blutet. Ich blute nie mehr.

Lieber Gott,

Mr. - - - hat die Katze ausm Sack gelassen und um Nettie ihre Hand angehalten. Aber er will sie nich gehn lassen. Er sagt, sie is zu jung, hat keine Erfahrung. Sagt, Mr. - - - hat schon zuviel Kinder. Und außerdem der Skandal, wo seine Frau umgebracht worden is. Und was is mit den ganzen Sachen, die er über Shug Avery hört? Was is damit?

Ich hab unsre neue Mama nach Shug Avery gefragt. Was is mit der? hab ich gefragt. Sie weiß nich, aber sie sagt, sie kriegts schon raus.

Sie hat sogar noch mehr geschafft. Sie hat ein Bild. Das erste von einem echten Menschen, was ich seh. Sie sagt, Mr. --- hat was aus der Brieftasche genommen, ums Pa zu zeigen, und da isses rausgefallen und unter den Tisch gerutscht. Shug Avery war eine Frau. Die schönste Frau, die ich in meinem Leben gesehn hab. Hübscher wie meine Mama. Und vielleicht zehntausendmal hübscher wie ich. Da seh ich sie mit ihrem Pelz an. Geschminkt im Gesicht. Haare wie so geflochten. Sie grinst und hat einen Fuß auf dem Auto von jemand. Die Augen sind aber ernst. Bißchen traurig.

Ich hab gefragt, ob sie mir das Bild gibt. Die ganze Nacht hab ich es angekuckt. Und wenn ich jetzt träum, dann träum ich von Shug Avery. Mit Kleidern zum Umwerfen. Wie sie rumwirbelt und lacht.

Lieber Gott,

ich hab zu ihm gesagt, er soll mich nehmen und nich Nettie, wo unsre neue Mama krank is. Aber er hat nur gemeint, was ich da red. Ich hab gesagt, ich kann mich auch schönmachen für dich. Ich bin in mein Zimmer und mit Roßhaar und mit Federn und mit eim Paar Stöckelschuhe von unsrer neuen Mama rausgekommen. Er hat mich geschlagen, weil ich mich nuttig angezogen hätt, aber er hats mir trotzdem gemacht.

Am Abend is Mr. --- gekommen. Ich bin heulend im Bett gelegen. Bei Nettie is jetzt auch der Groschen gefallen, ganz schön sogar. Und bei unsrer neuen Mama auch. Sie liegt in ihrm Zimmer und heult. Nettie kümmert sich erst um die eine, dann um die andere. Sie hat so Angst, daß sie rausgeht und kotzt. Aber nich raus nach vorn, wo die zwei Männer sind.

Mr. --- sagt, also, Sir, ich hoff, Sie ham sichs überlegt.

Er sagt, nä, kann ich nich sagen.

Mr. --- sagt, na, Sie wissen ja, meine armen Kleinen könnten schon eine Mutter brauchen.

Also, sagt er, ganz langsam, Nettie kann ich Ihnen nich geben. Die is zu jung. Weiß nix, außer was man ihr sagt. Und dann will ich, daß sie noch bißchen in die Schule geht. Soll mal Lehrerin werden. Aber Celie können Sie haben. Die is sowieso die Älteste.

Die soll zuerst heiraten. Frisch is die nich mehr. Aber ich denk, Sie wissen das. Is verdorben. Zweimal. Aber eine Frische brauchen Sie sowieso nich. Ich hab selbst da drin eine Frische, und die is die ganze Zeit krank. Er spuckt übers Geländer. Die Kinder gehn ihr auf die Nerven. Kochen kann sie auch nich. Und sie is schon schwanger.

Mr. --- sagt nix. Ich hör auf mit Weinen, so platt bin ich. Sie is häßlich. Sagt er. Aber schwere Arbeit is nix Fremdes für die. Und sauber is sie. Und Gott hat sie verschlossen. Mit der können Sies treiben, wie Sie wollen, und trotzdem brauchen Sie nachher keine Mäuler stopfen und Kleider ranschaffen.

Mr. --- sagt immer noch nix. Ich zieh das Bild von Shug Avery raus. Ich kuck ihr in die Augen. Ihre Augen sagen, ja, so isses manchmal.

Sache is die, sagt er, sie muß aus dem Haus. Die is zu alt, daß sie hier daheim wohnt. Und setzt mir den andern Mädels Flausen in Kopf. Sie würd Bettwäsche mitbringen. Sie kann die Kuh kriegen, wo sie hinten im Stall hochgepäppelt hat. Aber Nettie, die kriegen Sie nich. Jetzt nich. Und nie.

Endlich sagt Mr. --- was. Räuspert sich. Ich hab die eigentlich noch nie angekuckt, sagt er.

Dann können Sie sie ankucken, wenn Sie nächstes Mal kommen. Häßlich is sie. Würd man nich denken, daß sie mit Nettie verwandt is. Aber die gibt ne bessere Frau. Hell is sie nich. Und ich sags lieber gleich, der muß man auf die Finger kucken, sonst schenkt sie alles weg, was Sie haben. Aber schaffen tut die wie n Mann.

Mr. --- sagt, wie alt is sie denn?

Er sagt, bald zwanzig. Und noch was – sie lügt wie gedruckt.

Lieber Gott,

den ganzen Frühling hat er gebraucht, von März bis Juni, zum Überlegen, ob er mich nimmt. Ich hab immer nur an Nettie gedacht. Daß sie zu mir kommen könnt, wenn ich ihn heirat, wo er doch so verschossen in sie is, und daß mir schon was einfallen würd, wie wir abhauen können. Alle zwei schwitzen wir jetzt über

Nettie ihren Schulbüchern, weil wir wissen, daß man gescheit sein muß zum Abhauen. Ich weiß, ich bin nich so hübsch und nich so gescheit wie Nettie, aber dumm bin ich nich, sagt sie.

Willste dir merken, wer Amerika entdeckt hat, sagt Nettie, dann denkste an Klumpfuß. Das klingt wie Kolumbus. Das mit Kolumbus hab ich alles in der ersten Klasse gelernt, aber scheints hab ichs im Nu wieder vergessen. Sie sagt, Kolumbus is mit Schiffen rübergekommen, die haben Pieter, Nieter und Santamarieter geheißen. Die Indianer warn so nett zu ihm, daß er einen Trupp mit nach Haus geschleppt hat, daß sie der Königin dienen.

Aber denken, das is schwer, wo über meim Kopf die Heirat mit Mr. - - - schwebt.

Wie ich zum erstenmal dick geworden bin, hat Pa mich aus der Schule genommen. War ihm egal, daß ich gern ging. Nettie is an der Gartentür gestanden und hat meine Hand fest angefaßt. Ich war fix und fertig für den ersten Schultag. Du bist zu dumm, als daß du weiter zur Schule kannst, hat Pa gesagt. Nettie is die Gescheite in dem Haufen hier.

Aber Pa, hat Nettie gesagt und geweint, Celie is auch gescheit. Miss Beasley hats auch gesagt. Nettie himmelt Miss Beasley an. Denkt, es gibt niemand in der Welt wie sie.

Pa sagt, hört doch keiner drauf, was Addie Beasley zu sagen hat. Die is mit dem Mundwerk so vorne dran, daß kein Mann sie hat wollen. Und drum muß sie jetzt Schule halten. Er hat überhaupt nich hochgeschaut und weiter sein Gewehr geputzt. Und gleich drauf is ein Haufen weiße Männer über den Hof gekommen. Auch mit Gewehren.

Pa is aufgestanden und mitgegangen. Den Rest von der Woche hab ich gekotzt und Tauben gerupft.

Aber Nettie hat nich aufgegeben. Als nächstes is Miss Beasley bei uns aufgekreuzt und hat versucht, mit Pa zu reden. Sie hat gesagt, solang sie Lehrerin is, hat sie nie jemand gekannt, der so gern lernen wollte wie Nettie und ich. Aber wo Pa mich rausgerufen hat und sie gesehen hat, wie stramm mein Kleid sitzt, hat sie mit Reden aufgehört und is gegangen.

Nettie hat immer noch nich kapiert. Ich auch nich. Nix haben wir gemerkt, außer mir is ewig kodderig, und ich geh aus dem Leim. Manchmal find ich es schlimm, daß Nettie mit dem Lernen weiter is wie ich. Aber es is, wie wenn nix, was sie sagt, in meinen Kopf reingeht und drinbleibt. Sie probierts und erzählt mir was, daß die Erde nich flach is. Ich sag mhm, als wüßt ichs. Ich sag nich, daß sie für mich aber ganz flach aussieht.

Eines Tages kommt Mr. --- endlich und sieht ganz geschlagen aus. Die Frau, wo ihm geholfen hat, is weggeblieben. Seine Mama hat gesagt, nä, nix is.

Sagt er, kann ich sie noch mal sehn.

Pa ruft mich. Celie, sagt er. Wie wenn gar nix wär. Mr. --- will dich noch mal ankucken.

Ich stell mich in die Tür. Die Sonne kommt mir in die Augen. Er sitzt immer noch aufm Pferd. Er kuckt mich von oben bis unten an. Pa knistert mit der Zeitung. Geh näher hin, sagt er, der beißt nich.

Ich geh näher an die Treppe, aber nich zu nahe, weil ich bißchen Angst vor seinem Pferd hab.

Dreh dich um, sagt Pa.

Ich dreh mich um. Einer von meinen kleinen Brüdern kommt rauf. Ich glaub, es war Lucious. Er is ein Dickerchen und lustig, kaut die ganze Zeit auf was rum.

Er sagt, wieso machst n das?

Pa sagt, deine Schwester denkt ans Heiraten.

Kann er nix damit anfangen. Er zupft mich am Rock und fragt, ob er bißchen Brombeermarmelade ausm Schrank kriegt.

Ich sag jaja.

Sie kanns gut mit Kindern, sagt Pa und knistert noch mehr mit der Zeitung. Hab sie nie ein böses Wort zu einem sagen hören. Nur gibt sie ihnen alles, was sie wollen, das ist das einzige Problem.

Mr. --- sagt, gilt das mit der Kuh noch?

Er sagt, es is ihre.

Lieber Gott,

meinen Hochzeitstag hab ich zugebracht mit Wegrennen vor dem ältesten Jungen. Er is zwölf. Seine Mama is in seinen Armen gestorben, und er will nix wissen von einer neuen. Er hat einen Stein genommen und mir ein Loch in den Kopf geschlagen. Das Blut is mir bis auf die Brust gelaufen. Sein Daddy sagt, läßt du das sein. Das is alles. Er hat vier Kinder, nich drei, zwei Jungs und zwei Mädchen. Das Haar von den Mädchen is nich gekämmt, seit ihre Mama gestorben is. Ich sag zu ihm, daß ichs wohl abrasieren muß. Ganz neu anfangen. Er sagt, es bringt Unglück, wenn man bei Frauen die Haare abschneidet. Wie ich mir dann den Kopf verbunden hatte, so guts ging, und Mittagessen gekocht hatte – die haben eine Quelle, keinen Brunnen, und einen Holzherd, riesig wie ein Laster –, hab ich probiert durch das Haar durchzukommen. Sie sind erst sechs und acht, und sie haben geweint. Sie haben geschrien. Sie haben geschimpft, ich wollt sie umbringen. Um zehn war ich fertig. Sie haben sich in den Schlaf geweint. Aber ich hab nich geweint. Ich bin dagelegen und hab an Nettie gedacht, während er auf mir war, und hab mich gefragt, ob sie in Sicherheit is. Und dann hab ich an Shug Avery gedacht. Ich weiß, was er mit mir macht, hat er mit Shug Avery auch gemacht, und vielleicht hats ihr gefallen. Ich tu meinen Arm um ihn.

Lieber Gott,

ich bin in der Stadt gewesen und hab aufm Wagen gesessen in der Zeit, wo Mr. --- in seinem Textilienladen war. Ich hab mein kleines Mädchen gesehn. Ich weiß, daß sies war. Sie sieht genau aus wie ich und mein Daddy. Mehr wie wir als wir selber. Sie is hinter einer Dame hergelaufen, und beide waren genau gleich angezogen. Sie sind am Wagen vorbeigekommen, und ich hab was gesagt. Die Dame war freundlich. Meine Kleine hat raufgekuckt und bißchen die Stirn gerunzelt. Wie wenn sie sich über was ärgert. Sie hat meine Augen, so, wie sie heute sind. Wie wenn sie alles gesehen hat, was ich gesehen hab, und darüber grübelt.

Ich glaub, daß sie es is. Mein Herz sagt mir, daß sie es is. Aber wissen tu ichs nich. Wenn sie es is, heißt sie Olivia. Ich hab überall unten in ihre Windel Olivia reingestickt. Ich hab auch ne Menge kleine Sterne und Blumen reingestickt. Er hat die Windelhöschen mitgenommen, als er sie weggenommen hat. Sie war vielleicht zwei Monate alt. Jetzt is sie so um die sechs.

Ich bin vom Wagen runtergestiegen und Olivia und ihrer neuen Mama in einen Laden nachgegangen. Ich kuck ihr zu, wie sie mit der Hand am Ladentisch langfährt, wie wenn ihr langweilig is. Ihre Ma kauft Stoff. Sie sagt, faß nix an. Olivia gähnt.

Der is mal hübsch, sag ich und helf ihrer Mama, einen Stoff über die Schulter zu halten.

Sie lächelt. Ich will mir und meiner Kleinen ein paar neue Kleider nähen, sagt sie. Ihr Papa is so stolz.

Wer is denn ihr Papa, fährts mir raus. Sieht aus, wie wenn endlich jemand was weiß. Sie sagt, Mr. ---. Aber das is nich der Name von meinem Daddy. Mr. ---? sag ich. Wer is das?

Sie kuckt, wie wenn ich was gefragt hab, was mich nix angeht.

Der Pfarrer Mr. ---, sagt sie und kuckt dann den Verkäufer an. Er sagt, wolln Sie den Stoff jetzt oder nich? Wir haben auch noch andre Kunden.

Sie sagt, ja, Sir, ich möchte bitte fünf Yards.

Er schnappt den Stoff und knallt den Ballen auf den Tisch. Er mißt nich. Als er denkt, daß er fünfe hat, reißt er ihn ab. Das wär ein Dollar dreißig Cent, sagt er. Brauchen Sie Faden?

Sie sagt, nein, Sir.

Er sagt, ohne Faden könnse nich nähen. Er nimmt eine Rolle und hält sie an den Stoff. Sieht aus, wie wenn das die richtige Farbe is. Meinen Sie nich?

Sie sagt, ja, Sir.

Er fängt an zu pfeifen. Nimmt zwei Dollar. Gibt ihr einen Fünfundzwanziger zurück. Kuckt mich an. Und du, willst du was? Ich sag, nä, Sir.

Ich zieh hinter ihnen auf die Straße.

Ich hab nix zum Anbieten und komm mir so armselig vor.

Sie kuckt die Straße rauf und runter. Er is nich hier, er is nich hier. Sagt sie, wie wenn sie gleich heulen will.

Wer denn? frag ich.

Der Pfarrer --- sagt sie. Er hat den Wagen mitgenommen.

Der Wagen von meinem Mann is gleich hier, sag ich.

Sie steigt auf. Ich dank Ihnen schön, sagt sie. Wir sitzen da und kucken die ganzen Leute an, die in die Stadt gekommen sind. So viele hab ich nich mal in der Kirche gesehen. Manche sind fein angezogen. Manche haben nich viel gefunden. Staub steigt an den Kleidern von den Damen hoch.

Sie fragt mich, wer mein Mann is, wo ich jetzt alles über ihren weiß. Sie lacht bißchen. Ich sag, Mr. - - -. Sie sagt, ach ja? Wie wenn sie alles über ihn weiß. Nur nich, daß er verheiratet is. Das ist ein gutaussehender Mann, sagt sie. Sieht keiner besser aus in der Gegend, weiß oder schwarz, sagt sie.

Er sieht schon recht aus, sag ich. Denk aber nix dabei. Mir sehn die meisten Männer ziemlich gleich aus.

Wie lang haben Sie Ihr kleines Mädchen schon? frag ich.

Sie wird sieben.

Und wann? frag ich.

Sie denkt nach. Dann sagt sie, im Dezember.

Ich denk bei mir, November.

Ich sag, so leichthin, wie heißt sie?

Sie sagt, ach, sie heißt Pauline.

Mein Herz klopft.

Dann zieht sie die Stirn kraus. Aber *ich* sag Olivia zu ihr.

Wieso sagen Sie Olivia zu ihr, wenn sie gar nich so heißt? frag ich.

Ach, kucken Sie sie doch an, sagt sie bißchen spitzbübisch und dreht sich zu dem Kind um, sie sieht doch aus wie eine Olivia, oder? Kucken Sie doch bloß ihre Augen an. Wie Oliven. Sie lacht. Nee, nee. Olivia, sagt sie und tätschelt dem Kind den Kopf. Ach, da kommt Mr. - - -, sagt sie. Ich seh einen Wagen und einen großen Mann, schwarz angezogen, mit einer Peitsche. Und schönen Dank auch für die nette Aufnahme. Sie lacht wieder, kuckt die Pferde an, die sich die Fliegen vom Leib scheuchen. Und ich muß auch lachen. Mir ziehts das ganze Gesicht breit.

Mr. - - - kommt aus dem Laden. Steigt auf den Wagen. Setzt sich hin. Sagt ganz langsam: Was hockste da und lachst wie n Idiot?

Lieber Gott,

Nettie is bei uns. Sie is daheim weggelaufen. Sie sagt, sie hat unsre Stiefmutter nich gern allein gelassen, aber sie hätt raus gemußt, vielleicht, daß sie Hilfe findet für die andern Kleinen. Den Jungs gehts nich schlecht, sagt sie. Die gehn ihm aus dem Weg. Wenn die groß sind, schlagen sie ihn zurück.

Vielleicht tot, sag ich.

Wie isses mit dir und Mr. - - -? fragt sie. Aber sie hat Augen im Kopf. Er mag sie noch. Am Abend kommt er raus auf die Veranda in seim Sonntagsanzug. Sie sitzt bei mir und hilft Erbsen auspulen und den Kindern beim Schreiben. Hilft mir beim Schreiben und allem, was sie denkt, daß ichs wissen muß. Egal, was passiert, Nettie bringt mir fleißig bei, was in der Welt los is. Und sie is eine gute Lehrerin. Mich bringts fast um, wenn ich denk, daß sie vielleicht jemand heiratet wie Mr. - - - oder in ner Küche von so ner weißen Lady endet. Ganzen Tag liest sie, studiert sie, übt sie Schreiben und versucht, daß sie uns zum Denken bringt. Die meisten Tage bin ich zu müde zum Denken. Aber sie is die Geduld in Person.

Die Kinder von Mr. - - - sind nich dumm, aber gemein. Sie sagen, Celie, ich will das hier. Celie, ich will das da. Unsre Mama hat uns das immer gegeben. Er sagt nix. Sie wollen, daß er sie beachtet. Er versteckt sich hinter einer Rauchwolke.

Laß dich nich von ihnen überfahren, sagt Nettie. Du mußt ihnen zeigen, wer das Heft in der Hand hat.

Sie habens, sag ich.

Aber sie bleibt bei. Du mußt dich wehren. Du mußt kämpfen. Aber ich kann nich kämpfen. Ich kann nix außer weiterleben.

Das is mal ein hübsches Kleid, sagt er zu Nettie.

Sie sagt, danke.

Die Schuhe sehn gut aus.

Sie sagt, danke.

Deine Haut. Dein Haar. Deine Zähne. Jeden Tag was anderes zum Bewundern.

Erst lächelt sie bißchen. Dann zieht sie Falten. Dann kuckt sie gar nich mehr besonders. Sie bleibt nur dicht bei mir. Sie sagt zu mir: Deine Haut. Dein Haar. Deine Zähne. Wenn er versucht, ihr ein Kompliment zu machen, gibt sie es mir weiter. Nach einer Weile komm ich mir richtig hübsch vor.

Da hört er auf. Einmal sagt er nachts im Bett, wir haben für Nettie getan, was wir konnten. Sie muß jetzt gehen.

Wo soll sie denn hin? frag ich.

Is mir egal, sagt er.

Ich sags Nettie am andern Morgen. Sie is gar nich wütend, sie geht gern. Sagt, nur mich würd sie nich gern allein lassen. Wir fallen uns um den Hals, wie sie das sagt.

Ich laß dich gar nich gern allein hier mit den schlimmen Kindern, sagt sie. Ganz zu schweigen von Mr. - - -. Es is, als wärst du bei lebendigem Leib begraben, sagt sie.

Es is schlimmer, denk ich. Wenn ich begraben wär, müßt ich nich arbeiten. Aber ich sag nur, laß doch, laß doch, solang ich nur G-o-t-t buchstabieren kann, hab ich ja noch jemand.

Ich hab nix, was ich ihr mitgeben kann, außer dem Namen von dem Pfarrer Mr. - - -. Ich sag, sie soll nach seiner Frau fragen. Daß sie ihr vielleicht helfen kann. Sie is die einzige Frau mit Geld, die ich in meinem Leben gesehn hab.

Ich sag, schreib.

Sie sagt, was?

Ich sag, schreib.

Sie sagt, da kann mich nichts davon abhalten außer der Tod.

Sie hat nie geschrieben.

G-o-t-t,

zwei von seinen Schwestern sind zu Besuch gekommen. Schön angezogen. Celie, haben sie gesagt. Eins is sicher. Du hältst das Haus sauber. Man soll nix Schlechtes von den Toten sagen, aber die Wahrheit kann ja nix Schlechtes sein. Annie Julia hat nix getaugt im Haushalt.

Sie hat nie hier sein mögen, sagt die andre.

Wo hat sie denn sein mögen, frag ich.

Daheim, sagt sie.

Is doch kein Grund nich, sagt die erste. Carrie heißt sie, die andre Kate. Wenn ne Frau heiratet, muß sie das Haus anständig halten und die Familie sauber. Na, was war das, wenn man im Winter herkam, und die ganzen Kinder warn erkältet und hatten die Grippe und hatten den Katarrh un hatten Lungzündung und hatten Würmer und hatten Schüttelfrost und Fieber. Hunger hatten sie. Und die Haare warn nich gekämmt. Zu dreckig zum Anfassen.

Ich hab sie angefaßt, sagt Kate.

Und das Kochen. Sie wollt nich kochen. Sie hat sich aufgeführt, wie wenn sie nie ne Küche gesehn hätt.

Seine hat sie nie gesehn.

Skandal war das, sagt Carrie.

Er war einer, sagt Kate.

Wie meinst du das? sagt Carrie.

Ich mein, er schleppt sie her, läßt sie allein und rennt weiter hinter Shug Avery her. Das mein ich. Keinen zum Reden. Keinen Besuch. Tagelang war er weg. Und dann kamen die Kinder. Und dabei war sie jung und hübsch.

So hübsch nu grad nich, sagt Carrie und kuckt in den Spiegel. Son Kopf voll Haare. Zu schwarz war sie.

Na, unser Bruder mag wohl Schwarz. Shug Avery is schwarz wie Schuhkrem.

Shug Avery, Shug Avery, sagt Carrie. Ich kanns nich mehr hörn. Jemand sagt, sie zieht rum und versuchts mit Singen. Ph, was die wohl zu singen hat. Es heißt, sie hat Kleider, wo man die ganzen Beine sieht, und aufm Kopf was mit Bommeln und Troddeln, säh aus wie ne Schaufensterpuppe.

Ich spitz die Ohren, wie sie von Shug Avery reden. Ich möcht selbst gern von ihr reden. Sie sind still.

Ich hab auch die Nase voll von ihr, sagt Kate und schnauft. Und recht hast du wegen Celie. Gute Hausfrau, kann gut mit den Kindern, gute Köchin. Unser Bruder hätts nich besser treffen können, und hätt er sich noch so ins Zeug gelegt.

Ich denk dran, wie er sich ins Zeug gelegt hat.

Diesmal kommt Kate allein. Sie is um die fünfundzwanzig. Nich verheiratet. Sie sieht jünger wie ich aus. Gesund. Augen blitzen. Scharfe Zunge.

Kauf Celie was zum Anziehn, sagt sie zu Mr. ---.

Braucht sie was? fragt er.

Kuck sie doch an.

Er kuckt mich an. Is, wie wenn er ein Stück Land ankuckt. Fehlt da was? sagen seine Augen.

Sie geht mit mir in den Laden. Ich denk, was für Farben Shug Avery tragen würd. Sie kommt mir vor wie ne Königin, drum sag ich zu Kate: Was in Lila, vielleicht mit bißchen Rot dabei. Aber wir kucken und kucken, nix is mit Lila. Viel Knallrot, aber sie sagt, nä, für was Rotes gibt er bestimmt kein Geld nich aus. Sieht zu fidel aus. Bleibt Braun, Grau und Dunkelblau. Ich sag, Blau.

Soviel ich weiß, bin ich noch nie als erste in nem Kleid dringesteckt. Und jetzt eins gemacht kriegen, extra für mich. Ich versuch Kate klarzumachen, was das für mich heißt. Ich werd ganz heiß im Gesicht und stotter.

Sie sagt, is schon gut, Celie. Du hättst noch mehr verdient wie das.

Vielleicht. Denk ich.

Harpo, sagt sie. Harpo is der Älteste. Harpo, laß doch Celie nich das ganze Wasser reinschleppen. Du bist jetzt ein großer Junge. Zeit, daß du bißchen hilfst.

Weiberarbeit, sagt er.

Was? sagt sie.

Weiberarbeit. Ich bin ein Mann.

Du bist n stinkfauler Nigger, sagt sie. Du schnappst dir jetzt den Eimer und bringst ihn voll zurück.

Er kuckt mich von der Seite an. Stolpert raus. Ich hör, wie er was an Mr. --- hinbrummt. Der sitzt auf der Veranda. Mr. --- ruft seine Schwester. Sie bleibt ne Weile draußen auf der Veranda und redet, dann kommt sie wieder rein. Sie zittert.

Muß jetzt gehn, Celie, sagt sie.

Sie is so wütend, daß ihr die Tränen beim Packen nach allen Seiten fliegen.

Du mußt dich wehren, Celie, sagt sie. Ich kanns nich für dich. Du mußt dich selbst wehren.

Ich sag nix. Ich denk an Nettie. Tot. Die hat sich gewehrt, die is abgehauen. Und was hats gebracht? Ich wehr mich nich. Ich bleib, wo ich soll. Dafür leb ich.

Lieber Gott,

Harpo hat seinen Vater gefragt, wieso er mich prügelt. Mr. --- sagt, weil sie meine Frau is. Und störrisch dazu. Frauen taugen zu nix wie – er sagts nich fertig. Reckt nur das Kinn über die Zeitung, wie ers immer macht. Ich muß an Pa denken.

Harpo fragt mich, wieso bist du störrisch? Er fragt nich, wieso bist du seine Frau? Das fragt keiner.

Ich sag, bin halt so geboren, denk ich.

Er schlägt mich wie die Kinder. Außer daß er die kaum mal verdrischt. Er sagt, Celie, hol den Gürtel. Die Kinder sind draußen vorm Zimmer und spicken durch die Ritzen. Alles, was ich tun kann, is nich heulen. Ich mach mich zu Holz. Ich sag zu mir, Celie, du bist ein Baum. Von daher weiß ich, daß Bäume vor Menschen Angst haben.

Harpo sagt, ich lieb eine.

Ich sag: Hä?

Er sagt, ein Mädchen.

Ich sag, so?

Er sagt, ja. Wir wolln heiraten.

Heiraten, sag ich. Zum Heiraten biste nich alt genug.

Bin ich wohl, sagt er. Ich bin siebzehn. Sie is fünfzehn. Alt genug.

Was hat denn ihre Mama gesagt, frag ich.

Ich hab nich mit ihrer Mama geredet.

Was hat denn ihr Daddy gesagt?

Mit dem hab ich auch nich geredet.

Und was hat *sie* gesagt?

Wir haben noch nie miteinander gesprochen. Er duckt den Kopf. Schlecht sieht er nich aus. Groß und dünn. Schwarz wie seine Mama. Mit riesengroßen Kulleraugen.

Wo seht ihr euch denn? frag ich. Ich seh sie in der Kirche, sagt er. Sie sieht mich draußen.

Mag sie dich?

Ich weiß nicht. Ich zwinker ihr zu. Sie macht, wie wenn sie sich nicht traut zu kucken.

Und wo is ihr Daddy derweil?

Vorn in der ersten Reihe, sagt er.

Lieber Gott,

Shug Avery kommt in die Stadt! Sie kommt mit ihrem Orchester. Sie singt im *Lucky Star* draußen in der Coalman Road. Mr. --- geht hin. Er zieht sich fein an vor dem Spiegel, kuckt rein, dann zieht er sich wieder aus und ganz neu an. Er klatscht sich die Haare mit Pomade nach hinten. Dann wäscht er alles wieder raus. Er hat auf seine Schuhe gespuckt und is kurz mit m Lappen drüber. Er sagt zu mir, wasch das hier. Bügel das da. Such das hier. Such das da. Such dies raus. Such das raus. Er stöhnt wegen den Löchern in seinen Strümpfen.

Ich rühr mich, flick und bügel, such Taschentücher. Is was Besonderes? frag ich.

Wieso denn? sagt er, wie wenn er wütend is. Ich probier ja bloß, daß ich den Stallmist von mir runterkratz. Andre Frauen täten sich freun.

Ich tu mich doch freun, sag ich.

Wie meinste das? fragt er.

Gut siehst du aus, sag ich. Könnt jede Frau stolz auf dich sein.

Findste? sagt er.

Ist das erste Mal, daß er mich fragt. Ich bin so platt, daß er, bis ich ja sag, schon außen auf der Veranda is. Versucht, sich zu rasieren, wos Licht besser is.

Ich lauf rum, und den ganzen Tag brennt mir der Anzeigenzettel ein Loch in die Tasche. Rot is er. Die Bäume zwischen der Abzweigung zu unsrer Straße und dem Laden leuchten mit Zetteln. Er hat vielleicht fünf Dutzend davon in seiner Truhe.

Shug Avery neben einem Klavier. Ellbogen raus, Hand auf der Hüfte. Einen Hut hat sie auf wie ein Indianerhäuptling. Mund is offen, man sieht alle Zähne, und sie sieht aus, wie wenn nix sie kümmern könnt. Kommt nur, kommt alle, heißt es. Die Queen Honeybee is wieder hier.

Herrgott würd ich gern hingehen. Nich tanzen. Nich trinken. Nich Karten spielen. Nich mal Shug Avery singen hörn. Ich wär schon zufrieden, wenn ich sie mit Augen sehen könnt.

Lieber Gott,

Mr. --- war fort, Samstag die ganze Nacht, Sonntag die ganze Nacht und Montag fast den ganzen Tag. Shug Avery war das Wochenende in der Stadt. Er kam reingestolpert. Hat sich aufs Bett geschmissen. Müde war er. Traurig war er. Schwach war er. Geweint hat er. Dann hat er den Tag und die ganze Nacht geschlafen.

Er is aufgewacht, wie ich auf dem Acker war. Ich hatt schon drei Stunden Baumwolle gehackt, wie er kam. Keiner hat was zum andern gesagt.

Dabei hätt ich eine Million Fragen gehabt. Was hat sie angehabt? Is sie noch die gleiche wie auf meinem Bild? Wie is ihr Haar? Was für n Lippenstift? Perücke? Is sie dick? Is sie dünn? Hat sie sich gut angehört? Müde? Krank? Wo sind denn eure Kinder, wenn sie in der Gegend rumreist und singt? Fehlen die ihr? Die Fragen laufen in meinem Kopf hin und her. Fühlen sich an wie Schlangen. Ich bete, daß ich stark bleib, beiß mir von innen auf die Backen.

Mr. --- hebt eine Hacke auf und fängt an mit Hacken. Er tut vielleicht drei Hacker, dann hackt er nich mehr. Er läßt die Hacke in die Furche fallen, macht auf dem Absatz kehrt, läuft zurück zum Haus, holt sich klares Wasser zum Trinken, kriegt die Pfeife zu fassen, hockt sich auf die Veranda und starrt. Ich geh ihm nach, weil ich denk, er is krank. Da sagt er, mach bloß, daß du wieder aufs Feld kommst. Auf mich brauchst nich warten.

Lieber Gott,

Harpo schaffts auch nich besser wie ich mit dem Wehren gegen sein Vater. Jeden Tag steht sein Daddy auf, hockt auf der Veranda, kuckt raus auf gar nix. Manchmal kuckt er auf die Bäume vorm Haus. Kuckt er auf einen Schmetterling, der sich aufs Geländer setzt. Trinkt bißchen Wasser am Tag. Bißchen Wein am Abend. Aber meistens rührt er sich nich.

Harpo meckert, daß er so viel pflügen muß.

Sein Daddy sagt, du machst das.

Harpo is fast so groß wie sein Daddy. Er ist stark im Körper, aber schwach im Willen. Hat Angst.

Wir zwei sind den ganzen Tag auf dem Feld. Schwitzen tun wir beim Hacken und Pflügen. Ich hab eine Farbe wie geröstete Kaffeebohnen. Er is schwarz wie ein Kamin von innen. Seine Augen sind traurig und voll mit Gedanken. Langsam sieht sein Gesicht aus wie das Gesicht von einer Frau.

Warum arbeitest du nich mehr? fragt er seinen Daddy.

Brauch ich nich, sagt sein Daddy. Jetzt haben wir doch dich, oder? Häßlich sagt er das. Harpo is gekränkt.

Plus, daß er immer noch verliebt is.

Lieber Gott,

der Daddy von Harpo seinem Mädchen sagt, Harpo is nich gut genug für sie. Harpo geht schon eine Weile mit ihr. Er sitzt mit ihr in der Stube, ihr Daddy hockt dabei in der Ecke, bis es nich mehr zum Aushalten is. Dann geht er raus und sitzt auf der Veranda vor der offnen Tür, wo er alles hören kann. Glock neun bringt er Harpo seinen Hut.

Wieso bin ich nich gut genug? fragt Harpo Mr. - - -. Mr. - - - sagt, deine Mammy.

Harpo sagt, was is denn mit meiner Mammy?

Mr. - - - sagt, die hat einer umgebracht.

Harpo plagt sich mit Alpträumen rum. Er sieht seine Mama über die Weide laufen, wie sie versucht heimzukommen. Mr. - - -, wo angeblich ihr Freund war, holt sie ein. Sie hat Harpo an der Hand. Beide rennen und rennen. Er packt sie an der Schulter, sagt, du kannst jetzt nich Schluß machen. Du gehörst mir. Sie sagt, nein, ich gehör zu meinen Kindern. Er sagt, du Nutte, nirgends gehörst du hin. Er schießt ihr in den Bauch. Sie fällt hin. Der Mann rennt. Harpo fängt sie auf, legt ihren Kopf in seinen Schoß.

Er fängt an zu schreien, Mama, Mama. Ich wach auf davon. Die andern Kinder auch. Sie heulen, wie wenn ihre Mama grad gestorben wär. Harpo fährt auf. Zittrig.

Ich mach die Lampe an und beug mich über ihn, streichel ihm den Rücken.

Sie kann doch nix dafür, daß man sie umgebracht hat. Nix! Gar nix!

Nä, sag ich. Gar nix.

Alle sagen, wie gut ich zu Mr. --- seinen Kindern bin. Ich bin gut zu ihnen. Aber ich spür nix dabei. Harpo den Rücken streicheln is nich mal wie einen Hund streicheln. Is eher wie ein Stück Holz streicheln. Keinen lebendigen Baum. Einen Tisch oder Schrank. Na ja, die mögen mich auch nich, egal, wie gut ich zu denen bin.

Is ihnen Wurscht. Außer Harpo schafft keiner was. Die Mädchen immer Gesicht zur Straße. Bub is die ganze Nacht weg und säuft mit Jungs, die zweimal so alt sind wie er. Ihr Daddy pafft seine Pfeife.

Harpo erzählt mir jetzt alles von seiner Liebschaft. Tag und Nacht muß er an Sofia Butler denken.

Sie is hübsch, sagt er zu mir. Und hell.

Gescheit?

Nä. Helle Haut. Aber gescheit auch, glaub ich. Manchmal schaffen wirs und entwischen ihrm Daddy.

Da weiß ich schon, das nächste, was ich hör, is, sie is dick.

Wenn sie so gescheit is, wie kommts, daß sie dick is? frag ich.

Harpo zuckt die Achseln. Anders kommt sie nich raus aus dem Haus. Mr. --- läßt uns nich heiraten. Sagt, ich bin nich mal gut genug, daß ich über seine Schwelle trete. Aber wenn sie dick is, hab ich ein Recht drauf, daß ich bei ihr bin, gut genug oder nich.

Und wo wollt ihr denn wohnen?

Die haben viel Platz, sagt er. Wenn ich sie heirat, bin ich wie einer von der Familie.

Hmm, sag ich. Mr. --- hat dich nich mögen, wo sie noch nich dick war. Meinste, er mag dich jetzt, weil sie dick is?

Harpo kuckt verschreckt.

Red mit Mr. ---, sag ich. Er is dein Daddy. Kann sein, er weiß einen Rat.

Kann sein oder auch nich. Denk ich.

Harpo bringt sie her, daß sie seinen Daddy kennenlernt. Mr. --- sagt, er will sie sich ankucken. Ich seh sie schon von weit die Straße raufkommen. Sie marschieren her, Hand in Hand, wie in den

Krieg. Sie bißchen weiter vorn. Sie kommen auf die Veranda. Ich sag was und rück paar Stühle näher zum Geländer. Sie setzt sich und fächelt sich Luft zu mit eim Taschentuch. Ganz schön heiß, sagt sie. Mr. - - - sagt nix. Kuckt sie nur von oben bis unten an. Sie is so im siebten, achten Monat schwanger, platzt bald aus dem Kleid. Harpo is so schwarz, daß er denkt, sie is hell, aber so hell is sie nicht. Glatte Haut, mittelbraun, die glänzt wie gute Möbel. Haar krisslich, aber viel, Massen von Zöpfchen auf dem Kopf. Sie is nich so groß wie Harpo, aber viel breiter und sieht stark und gesund aus, wie wenn ihre Mama ihr viel Fleisch gefüttert hat.

Sie sagt, wie gehts, Mr. - - -?

Er antwortet gar nich. Sagt, hast dir da schön was eingebrockt, scheint mir.

Nä, Sir, sagt sie. Eingebrockt hab ich mir nix. Dick bin ich.

Wer issn der Vater? fragt er.

Sie kuckt erstaunt. Harpo, sagt sie.

Wie weiß er denn das?

Er weiß es, sagt sie.

Junge Frauen taugen nix heutzutage, sagt er. Die machen für jeden Tom oder Harry die Beine breit.

Harpo kuckt seinen Daddy an, wie wenn er ihn noch nie gesehen hätt. Sagen tut er nix.

Mr. - - - sagt, brauch keiner denken, ich laß zu, daß mein Junge dich heiratet, bloß weil bei dir was unterwegs is. Der is jung und beschränkt. Hübsches Mädchen wie du könnt ihm alles mögliche anhängen.

Harpo sagt immer noch nix.

Sofia ihr Gesicht kriegt noch eine gesündere Farbe. Die Haut an ihrer Stirn geht zurück. Ihre Ohren kommen hoch.

Aber sie lacht. Sie kuckt zu Harpo, der hockt da mit dem Kopf unten und den Händen zwischen den Knien.

Sie sagt, was brauch ich Harpo heiraten? Der wohnt doch hier bei Ihnen. Essen und Kleider, was der hat, kaufen Sie dem doch.

Er sagt, dein Daddy, der hat dich rausgeschmissen. Willst wohl auf der Straße sitzen?

Sie sagt, nä. Auf der Straße sitz ich nich. Ich bin bei meiner Schwester und der ihrem Mann. Sie haben gesagt, ich kann bei ihnen bleiben, solang, wie ich leb. Sie steht auf. Ein großes, starkes, gesundes Mädchen. Und sagt, na, war nett, Sie zu sehn. Ich geh heim.

Harpo steht auf und will mit. Sie sagt, nä, Harpo, du bleibst hier. Wenn du frei bist, wart ich auf dich mit dem Kind.

Eine Weile hängt er so zwischen ihnen, dann setzt er sich wieder hin. Da kuck ich ganz schnell zu ihrem Gesicht, und es sieht aus, wie wenn ein Schatten drüber geht. Dann sagt sie zu mir, Mrs. ---, ich wär Ihnen dankbar für ein Glas Wasser, bevor ich geh, wenns Ihnen nix ausmacht.

Der Eimer steht auf der Ablage hier auf der Veranda. Ich hol ein frisches Glas aus dem Schrank und schöpf ihr Wasser raus. Sie trinkts runter, fast in einem Satz. Dann fährt sie sich noch mal mit den Händen über den Bauch und geht. Sieht aus, wie wenn das Heer die Richtung geändert hat und sie jetzt umschwenkt, daß sie es einholt.

Harpo steht nich mal vom Stuhl auf. Er und sein Daddy sitzen einfach da und sitzen und sitzen. Reden tun sie nich. Rühren tun sie sich nich. Schließlich eß ich mein Abendessen und geh ins Bett. Wie ich morgens aufsteh, hab ich das Gefühl, sie sitzen immer noch da. Aber Harpo is auf dem Abort und Mr. --- is beim Rasieren.

Lieber Gott,

Harpo is los und hat Sofia und das Kind heimgeholt. Sie haben in Sofia ihrer Schwester ihrem Haus geheiratet. Der Schwester ihr Mann war der Brautführer. Eine andere Schwester is heimlich weg von daheim und war Brautjungfer für Sofia. Noch eine andre Schwester is gekommen und hat das Baby gehalten. Es hat die ganze Feier über geschrien, sagt sie, seine Mama hat alles aufgehalten und ihn gestillt. Am Ende hat sie mit ihrem Trumm von Säugling an der Brust gesagt, ja, ich will.

Harpo hat das kleine Haus am Fluß für sich und seine Familie gerichtet. Mr. --- sein Daddy hat es als Schuppen benutzt. Aber dicht isses. Hat jetzt Fenster, Veranda, Hintertür. Plus, daß es schön kühl und grün am Fluß is.

Er hat mich gefragt, ob ich ihm Vorhänge näh, und ich hab welche aus Mehlsäcken gemacht. Groß is es nich, aber heimelig. Es gibt ein Bett, einen Schrank, einen Spiegel und ein paar Stühle. Einen Herd zum Kochen und auch zum Heizen. Harpo sein Daddy zahlt ihm jetzt Lohn für die Arbeit. Er hat gesagt, Harpo würd nich so schuften, wie er sollte. Bißchen Geld würd ihm vielleicht Dampf machen.

Harpo hatte zu mir gesagt, Miss Celie, ich streik.

Was tuste?

Ich arbeit nich.

Und er hats auch nich getan. Er is aufs Feld gekommen, hat zwei Maiskolben abgezupft und die Vögel und Getreidekäfer zweihundert fressen lassen. Viel Ernte haben wir nich dies Jahr.

Aber seit Sofia wieder da is, is er immer fleißig. Er hackt, er hämmert, er pflügt. Er singt und pfeift.

Sofia sieht nur noch halb so mächtig aus. Aber sie is immer noch groß und stark. Muskeln an den Armen. An den Beinen auch. Sie schwenkt das Kind rum, wie wenns nix wär. Sie hat jetzt einen kleinen Bauch, und du hast das Gefühl, die is ganz da. Richtig stabil. Wie, wenn sie sich auf was draufsetzt, dann isses Matsch.

Sie sagt zu Harpo, halt den Kleinen, wie sie mit mir ins Haus geht und Faden holt. Sie näht grade Bettwäsche. Er nimmt den Kleinen, gibt ihm einen Kuß, krault ihn unterm Kinn. Grinst, kuckt zur Veranda rauf zu seinem Daddy.

Mr. --- pustet Rauch, kuckt zu ihm runter und sagt, jaja, ich seh schon, jetzt spannt sie dich vorn Karren.

Lieber Gott,

Harpo will wissen, was er tun muß, daß Sofia pariert. Er sitzt außen auf der Veranda mit Mr. ---. Er sagt, ich sag ihr was, sie tut was andres. Nie macht sie, was ich sag. Immer Widerreden.

Ehrlich gesagt, klingt mir das, wie wenn er ein bißchen stolz drauf is.

Mr. --- sagt nix. Pustet Rauch.

Ich sag zu ihr, sie kann nich ständig ihre Schwester besuchen. Wir sind verheiratet, sag ich zu ihr. Du gehörst hierher, zu den Kindern. Sie sagt, ich nehm die Kinder mit. Ich sag, du gehörst zu mir. Sie sagt, willst du mit? Sie putzt sich weiter vorm Spiegel und macht zur gleichen Zeit die Kinder fertig.

Hast sie schon mal geschlagen? fragt Mr. - - -.

Harpo kuckt runter auf seine Hände. Nä, Sir, sagt er leis. Verlegen.

Und was denkst du, wie du sie zum Pariern bringst? Frauen sind da wie Kinder. Du mußt denen zeigen, wer der Herr im Haus is. Da gibts nix Besseres dafür wie ne tüchtige Tracht Prügel.

Er zieht an der Pfeife.

Sofia denkt eh zuviel an sich, sagt er. Die braucht einen Dämpfer.

Ich mag Sofia, aber sie is überhaupt nich wie ich. Wenn sie grad redet, wenn Harpo und Mr. - - - ins Zimmer kommen, macht sie einfach weiter. Wenn sie fragen, wo was is, sagt sie, sie weiß nich. Redet weiter.

Da dran denk ich, wie Harpo mich fragt, was er machen soll, daß sie pariert. Ich sag nich, daß er doch glücklich is. Daß drei Jahre um sind und er immer noch pfeift und singt. Ich denk dran, wie ich jedesmal hochspring, wenn Mr. - - - mich ruft, und wie sie erstaunt kuckt. Wie wenn ich ihr leid tu.

Schlag sie, sag ich.

Das nächste Mal, wie wir Harpo sehen, is sein Gesicht ein Brei von blauen Flecken. Die Lippe aufgeplatzt. Ein Auge zu wie eine Faust. Er läuft ganz steif und sagt, seine Zähne tun weh.

Ich sag, was is n mit dir passiert, Harpo?

Er sagt, och, dieses Biest von einem Maulesel. Störrisch is der! Verrückt geworden is er neulich aufm Feld. Wie ich ihn so weit hatte, daß er heimgeht, war ich braun und blau. Und wie ich heimkomm, renn ich, wums, gegen die Stalltür. Hau mir mein Auge an und reiß mirs Kinn auf. Und dann, wie der Sturm heut nacht kam, hab ich mir das Fenster auf die Hand geschlagen.

Hm, sag ich. Bei all dem biste wohl gar nich dazu gekommen, daß du probierst, ob du Sofia zum Parieren bringst?

Nä, sagt er.

Aber er probierts weiter.

Lieber Gott,

grad, wie ich rufen will, daß ich zum Hof reinkomm, hör ich was krachen. Es kommt von innen vom Haus, drum renn ich auf die Veranda rauf. Die zwei Kinder backen am Rand vom Bach Sandkuchen und kucken nich mal her.

Ich mach vorsichtig die Tür auf, denk an Räuber und Mörder. Pferdediebe und Geister. Aber es sind Harpo und Sofia. Die prügeln sich wie zwei Männer. Jedes einzelne Möbelstück steht auf dem Kopf. Kein Teller is mehr ganz. Der Spiegel hängt schief, die Vorhänge sind zerrissen. Aus dem Bett hängt die Füllung raus. Sie merken nix. Sie kämpfen. Er versucht, ihr eins überzuziehen. Was soll das bloß? Sie langt auf den Boden, packt ein Holzscheit und brät ihm eins zwischen die Augen. Er boxt sie in den Bauch, sie krümmt sich und stöhnt, aber kommt wieder hoch, Hände wie ein Schraubstock direkt unter seinem Geschlechtsteil. Er rollt auf den Boden. Er grabscht einen Zipfel von ihrem Kleid und zerrt. Sie steht da im Unterrock. Sie zuckt nicht mit der Wimper. Er schnellt hoch und will ihr einen Kinnhaken geben. Sie schmeißt ihn über die Schulter. Wumm, kracht er gegen den Ofen.

Ich weiß nich, wie lang das schon so geht. Ich weiß nich, wann sie wohl aufhören wollen. Ich verzieh mich nach draußen, wink den Kindern am Bach und lauf wieder heim.

Samstagmorgen, früh, haben wir den Wagen gehört. Harpo, Sofia, die zwei Kleinen sind übers Wochenende fort, zu Besuch bei Sofia ihrer Schwester.

Lieber Gott,

schon mehr wie einen Monat hab ichs schwer mit dem Schlafen. Ich bleib so lang auf, wie ich kann, bis Mr. --- anfängt mit Jammern, was das Kerosien kostet, dann leg ich mich in ein warmes Bad mit Milch und Epsomer Bittersalz, dann sprenkel ich bißchen Zaubernuß auf mein Kopfkissen und sperr mit dem Vorhang das Mondlicht aus. Manchmal krieg ich ein paar Stunden Schlaf. Und dann, grad, wenn es is, wie wenns gut wird, wach ich auf.

Erst bin ich schnell aufgestanden und hab Milch getrunken. Dann hab ich gedacht, ich zähl Schäfchen. Dann hab ich gedacht, ich les in der Bibel.

Was is bloß? hab ich mich gefragt.

Eine leise Stimme hat gesagt, du hast was Schlimmes gemacht. Vielleicht dich versündigt gegen die Seele von jemand. Kann sein. Ganz spät eines Nachts kommt es mir. Sofia. Ich hab mich an Sofias Seele versündigt.

Ich bete, daß sie es nich merkt, aber sie tuts doch.

Harpo hat gequatscht.

Im gleichen Augenblick, wie sies hört, kommt sie schon den Weg raufmarschiert, schleppt einen Sack. Ein kleiner Schnitt, ganz blau und rot, is unter ihrem Auge.

Sie sagt: Wollts dir nur sagen, ich hab gedacht, du hilfst mir.

Hab ich dir nich geholfen? frag ich.

Sie macht ihren Sack auf. Da sind deine Vorhänge. Da is dein Faden. Da is ein Dollar fürs Benützen.

Das is alles deins, sag ich und versuch es zurückzuschieben. Ich freu mich, wenn ich aushelfen kann. Ich tu, was ich kann.

Du hast Harpo gesagt, er soll mich schlagen, sagt sie.

Nein, hab ich nich, sag ich.

Lüg nich, sagt sie.

Ich habs nich gemeint, sag ich.

Wozu sagst dus dann? fragt sie.

Sie steht da und kuckt mir direkt in die Augen. Sie sieht müde aus und hat die Backen voll mit Luft.

Ich habs gesagt, weil ich ein Idiot bin, sag ich. Ich habs gesagt, weil ich neidisch auf dich bin. Ich habs gesagt, weil du machst, was ich nich kann.

Und was? sagt sie.

Kämpfen, sag ich.

Sie steht ganz lang da, wie wenn was ich gesagt hab ihr die Luft aus den Backen genommen hat. Wütend war sie vorher, jetzt ist sie traurig.

Sie sagt, mein ganzes Leben hab ich kämpfen müssen. Ich mußte gegen meinen Daddy kämpfen. Ich mußte gegen meine Brüder kämpfen. Ich mußte gegen meine Kusengs und meine Onkels kämpfen. Ein Mädchen is in einer Familie von Männern nie sicher. Aber ich hätt nie gedacht, daß ich in meinem eignen Haus kämpfen muß. Sie stößt die Luft aus. Ich hab Harpo gern. Gott weiß, daß ich ihn gern hab. Aber ich bring ihn tot um, bevor ich mich von ihm schlagen laß. Also, wenn du deinen Stiefsohn tot haben willst, gibste ihm am besten weiter so gute Ratschläge. Sie stützt die Hand in die Hüfte. Ich bin früher mit Pfeil und Bogen Wild schießen gegangen.

Ich hör auf mit dem Zittern, was angefangen hat, wie ich sie hab kommen sehen. Ich schäm mich so über mich, sag ich. Und der Herr hat mich auch schon dafür gestraft.

Der Herr mag nich, was häßlich is.

Aber auf hübsch is er auch nich versessen.

Das macht den Weg frei, daß unser Gespräch in eine andre Richtung geht. Ich sag, du hast Mitleid mit mir, stimmts?

Sie überlegt eine Sekunde. Ja, Ma'am, sagt sie langsam, das hab ich.

Ich denk, ich weiß, wieso, aber trotzdem frag ich.

Sie sagt, wenn ich ehrlich sein soll, du erinnerst mich an meine Mama. Sie is unter dem Daumen von meim Daddy. Nee, sie is unter dem Fuß von meim Daddy. Was er sagt, wird gemacht. Nie gibt sie was zurück. Nie steht sie für sich selber ein. Manchmal probiert sies und setzt sich so halb ein für die Kinder, aber der Schuß geht immer hinten raus. Je mehr sie sich für uns einsetzt, um so mehr macht er ihr die Hölle. Er haßt Kinder, und er haßt, wo sie herkommen. Obwohl man das nich denken sollt, bei den vielen Kindern, die er hat.

Ich hab gar nix von ihrer Familie gewußt. Ich hab gedacht, wenn ich sie so ankuck, daß keiner in ihrer Familie Angst haben kann.

Wie viele hat er denn, frag ich.

Zwölf, sagt sie.

Hui, sag ich. Mein Daddy hat sechs von meiner Mama gehabt, bevor sie gestorben is, sag ich. Er hat noch vier andere von der Frau, die er jetzt hat. Ich sag nix von den beiden, die er von mir hat.

Wie viele Mädchen? fragt sie.

Fünf, sag ich. Und in deiner Familie?

Sechs Jungs, sechs Mädchen. Die ganzen Mädchen sind groß und stark wie ich. Die Jungs sind auch groß und stark, aber die Mädchen halten alle zusammen. Zwei Brüder halten auch manchmal zu uns. Wenns bei uns Streit gibt, da bleibt dir ganz schön die Spucke weg.

Ich hab noch nie was Lebendiges geschlagen, sag ich. Na ja, wie ich daheim war, hab ich den Kleinen mal einen Klaps hintendrauf gegeben, daß sie folgen, aber nich so fest, daß es weh getan hat.

Und was machst du, wenn du wütend wirst? fragt sie.

Ich überleg. Ich weiß nich mal mehr, wann ich das letzte Mal wütend war, sag ich. Ich bin über meine Mammy wütend gewesen, weil sie mir soviel Arbeit aufgehalst hat. Dann hab ich gesehen, wie krank sie war. Da konnt ich keine Wut mehr haben. Ich konnt nich wütend auf meinen Daddy sein, weil er mein Daddy war. Steht in der Bibel, du sollst Vater und Mutter ehren, egal was. Dann, nach ner Weile, is mir jedesmal schlecht geworden, wenn ich mich geärgert hab oder dran war, ne Wut zu kriegen. Hab mich gefühlt, als müßt ich kotzen. Ein fürchterliches Gefühl. Da hab ich angefangen, gar nix mehr zu spüren.

Sofia runzelt die Stirn. Gar nix?

Na ja, manchmal treibt Mr. - - - es schon hart mit mir. Da muß ich mir bei unserm Schöpfer Luft machen. Aber er is mein Mann. Ich zuck mit den Achseln. Dies Leben is bald vorbei, sag ich mir. Der Himmel dauert in Ewigkeit.

Du solltest Mr. - - - den Schädel einschlagen, sagt sie. An den Himmel kannste später denken.

Ich erleb nich viel Komisches. Das is komisch. Ich lach. Sie lacht. Dann lachen wir beide so sehr, daß wir auf die Treppe plumpsen.

Komm, wir machen Flicken für einen Quilt aus den verhunzten Vorhängen da, sagt sie. Und ich lauf und hol mein Heft mit den Mustern. – Ich schlaf jetzt wie ein Neugebornes.

Lieber Gott,

Shug Avery is krank, und keiner in der Stadt hier will die Queen Honeybee aufnehmen. Ihre Mammy sagt, hab ich dir doch gesagt. Ihr Papi sagt, Luder. Eine Frau in der Kirche sagt, sie stirbt – vielleicht Tubakulose oder sonst so ne gräßliche Frauenkrankheit. Was für eine? will ich fragen, tus aber nich. Die Frauen in der

Kirche sind manchmal nett zu mir. Manchmal nich. Sie kucken, wie ich mich da mit Mr. --- seinen Kindern rumplag. Versuch, sie in die Kirche zu schleppen, versuch, sie still zu halten, wenn wir dort sind. Das sind die gleichen, die schon hier warn beide Male, wo ich dick war. Manchmal denken sie, ich merks nich und starren mich an. Mit offenem Mund.

Ich halt den Kopf hoch, so gut, wie ich kann. Ich streng mich ehrlich an wegen dem Prediger. Putz den Boden und die Fenster, mach den Wein, wasch das Altarlinnen. Schau zu, daß im Winter Holz für den Ofen da is. Er sagt Schwester Celie zu mir. Schwester Celie, sagt er, Sie sind so gewissenhaft, wie der Tag lang is. Dann spricht er mit den andern Damen und ihren Männern. Ich husch hin und her, tu dies und das. Mr. --- sitzt hinten bei der Tür und kuckt hierhin und dahin. Die Frauen lächeln in seine Richtung, wenn sie nur können. Er kuckt mich gar nich an und sieht nich, was ich mach.

Sogar der Prediger zieht über Shug Avery her, jetzt, wos ihr schlecht geht. Er nimmt ihr Leben für seine Predigt her. Er nennt keinen Namen, braucht er auch nich. Jeder weiß, wen er meint. Er redet von einer Dirne in kurzen Röcken, die Zigaretten raucht und Gin säuft. Für Geld singt und andern Frauen dieMänner wegnimmt. Redet von Schlampe, Flittchen, Rennpferd und Straßenkehrmaschine.

Ich werf einen Blick nach hinten zu Mr. ---, wie er das sagt. Straßenkehrmaschine. Jemand muß doch für Shug einstehen, denk ich. Aber nix sagt er, kein Wort. Er kreuzt die Beine, erst zur einen Seite, dann zur andren. Er schaut aus dem Fenster. Die gleichen Frauen, die immer zu ihm hinlächeln, sagen jetzt amen gegen Shug.

Aber wie wir daheim sind, nimmt er sich nich mal Zeit zum Ausziehen. Er schreit runter zu Harpo und Sofia ihrm Haus. Harpo kommt gerannt.

Spann den Wagen an, sagt er.

Wo fahrn wir hin? sagt Harpo.

Spann den Wagen an, sagt er wieder.

Harpo spannt den Wagen an. Sie stehn da und reden ein paar Minuten draußen bei der Scheune. Dann fährt Mr. --- weg.

Das einzige, was gut is da dran, daß er nie was schafft hier, is, daß wir ihn gar nich vermissen, wenn er nich da is.

Fünf Tage später kuck ich die Straße runter und seh den Wagen zurückkommen. Er hat jetzt ne Art Baldachin drüber, aus alten Decken oder so was. Mein Herz fängt an, wie verrückt zu klopfen, und als erstes versuch ich, das Kleid zu wechseln.

Aber es is zu spät. Grad, wie ich den Kopf und Arm aus dem alten Kleid zieh, seh ich den Wagen im Hof halten. Zudem hätt ein frisches Kleid auch nix geholfen, bei meinem zottligen Haar und dem staubigen Kopftuch und den alten Schuhen und so, wie ich riech.

Ich weiß nich, was ich tun soll, so durcheinander bin ich. Ich steh da, mitten in der Küche. Mein Kopf dreht sich. Ich hab ein Gefühl wie Wer-hätte-das-bloß-gedacht.

Celie, hör ich Mr. --- rufen. *Harpo.*

Ich steck meinen Kopf und meinen Arm zurück in das alte Kleid und wisch mir den Schweiß und Dreck vom Gesicht, so gut, wie ich kann. Ich komm zur Tür. Ja, Sir? frag ich und stolper über den Besen, mit dem ich gefegt hab, wie ich den Wagen gesehn hab.

Harpo und Sofia sind jetzt im Hof, kucken in den Wagen. Mit eisernem Gesicht.

Wer is n das? fragt Harpo.

Die Frau hätt deine Mammy sein sollen, sagt er.

Shug Avery? fragt Harpo. Er kuckt hoch zu mir.

Hilf mir, sie ins Haus bringen, sagt Mr. ---.

Ich denk, mein Herz fliegt mir ausm Mund, wie ich einen von ihren Füßen rauskommen seh.

Sie bleibt nich liegen. Sie klettert runter zwischen Harpo und Mr. ---. Und angezogen zum Umwerfen is sie. Sie hat ein rotes Wollkleid an und die Brust voll mit schwarzen Perlen. Einen glänzenden schwarzen Hut mit, wies aussieht, Habichtfedern, die sind runter zur einen Backe gebogen, und sie hält eine kleine Tasche aus Schlangenleder fest, die paßt zu den Schuhen.

Sie sieht so elegant aus, es is, wie wenn die Bäume ums Haus rum sich auf die Zehen stelln, daß sie besser sehn. Jetzt merk ich, wie sie stolpert zwischen den zwei Männern. So sicher is sie scheints nich auf den Beinen.

Von nahem seh ich den gelben Puder auf ihrem Gesicht, ganz verklebt. Rouge. Sie sieht aus, wie wenn sie nich mehr lang für diese Welt is, sondern schön geschmückt für die nächste. Aber ich weiß es besser.

Komm doch rein, möcht ich rufen. Schreien. Komm doch rein.

In Gottes Namen, Celie macht dich wieder gesund. Aber ich sag nix. Es is nich mein Haus. Und man hat mich nix geheißen.

Sie sind halb die Treppe rauf. Da kuckt Mr. --- rauf zu mir.

Celie, sagt er. Das is Shug Avery. Alte Familienfreundin. Richte das Fremdenzimmer. Dann kuckt er auf sie runter, hält sie in einem Arm, hält sich am Geländer mit dem andern. Harpo is auf der andern Seite und kuckt traurig. Sofia und die Kinder im Hof kukken zu.

Ich reg mich nich gleich, weil ich nich kann. Ich muß ihre Augen sehn. Ich hab das Gefühl, erst wenn ich ihre Augen seh, können meine Füße weg von dem Fleck, wo sie kleben.

Rühr dich schon, sagt er. Scharf.

Und dann kuckt sie hoch.

Unter dem ganzen Puder is ihr Gesicht schwarz wie Harpo seins. Sie hat eine lange, spitzige Nase und einen großen, fleischigen Mund. Die Lippen sehen aus wie schwarze Pflaumen. Die Augen groß und glänzend. Fiebrig. Und stark. So, wie wenn sie, krank wie sie is, jede Schlange eigenhändig umbringt, die ihr übern Weg läuft.

Sie kuckt mich von Kopf bis Fuß an. Dann kichert sie los. Klingt wie ein Todesröcheln. Du bist echt häßlich, sagt sie, wie wenn sies nich geglaubt hätt.

Lieber Gott,

Es is nix Schlimmes mit Shug Avery. Sie is nur krank. Kränker, als ich in meinem Leben jemand gesehen hab. Sie is kränker, als meine Mama war, wie sie gestorben is. Aber sie is stärker als meine Mama, und das hält sie am Leben.

Mr. --- is im Zimmer bei ihr, die ganze Zeit, Nacht und Tag. Die Hand hält er ihr aber nich. Dazu is sie zu stark. Laß, verdammt noch mal, meine Hand gehn, sagt sie zu Mr. ---. Was is los mit dir, bist du verrückt? Ich brauch keinen Schwächling, der zu seim Papi nich nein sagen kann, an mir dran. Ich brauch einen Mann, sagt sie. Einen Mann. Sie kuckt ihn an und rollt mit den Augen und lacht. Es is nich so ein dolles Lachen, aber es hält ihn vom Bett weg. Er sitzt drüben in der Ecke, weg von der Lampe. Manchmal wacht sie nachts auf und sieht es gar nich. Aber er is da. Sitzt im Schatten und kaut auf seiner Pfeife. Ohne Tabak drin. Erstens, hat sie gesagt, ich will deine elendige Stinkpfeife nich riechen, hörst du mich, Albert?

Wer is denn Albert, frag ich mich. Dann fällt mir ein, Albert is Mr. --- sein Vorname.

Mr. --- raucht nich. Trinkt nich. Ißt kaum was. Er hat nur sie in dem kleinen Zimmer, bewacht jeden Atemzug.

Was is denn mit ihr passiert? frag ich.

Wenn du sie hier nich willst, brauchstes nur zu sagen, sagt er. Nützen wirds dir nix. Aber wenn du so dazu stehst ... Er sagt es nich fertig.

Ich will sie hierbehalten, sag ich, zu schnell. Er kuckt mich an, wie wenn ich vielleicht was Böses im Schild führ.

Ich will nur wissen, was passiert is, sag ich.

Ich kuck in sein Gesicht. Es is müde und traurig, und mir fällt auf, daß sein Kinn schwach is. Gar nich viel Kinn da. Ich hab mehr Kinn, denk ich. Und seine Kleider sind dreckig, dreckig. Wenn er sie auszieht, staubt es.

Keiner hat für Shug gekämpft, sagt er. Und ein bißchen Wasser kommt in seine Augen.

Lieber Gott,

sie haben drei Kinder zusammen gemacht, aber er scheniert sich davor, daß er sie badet. Vielleicht meint er, daß er dann Sachen denkt, die er nich soll. Ja, und ich? Wie ich das erste Mal Shug Avery ihren langen schwarzen Körper mit den schwarzen Pflaumennippeln seh, die wie ihr Mund aussehn, denk ich, ich bin in einen Mann verwandelt.

Was glotzt du n so? fragt sie. Gehässig. Sie is schwach wie ein junges Kätzchen. Aber ihr Mund is voll mit Krallen. Hast du noch nie eine nackte Frau gesehn?

Nein, Ma'am, sag ich. Hab ich auch nicht. Außer Sofia, und die is so rund und gesund und verrückt, daß sie wie meine Schwester is.

Sie sagt, na, dann kuck nur gut her. Auch wenns jetzt nur Haut und Knochen sind. Sie hat den Nerv, eine Hand auf ihre nackte

Hüfte zu stützen und mir zuzuzwinkern. Dann saugt sie Luft durch die Zähne und rollt mit den Augen zur Decke, während ich sie wasche.

Ich wasch ihren Körper, und es is ein Gefühl, wie wenn ich bete. Meine Hände zittern, und mein Atem is kurz.

Sie sagt, hast du mal Kinder gehabt?

Ich sag, ja, Ma'am.

Sie sagt, wie viele, und sag nich ja – Ma'am zu mir, so alt bin ich nich.

Ich sag, zwei.

Sie fragt mich, wo sind die?

Ich sag, ich weiß nich.

Sie kuckt mich komisch an.

Meine Kleinen sind bei ihrer Oma, sagt sie. Die Kinder hat sie ausgehalten. Ich mußte gehn.

Fehlen sie Ihnen? frag ich.

Nä, sagt sie. Mir fehlt gar nix.

Lieber Gott,

ich hab Shug Avery gefragt, was sie zum Frühstück will. Sie sagt, was habt ihr denn? Ich sag, Schinken, Hafergrütze, Eier, Zwieback, Kaffee, süße Milch oder Buttermilch, Pfannkuchen. Gelee und Marmelade.

Sie sagt, is das alles? Und was is mit Orangensaft, Grapefruit, Erdbeeren und Sahne? Tee? Dann lacht sie.

Ich will nix von deinem Scheißessen, sagt sie. Gib mir ne Tasse Kaffee und lang mir meine Zigaretten rüber.

Ich streit mich nich rum. Ich hol den Kaffee und zünd ihre Zigarette an. Sie hat ein langes weißes Nachthemd an, und ihre dünne schwarze Hand, die draus vorkommt und die weiße Zigarette hält, sieht so richtig schön aus. Irgendwas dran, vielleicht die kleinen, zarten Adern, die ich seh, und die großen, wo ich versuch, es nich zu tun, macht mir Angst. Mir is, wie wenn mich was nach vorn schiebt. Wenn ich nich aufpaß, nehm ich gleich ihre Hand und probier mit meim Mund, wie ihre Finger schmecken.

Kann ich hier drin sitzen und bei Ihnen essen? frag ich.

Sie zuckt die Achseln. Sie is beschäftigt, kuckt eine Illustrierte an. Weiße Frauen sind drin. Die lachen. Halten mit einem Finger ihre Halskette nach außen. Tanzen auf Autos. Springen in Brunnen. Sie blättert durch. Kuckt unzufrieden. Ich muß an ein Kind denken mit einem Spielzeug, das noch zu schwer für es is.

Sie trinkt ihren Kaffee, pafft an ihrer Zigarette. Ich beiß in ein großes Stück saftigen, hausgemachten Schinken. Den Schinken riechst du eine Meile weit, wenn du ihn brätst. Ihr kleines Zimmer füllt der leicht mit Duft.

Ich streich dick Butter auf einen warmen Zwieback und wedel bißchen damit rum. Ich tunk den Schinkensaft auf und meng meine Eier mit der Hafergrütze.

Sie bläst immer mehr Rauch. Kuckt in ihren Kaffe rein, wie wenn vielleicht was Festes auf dem Boden is.

Endlich sagt sie, Celie, ich glaub, ich könnt ein Glas Wasser trinken. Und das hier neben meinem Bett is nich frisch.

Sie hält mir das Glas hin.

Ich setz meinen Teller auf den kleinen Tisch neben ihrem Bett. Ich geh ihr Wasser holen. Ich komm zurück, nehm meinen Teller.

Sieht aus, wie wenn eine kleine Maus am Zwieback geknabbert hat, eine Ratte mit dem Schinken weggelaufen is.

Sie tut, als wär nix. Fängt an mit Jammern, wie müd sie is. Döst weg in den Schlaf.

Mr. --- fragt mich, wie ich sie zum Essen gebracht hab.

Ich sag, wenn einem der Schinkenduft in die Nase steigt, dann schafft das kein lebendiger Mensch, daß er nich probiert. Wenn einer tot is, hat er ne Schangse. Vielleicht.

Mr. --- lacht.

Ich merk was Verrücktes in seinen Augen.

Ich hab so Angst gehabt, sagt er. Angst. Und er verdeckt seine Augen mit den Händen.

Lieber Gott,

Shug Avery is heute bißchen im Bett aufgesessen. Ich hab ihr die Haare gewaschen und gekämmt. Sie hat die filzigsten, kürzesten, krisseligsten Haare, die ich in meinem Leben gesehen hab, und ich liebe jede einzelne Strähne. Die Haare, die von meinem Kamm rausgegangen sind, hab ich behalten. Vielleicht besorg ich mir mal ein Netz und mach mir ein Pölsterchen draus zum Aufbauschen von meinem eignen Haar.

Ich mach an ihr rum, wie wenn sie eine Puppe wär oder Olivia – oder wie wenn sie Mama wär. Ich kämm und drück hin, kämm und drück hin. Erst sagt sie, mach daß du fertig wirst. Dann schmilzt sie bißchen und lehnt sich an meine Knie zurück. Fühlt sich gut an, sagt sie. Fühlt sich an, wie Mama es gemacht hat. Oder vielleicht nich Mama. Vielleicht die Oma. Sie langt nach der nächsten Zigarette. Fängt an, ein kleines Lied zu singen.

Was für n Lied is das? frag ich. Hat sich ziemlich schmutzig angehört. Wie das, wo der Prediger sagt, es is Sünde, wenn mans hört. Oder gar singt.

Sie summt noch bißchen weiter. Is mir grad in den Sinn gekommen. Ich habs mir ausgedacht. Du hast geholfen, mirs aus dem Kopf zu kratzen.

Lieber Gott,

Mr. --- sein Daddy is heut abend aufgekreuzt. Er is klein und verschrumpelt und hat eine Glatze und Goldbrille. Er räuspert sich viel, wie wenn alles, was er sagt, eine Ankündigung braucht. Redet mit dem Kopf schief zur Seite gelegt.

Er rückt gleich damit raus.

Hast keine Ruhe gehabt, bis du sie ins Haus gekriegt hast, was? sagt er, wie er die Treppe raufkommt.

Mr. --- sagt gar nix. Kuckt raus übers Geländer auf die Bäume, über den Brunnen weg. Die Augen bleiben auf der Spitze vor Harpo und Sofia ihrem Haus stehen.

Wollen Sie nicht Platz nehmen? frag ich und schieb ihm einen Stuhl hin. Und vielleicht einen Schluck kaltes Wasser?

Durchs Fenster hör ich, wie Shug vor sich hin singt und ihr kleines Lied übt. Ich schlüpf rein in ihr Zimmer und mach das Fenster zu.

Der alte Mr. --- sagt zu Mr. ---, was hat denn diese Shug Avery bloß an sich, sagt er. Schwarz wie Teer is sie. Krisselkopf. Beine wie Baseballschläger.

Mr. - - - sagt gar nix. Ich laß bißchen Spucke in dem alten Mr. - - - sein Wasser fallen.

Na, sagt der alte Mr. - - -, und sie is nich mal sauber. Ich hör, sie hat eine üble Frauenkrankheit.

Ich quirl die Spucke mit meinem Finger rum. Ich denk an gemahlenes Glas und überleg, wie man das wohl mahlt. Aber ich bin gar nich wütend. Nur intressiert.

Mr. - - - dreht langsam den Kopf, kuckt seim Daddy beim Trinken zu. Dann sagt er ganz traurig, du hasts nich in dir, daß du das verstehst, sagt er. Ich hab Shug Avery gern. Hab sie immer gern gehabt, werd sie immer gern haben. Ich hätt sie heiraten sollen, wos noch möglich war.

Jaja, sagt der alte Mr. - - -. Und dein Leben wegschmeißen. (Mr. - - - grunzt an der Stelle.) Und ne gute Portion von meim Geld dazu. Der alte Mr. - - - räuspert sich. Keiner weiß genau, wer überhaupt ihr Daddy is.

Mir is egal, wer ihr Daddy is, sagt Mr. - - -.

Und ihre Mammy nimmt heut noch die dreckigen Kleider von weißen Leuten zum Waschen. Und der ihre Kinder haben jeder einen anderen Daddy. Da is alles so schlampig und durcheinander.

Jedenfalls, sagt Mr. - - - und kuckt seinem Vater voll ins Gesicht, die ganzen Kinder von Shug Avery haben den gleichen Daddy. Das kann ich bezeugen.

Der alte Mr. - - - räuspert sich. So, und das hier ist *mein* Haus. Das ist *mein* Land. Dein Sohn Harpo sitzt in einem Haus von *mir* auf *meinem* Land. Wenn Unkraut auf meinem Land wächst, hack ich es weg. Wenn Müll drauf fliegt, verbrenn ich den. Er steht auf zum Gehen. Gibt mir sein Glas. Nächstes Mal, wenn er kommt, tu ich was von Shug Avery ihrer Pisse rein. Mal kucken, wie ihm das schmeckt.

Celie, sagt er, du hast mein Mitgefühl. Nich viele Frauen lassen ihrem Mann seine Hure in ihrem Haus absteigen. Aber er sagt es nich zu mir, er sagts zu Mr. - - -.

Mr. - - - kuckt zu mir hoch. Unsere Augen treffen sich. So nah haben wir uns noch nie gefühlt.

Er sagt, gib Pa seinen Hut, Celie.

Und ich tus. Mr. --- rührt sich nich von seinem Stuhl beim Geländer. Ich steh in der Tür. Wir kucken zu, wie der alte Mr. --- die ganze Straße heim ähem-ähem macht.

Der nächste, wo zu Besuch kommt, is sein Bruder Tobias. Er is echt fett und groß, sieht aus wie ein großer gelber Bär. Mr. --- is klein wie sein Daddy, sein Bruder steht ein ganzes Stück länger da.

Was machtse denn grad, fragt er. Wo is die Queen Honeybee? Hab was für sie, sagt er. Legt eine kleine Schachtel Schokolade aufs Geländer.

Sie schläft, sag ich. Sie hat heut nacht nich viel geschlafen.

Und wie gehts dir n so, Albert, sagt er und zerrt einen Stuhl her. Er fährt mit der Hand über sein angeklatschtes Haar und probiert, ob in seiner Nase ein Klumpen Popel is. Wischt sich die Hand an der Hose ab. Schüttelt die Falte raus.

Ich hab erst grad gehört, daß Shug Avery hier is, sagt er. Wie lang hast du sie schon da?

Och, sagt Mr. ---, paar Monate.

Teufel, sagt Tobias, ich hab gehört, sie läg im Sterben. Kannste mal wieder sehn, daß man nich glauben darf, was man hört. Er streicht sich seinen Schnurrbart glatt, fährt mit der Zunge in die Mundwinkel.

Was wissen Sie denn Schönes, Miss Celie? sagt er.

Nich viel, sag ich.

Ich und Sofia, wir nähen grad wieder einen Quilt zusammen. Ich hab vielleicht fünf Teile fertiggenäht, die liegen auf dem Tisch. Mein Korb mit den Stoff-Flecken steht auf dem Boden.

Immer fleißig, immer fleißig sagt er. Ich wollt, Margaret wär mehr wie Sie. Würd mir einen Batzen Geld sparen.

Tobias und sein Daddy reden immer vom Geld, wie wenn sie noch eine Menge hätten. Der alte Mr. --- hat alles verkauft, so daß kaum was übrig is außer den Häusern und den Feldern. Meine und Harpo seine Felder bringen mehr ein wie von sonst jemand.

Ich näh an meinem Quadrat. Kuck auf die Farben vom Stoff.

Dann hör ich Tobias sein Stuhl umfallen, und er sagt, *Shug*.

Shug is halb zwischen Krank und Gesund. Auch halb zwischen Gut und Böse. Die meisten Tage zeigt sie mir und Mr. --- jetzt ihre gute Seite. Aber heute is die Bosheit ganz über ihr. Sie lächelt wie ein Rasiermesser, das aufgeht. Sagt: Schau, schau, wer heut da is.

Sie hat einen kleinen geblümten Hänger an, hab ich für sie gemacht, und sonst nix. Sie sieht aus wie zehn mit ihren Zöpfchen am Kopf. Sie is spindeldürr, und ihr Gesicht is nur Augen.

Ich und Mr. --- kucken beide rauf zu ihr. Beide springen wir und helfen ihr beim Hinsetzen. Sie kuckt ihn nich an. Sie zieht einen Stuhl neben mich.

Sie klaubt irgendein Stück Stoff aus dem Korb. Hälts ans Licht. Runzelt die Stirn. Wie näht man dieses verdammte Ding? sagt sie. Ich geb ihr das Stück, an dem ich grad näh, und fang ein andres an. Sie macht lange, krumme Stiche, ich muß an das kleine krumme Lied denken, das sie singt.

Das is echt gut. Fürs erste Mal, sag ich. Das is richtig schön und tipptopp. Sie kuckt mich an und schnaubt. Alles, was ich tu, is schön und tipptopp für dich, Miss Celie, sagt sie. Aber das is, weil du keinen Verstand hast. Sie lacht. Ich zieh den Kopf ein.

Sie hat jedenfalls mehr wie Margaret, sagt Tobias. Margaret nimmt die Nadel und näht dir glatt die Nasenlöcher zusammen.

Nich alle Frauen sind gleich, Tobias, sagt sie. Ob dus glaubst oder nich.

Ach, ich glaubs schon, sagt er. Ich kanns nur der Welt nich beweisen.

Zum erstenmal denk ich über die Welt nach.

Was hat die Welt mit irgendwas zu tun, denk ich. Dann seh ich mich selber, wie ich dasitz und näh, zwischen Shug Avery und Mr. ---. Wir drei sitzen zusammen, gegen Tobias und seine Schokoladenschachtel mit Fliegendreck dran. Zum erstenmal in meinem Leben fühl ich mich so richtig gut.

Lieber Gott,

ich und Sofia nähen an der Quiltdecke. Haben sie auf der Veranda auf einen Rahmen gespannt. Shug Avery hat ihr altes gelbes Kleid zum Zerschneiden hergegeben, und ich nähe immer ein Stück davon ein, wo ich kann. Es ist ein schönes Muster, heißt Sister's Choice. Wenn die Decke schön wird, schenk ich sie ihr vielleicht, wenn nicht, behalt ich sie vielleicht. Ich möcht sie selbst haben, nur wegen den kleinen gelben Stückchen, die sehen aus wie Sterne, sind aber keine. Mr. --- und Shug gehn die Straße runter zum Briefkasten. Das Haus is still, bis auf die Fliegen. Die summen immer mal durch, voll vom Fressen und zufrieden mit der Hitze, und brummen so, daß ich ganz dösig werd.

Sofia sieht aus, wie wenn sie was umtreibt, aber sie nicht weiß, was. Sie beugt sich über den Rahmen, näht ein Weilchen, dann setzt sie sich auf ihrem Stuhl hoch und kuckt raus über den Hof. Am Ende sagt sie, warum essen Leute, Miss Celie, kannst du mir das sagen?

Daß sie am Leben bleiben, sag ich. Wieso sonst? Klar essen manche, weils ihnen schmeckt. Dann gibts noch Vielfraße. Die stopfen ihrem Mund gern Arbeit rein.

Sind das die einzigen Gründe, die dir einfallen? fragt sie. Na ja, manchmal kanns sein, daß einer unterernährt ist, sag ich.

Sie grübelt. Er ist nich unterernährt, sagt sie.

Wer denn? frag ich.

Harpo, sagt sie.

Harpo?

Der ißt von Tag zu Tag mehr.

Vielleicht hat er einen Bandwurm?

Sie runzelt die Stirn. Nä, sagt sie. Ich glaub nich, daß es ein Bandwurm is. Ein Bandwurm macht einen hungrig. Harpo ißt, wenn er gar nicht arg hungrig is.

Was? Der zwingt es sich rein? Ich kanns kaum glauben, aber manchmal hört man jeden Tag was Neues. Ich ja nich so, aber manche Leute sagen das.

Gestern abend hat er zum Nachtessen ein ganzes Blech Zwieback allein gegessen.

Nä, sag ich.

Bestimmt. Und zwei große Gläser Buttermilch hat er noch getrunken. Und das war, wo das Nachtessen schon vorbei war. Ich hab die Kinder gebadet und sie fürs Bett fertiggemacht. Er hätt abspülen sollen. Aber anstatt daß er die Teller wäscht, macht er sie mit der Zunge sauber.

War er vielleicht besonders hungrig? Ihr habt ganz schön hart gearbeitet.

So hart auch nicht, sagt sie. Und heut morgen zum Frühstück, verdammt will ich sein, wenn er nich sechs Eier gegessen hat. Nach dem ganzen Essen hat er ausgesehen wie zu krank zum Laufen. Wie wir aufs Feld gekommen sind, hab ich gedacht, er fällt um.

Wenn Sofia *verdammt* sagt, stimmt was nich. Vielleicht will er nich abwaschen, sag ich. Sein Daddy hat sein Lebtag keinen Teller gespült.

Meinst du? sagt sie. Mir hats geschienen, wie wenn ers gern macht. Ehrlich gesagt, dem gefällt doch die Hausarbeit viel besser wie mir. Ich geh lieber aufs Feld oder mach was mit den Tieren. Holzhacken auch. Aber er kocht gern und putzt und macht so kleine Sachen ums Haus rum.

Gut kochen tut er jedenfalls, sag ich, war ich doch richtig verblüfft, daß er das kann. Nich mal ein Ei hat er gekocht, wie er daheim gewohnt hat.

Ich wett, er hätts gern wollen, sagt sie. Es paßt auch so zu ihm. Aber Mr. - - -. Du weißt ja, wie der is.

Ach, der is schon in Ordnung.

Bist du zu retten, Miss Celie? fragt Sofia.

Ich mein, er is in Ordnung in manchen Sachen, in andern nich.

Aha, sagt sie. Jedenfalls, wenn er nächstes Mal herkommt, gib mal acht, ob er was ißt.

Ich geb gut acht, was er ißt. Als erstes, wie er die Treppe raufkommt, kuck ich ihn genau an. Er is immer noch dünn, halb so stämmig wie Sofia, aber ich seh, daß unter seiner Arbeitshose ne kleine Kugel anfängt.

Was hast du zu essen, Miss Celie, sagt er, geht stracks zum Herd nach einem Stück Brathähnchen, dann weiter zum Schrank nach einem Stück Brombeerkuchen. Er steht neben dem Tisch und mampft und mampft. Hast du Milch da? fragt er.

Dickmilch hab ich, sag ich.

Er sagt, hm, Dickmilch mag ich. Und schöpft sich welche raus.

Sofia gibt dir wohl nix zu essen, sag ich.

Wieso? fragt er mit vollem Mund.

Na, es is noch nich lang nach dem Essen, und du hast schon wieder Hunger.

Er sagt gar nix. Ißt.

Und dann, sag ich, isses ja auch nich mehr lang zum Nachtessen. So drei oder vier Stunden.

Er wühlt in der Schublade nach einem Löffel für die Dickmilch. Er sieht eine Scheibe Maisbrot auf dem Regal hinterm Herd, grabscht es und krümelt es in sein Glas.

Wir gehn wieder raus auf die Veranda, und er stemmt die Füße ans Geländer. Ißt seine Dickmilch mit Maisbrot mit dem Glas fast an der Nase. Ich muß an ein Schwein am Trog denken.

Dir schmeckts wohl derzeit, was? sag ich und horch, wie er kaut.

Er sagt gar nix. Ißt.

Ich kuck raus über den Hof. Ich seh, wie Sofia eine Leiter schleppt und dann ans Haus lehnt. Sie hat eine alte Hose von Harpo an. Das Haar unter einem Kopftuch. Sie klettert die Leiter zum Dach rauf und fängt an, Nägel reinzuhauen. Das Echo kommt über den Hof wie Schüsse.

Harpo ißt, kuckt ihr zu.

Dann rülpst er. Sagt, Tschuldigung, Miss Celie. Trägt das Glas und den Löffel zurück in die Küche. Kommt raus und sagt ade.

Egal, was passiert. Egal, wer kommt. Egal, was einer sagt oder tut, Harpo frißt weiter. An nix wie Essen denkt er morgens, mittags und nachts. Sein Bauch wächst und wächst, aber der Rest von ihm nich. Sieht langsam aus, wie wenn er schwanger is.

Wann isses denn soweit? fragen wir.

Harpo sagt gar nix. Langt sich noch ein Stück Kuchen rüber.

Lieber Gott,

Harpo is am Wochenende bei uns gewesen. Freitag nacht, wie Mr. --- und Shug und ich ins Bett gegangen gewesen sind, hab ich so was weinen gehört. Harpo is draußen auf der Treppe gesessen und hat geweint, wie wenn ihm das Herz bricht. Ach, hu-hu und hu-hu. Er hat den Kopf in den Händen gehabt, und Tränen und Rotz is ihm das Kinn runtergelaufen. Ich geb ihm ein Taschentuch. Er putzt die Nase, kuckt hoch zu mir aus zwei Augen, so dick zu wie Fäuste. Was is denn mit deinen Augen? frag ich.

Er kramt in seinem Kopf nach einer Geschichte, dann rückt er doch raus mit der Wahrheit.

Sofia, sagt er.

Plagst du Sofia immer noch? frag ich.

Sie is meine Frau, sagt er.

Das heißt doch nich, daß du sie immerzu plagen mußt, sag ich. Sofia mag dich. Sie is eine gute Frau. Lieb mit den Kindern und sieht gut aus. Schafft für drei. Gottesfürchtig und *sauber.* Ich weiß nich, was du sonst noch willst.

Harpo schnüffelt.

Ich will, daß sie tut, was ich sag, wie du für Pa.

O Gott, sag ich.

Wenn Pa sagt, du sollst was tun, dann tust dus, sagt er. Wenn er sagt, nich, dann tust dus nich. Wenn du nich tust, was er sagt, schlägt er dich.

Manchmal schlägt er mich sowieso, egal, ob ich tu, was er sagt, oder nich.

Stimmt, sagt Harpo. Aber Sofia nich. Die tut, was sie will. Schert sich n Dreck um mich. Versuch ich sie zu prügeln, haut sie mir das Auge blau. Ach, hu-hu-hu, heult er, hu-hu-hu.

Ich nehm mir mein Taschentuch wieder. Vielleicht schmeiß ich ihn mit seinem blauen Auge von meiner Treppe. Ich muß an Sofia denken. Muß lachen. Ich bin früher mit Pfeil und Bogen Wild schießen gegangen, hat sie gesagt.

Es gibt Frauen, die kannste nich schlagen, sag ich. Sofia is so eine. Und außerdem, Sofia hat dich gern. Bestimmt würd die gern tun, was du sagst, wenn du richtig fragst. Die is nich gemein. Die is nich bös. Die nimmt einem nix übel.

Er hockt da und hängt den Kopf, sieht dämlich aus.

Harpo, sag ich und schüttel ihn. Sofia liebt dich. Und du liebst Sofia.

Er kuckt zu mir hoch, so gut, wie er kann aus seinen dicken, kleinen Augen. Ja, Ma'am? sagt er.

Mr. --- hat mich geheiratet, daß ich für seine Kinder sorg. Ich hab ihn geheiratet, weil mein Daddy mich gezwungen hat. Ich lieb Mr. --- nich, und er liebt mich nich.

Aber du bist seine Frau, sagt er. Und Sofia meine. Die Frau muß parieren.

Pariert Shug Avery vielleicht bei Mr. ---, frag ich. Die is die Frau, die er heiraten wollt. Sie sagt Albert zu ihm und im nächsten

Moment, daß seine Unterhose stinkt. So klein, wie die is, wenn die ihr Gewicht wieder hat, sitzt die oben auf ihm drauf, wenn er ihr was will.

Warum ich vom Gewicht red. Harpo fängt wieder an mit Heulen. Dann fängt er an mit Kotzen. Er lehnt sich über den Rand von der Treppe und kotzt und kotzt. Wie wenn jedes einzelne Stückchen Kuchen vom ganzen letzten Jahr hochkommt. Wie er leer is, tu ich ihn ins Bett neben Shugs kleinem Zimmer. Er is sofort weg.

Lieber Gott,

ich geh auf Besuch zu Sofia. Die arbeitet immer noch am Dach.

Das verdammte Ding leckt, sagt sie.

Sie is außen beim Holzstoß und macht Schindeln. Sie legt ein große, viereckiges Holzstück auf den Haublock und hack, hack, hack, macht sie große flache Schindeln. Sie legt die Axt hin und fragt, ob ich eine Limonade will.

Ich kuck sie genau an. Außer einem blauen Fleck am Handgelenk, sieht sie nich aus, wie wenn ihr ein Haar gekrümmt worden is.

Wie gehts mit dir und Harpo? frag ich.

Tja, sagt sie, er hat aufgehört mit dem vielen Essen. Aber vielleicht nur für kurz.

Der will so groß werden wie du, sag ich.

Sie saugt die Luft ein. So was hab ich mir gedacht, sagt sie und läßt die Luft ganz langsam wieder raus.

Die ganzen Kinder kommen raufgelaufen, Mama, Mama, wir wolln Limonade. Sie gießt ihnen fünf Gläser voll, zwei für uns. Wir sitzen auf einer Holzschaukel, die hat sie im vergangnen Sommer gemacht und auf der Schattenseite von der Veranda hingehängt.

Ich hab so langsam die Nase voll von Harpo, sagt sie. An nix kann er denken, seit wir geheiratet haben, als wie er mich zum Pariern bringt. Der will keine Frau, der will einen Hund.

Er is dein Mann, sag ich. Mußt schon bei ihm bleiben. Oder was willste sonst machen?

Meiner Schwester ihrn Mann hats erwischt mitm Wehrdienst,

sagt sie. Die ham keine Kinder. Odessa mag Kinder. Jetzt sitzt sie allein auf ner kleinen Farm. Vielleicht geh ich eine Weile zu denen. Ich und meine Kinder.

Ich denk an meine Schwester Nettie. Der Gedanke is so scharf, daß er wie ein Schmerz durch mich fährt. Jemand zum Hingehen. Nich zum Aushalten, so schön.

Sofia macht weiter, kuckt ihr Glas bös an.

Ich mag gar nich mehr mit ihm ins Bett, sagt sie. Es war immer so, wenn er mich angelangt hat, is mir ganz anders geworden. Wenn er mich jetzt anfaßt, will ich nur meine Ruhe. Kaum is er auf mir drauf, muß ich denken, das isses, was er immer sein will. Sie trinkt einen kleinen Schluck Limonade. Ich hab das doch immer so gern gehabt, sagt sie. Ich hab ihn immer vom Feld heimgescheucht. Bin schon ganz heiß geworden beim Zukucken, wie er die Kinder ins Bett hat. Aber nix mehr. Jetzt bin ich die ganze Zeit müde. Keine Lust mehr.

Ach komm, sag ich, schlaf mal drüber, vielleicht kommts wieder. Aber ich sags nur, damit ich was sag. Ich weiß da nix drüber. Mr. --- steigt auf mich drauf, macht, was er muß, zehn Minuten drauf schlafen wir beide. Die einzigen Male, daß ich da unten was sich regen spür, is, wenn ich an Shug denk. Und das is, wie wenn man bis ans Ende von der Straße läuft und dann den gleichen Weg wieder zurückmuß.

Und weißt du das Schlimmste? sagt sie. Das Schlimmste is, ich glaub, daß ers nich merkt. Er steigt da rauf und hat genauso seinen Spaß. Egal, was ich denk. Egal, was ich spür. Nur er is da. Das Herz und was man spürt hat scheints nix damit zu tun. Sie schnaubt. Daß ers so durchziehn kann, macht, daß ich ihn am liebsten umbringen würd.

Wir kucken den Weg rauf, zu unserm Haus. Sehen Shug und Mr. --- auf der Treppe sitzen. Er langt rüber und zupft was aus ihrem Haar.

Ich weiß nich, sagt Sofia. Vielleicht geh ich doch nich. Tief drinnen mag ich Harpo ja noch. Nur, er macht mich echt müde. Sie gähnt. Lacht. Ich brauch Ferien, sagt sie. Dann geht sie zum Holzstoß und fängt wieder an und macht Schindeln fürs Dach.

Lieber Gott,

Sofia hat recht mit ihren Schwestern. Das sind alles große, starke, gesunde Mädchen, sehen aus wie Amazonen. Sie kommen früh an einem Morgen mit zwei Wagen und holen Sofia ab. Sie hat nich viel zum Mitnehmen, die Kleider von ihr und den Kindern, eine Matratze, die hat sie im letzten Winter gemacht, einen Spiegel und einen Schaukelstuhl. Die Kinder.

Harpo hockt auf der Treppe und tut, wie wenns ihm egal is. Er macht ein Schlagnetz zum Fischefangen. Immer mal wieder kuckt er zum Bach und pfeift ein kleines Lied. Aber es is nix, wenn mans vergleicht damit, wie er sonst pfeift. Sein Pfeifen klingt, wie wenn es in einem Glas drin is und das Glas unten auf dem Grund vom Bach.

Im letzten Moment beschließ ich, daß ich Sofia die Quiltdecke geben will. Ich weiß nich, wie das Haus von ihrer Schwester is, aber wir haben schon eine Weile ganz schön kaltes Wetter. Und kann sein, daß sie mit ihren Kindern auf dem Boden schlafen muß.

Und du läßt sie gehn? frag ich Harpo.

Er kuckt, wie wenn nur ein Idiot so was fragen kann. Er schnauft zurück, sie hat sich vorgenommen, daß sie gehn will. Wie soll ich sie abhalten? Laß sie doch gehn, sagt er und kuckt schräg rüber zu dem Wagen von ihrer Schwester.

Wir sitzen zusammen auf der Treppe. Alles, was wir von drinnen hören, is das Bum-Bum-Bum von großen, starken Füßen. Wenn die ganzen Schwestern von Sofia zur gleichen Zeit drin rumlaufen, dann wackelt das Haus.

Wo gehn wir hin? fragt das älteste Mädchen.

Zu Besuch zu Tante Odessa, sagt Sofia.

Kommt Daddy mit? fragt sie.

Nä, sagt Sofia.

Wieso kommt denn der Daddy nich mit? fragt ein andres.

Daddy muß hierbleiben, aufs Haus aufpassen, Dilsey, Coco und Boo versorgen.

Das Kind kommt her und stellt sich vor seinen Daddy hin und kuckt ihn gut an.

Kommst du nich mit? sagt es.

Harpo sagt, nä.

Das Kind geht rüber zum Baby, das krabbelt da auf dem Boden rum. Daddy geht nich mit, wie findste das?

Das Baby setzt sich still hin, drückt ganz fest und furzt.

Wir lachen alle, aber traurig is es auch. Harpo hebt das Baby hoch, faßt die Windel an, fängt an mit Ausziehen.

Ich glaub, sie is nich naß, sagt Sofia. Nur Wind.

Aber er wechselt trotzdem die Windel. Er und das Baby sind drüben in der Ecke von der kleinen Veranda, wo sie nich im Weg sind. Er nimmt die alte trockene Windel und wischt sich die Augen.

Am Schluß gibt er Sofia das Baby, und sie wuchtet es seitwärts auf die Hüfte, schwingt einen Sack mit Windeln und Essen über die Schulter, schnappt die Kleinen, sagt, sie sollen zum Daddy Wiedersehn sagen. Dann drückt sie mich, so gut, wie sies kann mit dem Baby und allem, und steigt auf den Wagen. Bald jede von den Schwestern hat ein Kind zwischen den Knien, außer den zwei, die die Maultiere lenken, und alle sind ganz still, wie sie aus Sofia und Harpo ihrem Hof raus und am Haus vorbeifahren.

Lieber Gott,

Sofia is sechs Monate fort, und Harpo is wie ein andrer Mann. Früher war er ein Stubenhocker, aber jetzt is er immer unterwegs.

Ich frag ihn, was los is. Er sagt, Miss Celie, ich hab ein paar Sachen gelernt.

Eins, was er gelernt hat, is, er is schlau. Noch eins, er hat Grips. Plus, Geld kann er auch machen. Wer sein Lehrer is, sagt er nich. Soviel Gehämmer hab ich nich gehört, seit Sofia weggegangen is, aber jeden Abend, wenn er vom Feld wieder da is, dann reißt er runter und nagelt drauf. Manchmal kommt sein Freund Swain zum Helfen vorbei. Die zwei schaffen bis in die Nacht. Mr. --- muß zu ihnen runterschreien, daß sie mit dem Radau aufhörn sollen.

Was baust du denn? frag ich.

Einen Juke-Box-Schuppen, sagt er.

So weit hier draußen?

Nich weiter draußen wie die andern auch.

Ich weiß nix von den andern nich, kenn nur den *Lucky Star*. Ein Juke-Box-Schuppen muß weit draußen, hinter Pfuiteufel sein, sagt Harpo. Da stört sich keiner an der lauten Musik. Und dem Tanzen. Und den Schlägereien.

Und Abmurksereien, sagt Swain.

Harpo sagt, und die Polizei weiß nich, wo sie suchen soll.

Und was, meinste, sagt Sofia zu dem, was du mit ihrem Haus machst? frag ich. Stell dir vor, sie kommt mit den Kindern zurück. Wo sollen die denn schlafen?

Die kommen nich zurück, sagt Harpo und nagelt die Bretter für eine Theke zusammen.

Wie willst n das wissen?

Er gibt keine Antwort. Arbeitet weiter, macht jetzt alles mit Swain.

Lieber Gott,

in der ersten Woche kommt kein Mensch. In der zweiten drei oder vier. In der dritten einer. Harpo hockt hinter seiner kleinen Theke, hört zu, wie Swain an der Juke-Box rumspielt.

Er hat Getränke, er hat Fleisch zum Grillen, er hat Kutteln, hat Brot ausm Laden. Er hat ein Schild mit *Harpo's* an der Seite vom Haus aufgehängt und eins draußen an der Straße. Aber er hat keine Kundschaft.

Ich geh den Weg runter zum Hof, bleib draußen stehen, kuck rein. Harpo kuckt raus und winkt.

Komm rein, Miss Celie, sagt er.

Ich sag, nä, danke.

Mr. --- geht manchmal runter, trinkt was, hört Swain zu. Miss Shug geht auch runter, hin und wieder. Sie hat immer noch die kleinen Hänger an, und ich flecht ihr Haar noch in Kornährenzöpfchen, aber es wird langsam lang, und sie sagt, sie wills bald entkrausen.

Shug bringt Harpo ganz draus. Ein Grund is, daß sie sagt, was ihr grad einfällt, nix mit Höflichsein. Manchmal seh ich, wie er sie richtig anglotzt, wenn er denkt, ich kuck nich.

Eines Tages sagt er, kein Mensch kommt so weit raus, nur daß er Swain hört. Was meinste, könnt ich die Queen Honeybee kriegen?

Ich weiß nich, sag ich. Der gehts jetzt viel besser, die summt und singt den ganzen Tag. Wahrscheinlich is sie froh, wenn sie Arbeit kriegt. Warum fragst du sie nich?

Shug sagt, sein Schuppen is nix Großes, verglichen mit wo sie dran gewöhnt is, aber sie meint, sie könnt ihn vielleicht mit einem Lied beehren.

Harpo und Swain bringen Mr. --- dazu, daß er ein paar von Shugs alten Ankündigungszetteln aus der Truhe rausrückt. Streichen das *Lucky Star* in Coalman Road aus und schreiben *Harpo's auf der ---- Plantage* drüber. Pinnen sie an die Bäume zwischen der Abzweigung zu unsrer Straße und der Stadt. Am ersten Samstagabend kommen so viele Leute, daß sie gar nich alle reingehn.

Shug, Shug Baby, wir ham gedacht, du wärst abgekratzt!

Fünf von einem Dutzend sagen so hallo zu Shug.

Und sind gekommen, daß wir sehen, ob dus bist, sagt Shug und grinst breit.

Und endlich seh ich Shug Avery bei der Arbeit. Endlich kann ich ihr zukucken. Kann ich ihr zuhören.

Mr. --- hat nich wollen, daß ich komm. Verheiratete Frauen gehn zu so was nich hin, sagt er.

Jaja, aber Celie geht mit, sagt Shug, wie ich ihr das Haar entkraus. Nimm mal an, mir wird schlecht beim Singen, sagt sie. Nimm mal an, mir platzt was am Kleid. Sie hat ein hautenges, rotes Kleid an, die Träger sehn aus, wie wenn es bloß zwei dünne Fädchen sind.

Mr. --- brummt, wie er sich anzieht. Meine Frau kann doch nich. Es geht doch nich, daß meine Frau. Was meine Frau is, die ... Er redet und redet.

Shug Avery sagt am Ende, gut, daß ich nich deine verdammte Frau bin.

Da is er still. Alle drei gehn wir runter zu Harpo. Mr. --- und ich sitzen am gleichen Tisch. Mr. --- trinkt Whiskey. Ich trink was ohne Alkohol.

Erst singt Shug ein Lied von ner Frau, die Bessie Smith heißt. Sie sagt, sie kennt die Bessie. Alte Freundin von ihr. Es heißt ‹*A God Man Is Hard to Find.*› Sie kuckt bißchen rüber zu Mr. ---, wie sie das singt. Ich kuck auch rüber zu ihm. Für so n kleinen Mann is er ganz aufgebläht. Sieht aus, wie wenn er kaum auf seinem Stuhl sitzen bleiben kann. Ich kuck Shug an, und ich spür, wie mein Herz krampft. Es tut so weh, daß ich die Hand drauf leg. Ich denk, wenns nach den beiden geht, könnt ich auch unterm Tisch hocken. Ich find schrecklich, wie ich ausseh, ich find schrecklich, was ich anhab. Nix wie Kleider für die Kirche in meinem Kleiderschrank. Und Mr.--- kuckt auf Shug ihre glänzende schwarze Haut in ihrem engen roten Kleid, ihre Füße in den kleinen, roten, schicken Schuhen. Ihr Haar so glänzend und wellig.

Bis ichs merk, laufen mir schon Tränen unterm Kinn zusammen.

Und ich bin durcheinander.

Er kuckt Shug gern an. Ich kuck Shug gern an.

Aber Shug kuckt nur einen von uns gern an. Ihn.

Aber so solls wohl sein. Das weiß ich schon. Aber wenns so is, warum tut mir das Herz so weh?

Mein Kopf hängt runter bis fast in mein Glas.

Dann hör ich meinen Namen.

Shug sagt Celie. Miss Celie. Und ich kuck rauf, hin, wo sie is. Sie sagt wieder meinen Namen. Sie sagt, das Lied, das ich jetzt sing, heißt ‹*Miss Celies Lied*›. Weil sies mir aus dem Kopf gekratzt hat, wie ich krank war.

Erst summt sie bißchen, so wie sies zu Haus getan hat. Dann singt sie die Wörter.

Es handelt von einem Der-zählt-nix-Mann, der ihr nie wieder was anhaben kann. Aber da hör ich gar nich drauf. Ich kuck sie an, und ich summ bißchen mit der Melodie mit.

Das is das erste Mal, daß jemand was gemacht und nach mir genannt hat.

Lieber Gott,

wird bald Zeit für Shug, daß sie geht. Jetzt singt sie jedes Wochenende bei Harpo. Er macht ganz schön Geld mit ihr, und sie macht auch welches. Plus, daß sie so langsam wieder kräftig und gesund wird. Den ersten Abend oder zwei sind ihre Lieder gut, aber bißchen schwach rausgekommen, aber jetzt schmettert sie sie raus. Die Leute im Hof draußen hören sie ohne weitres. Sie und Swain klingen echt gut zusammen. Sie singt, er drückt seine Juke-Box. Es is nett bei Harpo. Kleine Tische im ganzen Zimmer mit Kerzen drauf, die ich gemacht hab, auch draußen ne Menge Tische, beim Bach. Manchmal kuck ich den Weg von unserm Haus runter, und es sieht aus wie ein Schwarm Glühwürmchen innen und außen von Sofias Haus. Am Abend kann Shug es kaum abwarten, bis sie runterkommt.

An einem Tag sagt sie zu mir, ja, Miss Celie, ich glaub, es is Zeit, daß ich geh.

Wann? frag ich.

Früh im nächsten Monat, sagt sie. Juni is eine gute Zeit zum Weggehen in die Welt.

Ich sag gar nix. Hab das gleiche Gefühl wie, wo Nettie weg is.

Sie kommt rüber und legt mir die Hand auf die Schulter.

Er schlägt mich, wenn du nich da bist, sag ich.

Wer denn, sagt sie, Albert?

Mr. ---, sag ich.

Das kann ich gar nich glauben, sagt sie. Sie setzt sich ganz hart auf die Bank neben mich, wie wenn sie drauffällt.

Wieso schlägt er dich? fragt sie.

Weil ich ich bin und nicht du.

Oh, Miss Celie, sagt sie, und legt die Arme um mich.

Wir sitzen so da, ne halbe Stunde vielleicht. Dann küßt sie mich auf das fleischige Stück an meiner Schulter und steht auf.

Ich geh nich weg, sagt sie, bis ich weiß, daß Albert nich mehr dran denkt, dich zu schlagen.

Lieber Gott,

jetzt, wo wir alle wissen, daß sie bald geht, schlafen sie nachts mitnander. Nicht jede Nacht, aber fast jede Nacht, von Freitag bis Montag.

Er geht runter zu Harpo und kuckt zu, wie sie singt. Und kuckt sie einfach nur an. Dann kommen sie spät heim. Sie kichern und reden und machen mitnander rum bis morgens. Dann gehn sie ins

Bett, bis es Zeit für sie is, daß sie sich wieder für die Arbeit fertig macht.

Wie es das erste Mal passiert is, wars aus Versehn. Die Gefühle haben sie einfach übermannt. Das is, was Shug sagt. Er sagt gar nix.

Sie hat mich gefragt, sag mir ehrlich, sagt sie, machts dir was aus, wenn Albert mit mir schläft?

Ich denk, mir is so Wurscht, mit wem Albert schläft. Aber das sag ich nich.

Ich sag, du könntst wieder schwanger werden.

Sie sagt, nä, nich mit meim Schwamm und so.

Dann liebst du ihn noch, frag ich.

Sie sagt, ich hab ne Leidenschaft für ihn, so sagt man wohl. Wenn ich je einen Mann geheiratet hätt, dann wär ers gewesen. Aber schwach is er, sagt sie. Kann sich nich entschließen, was er will. Und von dem, was du mir erzählst, is er auch noch brutal. Aber manche Sachen mag ich an ihm, sagt sie. Ich mags, wie er riecht. Er is so klein. Er bringt mich zum Lachen.

Magst du das gern, mit ihm schlafen? frag ich.

Ja, Celie, sagt sie, muß ich zugeben. Ich finds toll. Du nich?

Nä, sag ich. Kann Mr. --- dir auch erzählen. Ich mags überhaupt nich. Was is das denn schon. Er steigt auf dich rauf, krempelt dir das Nachhemd um die Tallje und nix wie rein. Meistens tu ich, wie wenn ich gar nich da bin. Er merkt gar keinen Unterschied. Er hat noch nie gefragt, wie mir is, nix. Macht sein Geschäft, steigt runter, ratzt los.

Sie fängt mit Lachen an. Macht sein Geschäft, sagt sie. Macht sein Geschäft. Oh, Miss Celie, bei dir klingt das, wie wenn er auf dir aufs Klo geht.

So fühlt sichs an, sag ich.

Sie lacht nich mehr.

Und dir hats überhaupt nie Spaß gemacht? fragt sie und is verdutzt. Nich mal mit dem Daddy von deinen Kindern?

Nie, sag ich.

Aber Miss Celie, sagt sie, dann bist du ja noch Jungfrau.

Was? frag ich.

Hör zu, sagt sie, da unten in deiner Muschi is ein kleiner Knopf, und der wird heiß, wenn du mit jemand du weißt schon was tust.

Der wird immer heißer und heißer und dann schmilzt er. Das is das Beste dran. Aber andre Sachen sind auch gut, sagt sie. Da gibts viel Lutscherei hier und dort auch, sagt sie. Ne Menge Finger- und Zungensachen.

Knopf? Finger und *Zunge?* Mein Gesicht is so heiß, daß es von selber schmelzen könnt.

Sie sagt, hier, nimm mal den Spiegel und kuck dich da unten an. Ich wette, du hast das noch nie gesehen, oder?

Nä.

Und ich wette, du hast Albert da unten auch nie gesehen.

Ich hab ihn gespürt, sag ich.

Ich steh da mit dem Spiegel.

Sie sagt, was, schämst du dich so, daß du nich mal gehen kannst und dich selbst ankucken? Und dabei siehste so niedlich aus, sagt sie und lacht. Schön angezogen für *Harpo's*, riechst gut und alles, aber Schiß, dir die eigne Muschi anzukucken.

Komm mit, wenn ich kuck, sag ich.

Und wir rennen in mein Zimmer wie zwei kleine Mädchen in Sonntagskleidern.

Du paßt an der Tür auf, sag ich.

Sie kichert. Na gut, sagt sie. Kommt keiner. Alles klar.

Ich leg mich mitm Rücken aufs Bett und heb mein Kleid hoch. Zieh mir die Unterhose runter. Steck mir den Spiegel zwischen die Beine. Uuh. Das ganze Haar. Dann sind die Lippen von meiner Muschi schwarz. Dann sieht das Innere aus wie ne nasse Rose.

Is doch viel hübscher, als du gedacht hast, oder? sagt sie von der Tür.

Is jedenfalls meine, sag ich. Wo is der Knopf?

Direkt vorne oben, sagt sie. Da, wos bißchen raussteht.

Ich kuck sie an und lang mit meinem Finger dran. Ein kleiner Schauder geht durch mich durch. Nich viel. Aber grad genug, daß ich weiß, das is der richtige Knopf zum Drücken. Kann sein. Sie sagt, wenn du schon kuckst, dann kuck auch gleich deine Titten an. Ich heb mein Kleid hoch und kuck meine Titten an. Denk an meine Kleinen, die dran gesaugt haben. Mir fällt der kleine Schauder ein, der damals auch da war. Manchmal ein großer Schauder. Das Beste an den Babies war das Stillen.

Albert und Harpo kommen, sagt sie. Und ich zerr meine Unterhose hoch und mein Kleid runter. Ich habs Gefühl, wie wenn wir was Böses gemacht haben.

Mir is egal, wenn du mit ihm schläfst, sag ich.

Und sie nimmt mich beim Wort.

Ich nehm mich auch beim Wort.

Aber wenn ich sie zusammen hör, kann ich nix andres machen, wie die Decke übern Kopf ziehen und meinen kleinen Knopf anlangen und meine Titten und heulen.

Lieber Gott,

eines Abends, wie Shug grad was Heißes singt, wer kommt bei Harpo zur Tür reinstolziert? Sofia!

Sie kommt mit einem großmächtigen, stämmigen Mann an, sieht aus wie ein Preisboxer.

Sie is dieselbe wie immer, gesund und munter.

Oh, Miss Celie, schreit sie. Is das schön, daß ich dich mal wieder seh. Es is sogar schön, daß ich Mr. --- mal wieder seh, sagt sie. Sie nimmt eine von seinen Händen. Auch wenn er bißchen schlaff die Hand gibt, sagt sie.

Er tut richtig froh, daß er sie sieht.

Hier, hol dir n Stuhl, sagt er. Trink was Schönes.

Gib mir n Schuß White Lightening, sagt sie.

Der Preisboxer zieht einen Stuhl her, klemmt ihn sich zwischen die Beine, drückt sich an Sofia ran, wie wenn sie daheim wärn. Ich seh, wie Harpo rüberkommt mit seiner kleinen Gelbhaut von Freundin. Er kuckt Sofia an, wie wenn sie ein Geist wär. Das is Henry Broadnax, sagt Sofia. Alle sagen Buster zu ihm. Guter Freund der Familie.

Wie gehts allerseits? sagt er. Er lacht freundlich, und wir hören weiter der Musik zu. Shug hat ein goldnes Kleid an, wo man ihren Busen fast bis zu den Nippeln sieht. Alle warten drauf, ob nich was reißt. Aber das Kleid hält was aus.

Mannomann, sagt Buster. Da hilft keine Feuerwehr. Kann jemand das Auge des Gesetzes rufen?

Mr. --- flüstert zu Sofia rüber, wo sind deine Kinder?

Sie flüstert zurück, meine Kinder sind daheim, wo sind Ihre?

Er sagt gar nix.

Die beiden Mädchen sind groß und ausm Haus. Bub sitzt ständig im Knast. Wenn sein Opa nich der farbige Onkel von dem Sheriff wär, der genau aussieht wie Bub, dann wär Bub schon gelyncht.

Ich komm nich drüber weg, wie gut Sofia aussieht.

Die meisten Frauen, wenn sie fünf Kinder haben, sehn so ziemlich spitz und fertig aus, sag ich zu ihr über den Tisch, wie Shug mit dem Lied fertig is. Du siehst aus wie fit für die nächsten fünf.

Oh, sagt sie, ich hab jetzt sechs Kinder, Miss Celie.

Sechs! Ich bin schockiert.

Sie wirft den Kopf zurück, kuckt zu Harpo rüber. Das Leben hört nich auf, nur weil man von daheim weggeht, Miss Celie, sagt sie. Das weißt du.

Mein Leben hat aufgehört, wie ich daheim weg bin, denk ich. Aber dann denk ich noch mal. Es hat aufgehört mit Mr. ---, vielleicht, aber mit Shug hat es wieder angefangen.

Shug kommt rüber, und sie und Sofia drücken sich.

Shug sagt, Mädchen, du siehst ja nach Massen Spaß aus, ja wirklich.

Da merk ich, wie Shug manchmal redet und tut wie ein Mann. Männer sagen so Zeug zu Frauen. Mädchen, du siehst ja nach Massen Spaß aus. Frauen reden immer über das Haar und die Gesundheit. Wieviel Kinder, lebendig oder tot, oder welche grad zahnen. Nich, daß eine Frau, die sie grad drücken, nach Massen Spaß aussieht.

Die Augen von den ganzen Männern kleben an Shug ihrem Busen. Meine Augen kleben auch an Shug ihrem Busen. Ich spür, wie meine Nippel unter meinem Kleid hart werden. Mein kleiner Knopf macht auch so was wie hochstehen. Shug, sag ich bei mir zu ihr, Mädchen, du siehst nach Massen Spaß aus, Gott weiß, das tust du.

Was machst du denn hier? fragt Harpo.

Sofia sagt, ich wollt Miss Shug hören. Du hasts schön hier, Harpo. Sie kuckt rum. Ihre Augen bewundern dies und das.

Harpo sagt, das is ein Skandal, ne Frau mit fünf Kindern und hängt nachts in einem Juke-Box-Schuppen rum.

Sofias Augen werden kalt. Sie kuckt an ihm rauf und runter.

Seit er aufgehört hat, sich vollzustopfen, hat er orntlich Gewicht zugelegt, im Gesicht, am Kopf und so, von dem ganzen Bier und vom Essen, was übrig is. Jetzt hat er fast ihre Statur.

Ne Frau braucht bißchen Vergnügen ab und zu.

Ne Frau hat zu Haus zu sein, sagt er.

Sie sagt. Das hier is mein Haus. Obwohl ich glaub, es läuft besser als Juke-Box-Schuppen.

Harpo kuckt den Preisboxer an. Der Preisboxer schiebt seinen Stuhl zurück, bißchen, nimmt sein Glas in die Hand.

Ich kämpf nich Sofia ihren Streit aus, sagt er. Mein Amt is, daß ich sie gern hab und daß ich mit ihr ausgeh, wo sie hin will.

Harpo atmet erleichtert auf.

Komm, wir tanzen, sagt er.

Sofia lacht, steht auf. Legt beide Arme um seinen Hals. Sie schieben sich langsam rüber auf die Tanzfläche.

Harpo seine kleine gelbe Freundin schmollt, hängt an der Bar. Sie is ein nettes Mädchen, lieb und alles, aber sie is wie ich. Sie tut alles, was Harpo sagt.

Er hat ihr einen Spitznamen gegeben und sagt Squeak zu ihr. Nach ner Weile reißt Squeak ihren Mumm zusammen und will dazwischenfahren.

Harpo probiert, Sofia so zu drehen, daß sies nich sehen kann. Aber Squeak will nich aufhören und klopft ihm weiter auf die Schulter. Am Ende hören Sofia und er auf mit Tanzen. Sie sind so etwa zwei Fuß von unserm Tisch weg.

Shug sagt, oho, und zeigt mit dem Kinn, da explodiert gleich was.

Wer is n die Frau da, sagt Squeak mit ihrer quiekigen Kleinmädchenstimme.

Du weißt, wer das is, sagt Harpo.

Squeak dreht sich zu Sofia. Lassen Sie den ja in Ruhe.

Sofia sagt, is mir auch recht. Sie dreht sich um und will gehn. Harpo packt sie beim Arm. Hör mal, gar nirgends mußt du hin. Teufel auch, das is dein Haus hier.

Squeak sagt, was soll n das heißen, es is ihr Haus? Die is dir davongelaufen. Die is aus dem Haus weggelaufen. Das is aus jetzt, sagt sie zu Sofia.

Sofia sagt, is mir auch recht. Probiert, wie sie loskommt aus Harpo seinem Griff. Er hält fest.

Hör mal, Squeak, sagt Harpo, kann ein Mann nich mal mit seiner eignen Frau tanzen?

Squeak sagt, nich, wenn er mein Mann is, dann nich. Hörste das, du Miststück, sagt sie zu Sofia.

Sofia hat langsam die Nase voll von Squeak, ich seh das an ihren Ohren. Die schieben sich so zurück. Aber sie sagt noch mal, wie zum Streitenaufhörn, schon gut, is mir ja recht.

Squeak knallt ihr eine ins Gesicht.

Was soll das bloß. Sofia hält sich nich lang mit kleinen Damensachen wie Ohrfeigen auf. Sie kriegt die Faust zusammen, holt aus und schlägt Squeak zwei Eckzähne aus. Squeak stürzt auf den Boden. Ein Zahn klebt ihr an der Lippe, der andre am Rand von meinem Limonadeglas.

Dann fängt Squeak an, mit dem Schuh auf Harpos Bein draufzuhauen. Schmeiß das Miststück hier raus, kreischt sie, Blut und Spucke laufen ihr das Kinn runter.

Harpo und Sofia stehen nebeneinander und kucken auf Squeak runter, aber ich glaub nich, daß sie sie hören. Harpo hat immer noch Sofia ihren Arm gepackt. Vielleicht eine halbe Minute vergeht. Da läßt er endlich ihren Arm los, beugt sich runter und wiegt die arme kleine Squeak in seinen Armen. Er gurrt und flötet, wie wenn sie ein Baby wär.

Sofia kommt rüber und holt den Preisboxer. Sie gehen zur Tür raus und kucken nich zurück. Dann hören wir einen Automotor starten.

Lieber Gott,

Harpo läßt den Kopf hängen. Wischt über die Theke, zündet eine Zigarette an, kuckt vor die Tür, geht auf und ab. Klein Squeak rennt ihm ständig vor der Nase rum und probiert alles, daß er auf sie achtet. Baby dies und Baby das, sagt sie. Harpo kuckt durch ihren Kopf durch, bläst Rauch aus.

Squeak kommt rüber in die Ecke, wo ich und Mr. - - - sind. Sie hat zwei glänzige Goldzähne in der Ecke von ihrem Mund, und sonst grinst sie die ganze Zeit. Jetzt heult sie. Miss Celie, sagt sie, Was is n los mit Harpo?

Sofia is im Knast, sag ich.

Im Knast? Sie kuckt, wie wenn ich gesagt hätte, Sofia is auf dem Mond.

Wegen was denn im Knast? fragt sie.

Weil sie frech zu der Frau vom Bürgermeister war, sag ich.

Squeak zieht einen Stuhl ran. Kuckt mir Löcher in den Mund.

Wie heißt du richtig? frag ich sie. Sie sagt, Mary Agnes.

Sag zu Harpo, daß er dich bei deinem richtigen Namen rufen soll, sag ich. Dann sieht er dich vielleicht, auch wenn ihn was plagt.

Sie kuckt mich baff an. Ich laß es. Ich erzähl ihr, was eine von Sofia ihren Schwestern mir und Mr. - - - erzählt hat.

Sofia und der Preisboxer und alle Kinder sind in das Auto vom Preisboxer gestiegen und in die Stadt gefahren. Auf der Straße sahen sie schon nach was aus. Da kommt der Bürgermeister und seine Frau vorbei.

All diese Kinder, sagt die Frau vom Bügermeister und fummelt in ihrem Geldbeutel. Süß, die kleinen Knöpfe, sagt sie. Bleibt stehn, legt einem von den Kindern die Hand auf den Kopf. Ach, und solche schönen, starken, weißen Zähne!

Sofia und der Preisboxer sagen nix. Warten, bis sie vorbei is. Der Bürgermeister wartet auch, geht ein bißchen zurück und klopft mit dem Fuß und kuckt ihr mit einem kleinen Lächeln zu. Na, Millie, sagt er, immer n Herz für die Farbigen. Miss Millie fummelt den Kindern noch was raus, dann kuckt sie schließlich Sofia und den Preisboxer an. Sie kuckt dem Preisboxer sein Auto an. Sie äugt zu Sofia ihrer Armbanduhr hin. Sie sagt zu Sofia, ihre Kinderchen sind so sauber, sagt sie, würden Sie gern für mich arbeiten? Mädchen bei mir werden?

Sofia sagt, Teufel, nä.

Sie sagt, wie meinen Sie?

Sofia sagt, Teufel, nä.

Der Bürgermeister kuckt Sofia an, schiebt seine Frau aus dem Weg, streckt die Brust raus. Mädchen, was sagst du da zu Miss Millie?

Sofia sagt, ich hab gesagt, Teufel, nä.

Er haut ihr eine runter.

Ich hör auf mit Erzählen.

Squeak sitzt an der Kante von ihrem Stuhl. Wartet. Kuckt mir noch bißchen mehr Löcher in den Mund.

Brauchst nix mehr sagen, sagt Mr. ---. Du weißt, was passiert, wenn einer Sofia eine runterhaut.

Squeak wird weiß wie ein Leintuch. Nä, sagt sie.

Nix nä, sag ich. Sofia hat den Mann umgehauen.

Die Polizei kommt, klaubt die Kinder vom Bürgermeister ab, schlägt ihnen die Köpfe zusammen. Jetzt fängt Sofia richtig an zu kämpfen. Sie zerren sie auf den Boden.

Weiter kann ichs nich erzählen. Meine Augen werden voll Wasser, und mein Hals geht zu.

Die arme Squeak, sie is ganz zerknirscht auf ihrem Stuhl, zittert.

Sie haben Sofia geschlagen, sagt Mr. ---.

Squeak springt auf wie ne Feder, rennt rüber hinter die Theke zu Harpo, legt die Arme um ihn. Sie hängen lang aneinander und weinen.

Und was hat der Preisboxer gemacht? hab ich Sofia ihre Schwester Odessa gefragt.

Er wollt dazwischenspringen, sagt sie. Sofia hat gesagt, nein, bring die Kinder nach Haus.

Die Polizisten haben schon die Schießprügel hoch gehabt. Eine Bewegung, und er wär tot gewesen. Es waren sechs, weißt du. Mr. --- geht und bearbeitet den Sheriff, daß wir Sofia sehn dürfen. Bub is ständig in Schwierigkeiten, und er sieht dem Sheriff so ähnlich, daß er und Mr. --- fast wie verwandt sind. Solang Mr. --- weiß, daß er farbig is.

Der Sheriff sagt, eine verrückte Frau is das, die Frau von Ihrem Jungen. Wissen Sie das?

Mr. --- sagt, ja, Sir, das wissen wir schon. Ich hab zwölf Jahre lang versucht, Harpo beizubringen, daß sie verrückt is. Schon lang, bevor sie geheiratet haben. Sofia kommt aus ner verrückten Familie, is nich alles ihre Schuld. Und dann, der Sheriff weiß doch auch, wie Frauen halt sind.

Der Sheriff denkt an die Frauen, die er kennt, sagt, jawoll, da haben Sie recht.

Mr. --- sagt, wir sagens ihr auch, daß sie verrückt is, wenn wir je reinkommen und sie sehn können.

Der Sheriff sagt, dann tun Sies aber wirklich. Und sagen Sie ihr, daß sie Glück hat, daß sie noch lebt.

Wie ich Sofia seh, weiß ich kaum, warum sie noch lebt. Sie haben ihr den Schädel eingeschlagen, sie haben ihr die Rippen gebrochen. Sie haben ihr die Nase halb abgerissen. Sie haben ihr ein Auge blind geschlagen. Sie is von Kopf bis Fuß geschwollen. Ihre Zunge is dick wie mein Arm und hängt zwischen ihren Zähnen raus wie ein Stück Gummi. Sie kann nich sprechen. Und sie hat die Farbe von ner Pflaume.

Ich krieg so einen Schreck, daß ich fast meine Tasche fallen laß. Tus aber nich. Ich stell sie auf den Boden von der Zelle, nehm Kamm und Bürste raus, Nachthemd. Zaubernuß und Alkohol, und ich fang an, sie zu bearbeiten. Der farbige Wärter bringt mir Wasser, daß ich sie waschen kann, und ich fang an mit den zwei kleinen Schlitzen, die sie statt Augen hat.

Lieber Gott,

Sie haben Sofia in die Gefängniswäscherei zum Arbeiten gesteckt. Den ganzen Tag, von fünf bis acht, wäscht sie Kleider. Dreckige Gefangenenanzüge, gräßliche Laken und Decken in einem Haufen, höher wie ihr Kopf. Wir sehen sie zweimal im Monat eine halbe Stunde. Ihr Gesicht is gelb und krank, ihre Finger sehn aus wie fette Würstchen.

Alles is scheußlich hier, sagt sie, sogar die Luft. Das Essen so schlimm, daß man einen damit umbringen kann. Schaben gibts, Mäuse, Mücken, Läuse und auch mal eine Schlange oder ein paar. Wenn du was sagst, ziehn sie dich aus und lassen dich auf dem nackten Zement schlafen, ohne Licht.

Wie schaffst du das? fragen wir.

Jedesmal, wenn sie mir was befehlen, Miss Celie, dann mach ichs wie du. Ich spring auf der Stelle hoch und tu, was sie sagen.

Sie kuckt wild, wie sie das sagt, und ihr schlimmes Auge wandert durch die Zelle.

Mr. --- zieht die Luft ein, Harpo stöhnt. Miss Shug flucht.

Sie is extra von Memphis gekommen, daß sie Sofia sehn kann. Ich bring meinen Mund nich dazu, daß ich sagen kann, wie mir is.

Ich bin eine gute Gefangene, sagt sie. Die beste Gefangene, die sie je gesehn haben. Sie könnens kaum glauben, daß ich die bin, die dem Bürgermeister seine Frau beschimpft hat und den Bürgermeister niedergemacht. Sie lacht. Es hört sich an wie was aus einem Lied. Der Teil, wo jeder nach Haus gegangen is außer dir.

Zwölf Jahre brav sein, ist lang, sagt sie.

Vielleicht kommst du raus wegen guter Führung, sagt Harpo.

Gute Führung is nich gut genug für die, sagt Sofia. Mußt schon aufm Bauch kriechen mit deiner Zunge auf denen ihren Stiefeln, bis die überhaupt auf dich achten. Ich träum vom Umbringen, sagt sie, ich träum vom Umbringen, ob ich schlaf oder wach bin.

Wir sagen gar nix.

Wie gehts den Kindern? fragt sie.

Denen gehts allen gut, sagt Harpo. Mal bei Odessa, mal bei Squeak, die kommen so durch.

Sag Squeak schönen Dank, sagt sie. Sagt Odessa, daß ich an sie denk.

Lieber Gott,

wir sitzen alle um den Tisch, nach dem Abendessen. Ich, Shug, Mr. ---, Squeak, der Preisboxer, Odessa und noch zwei von Sofias Schwestern.

Sophia steht das nich durch, sagt Mr. ---.

Ja, sagt Harpo, sie hat mir bißchen verrückt ausgesehn.

Und was sie hat sagen müssen, sagt Shug. Mein Gott.

Wir müssen was tun, sagt Mr. ---. Und zwar schleunigst.

Was können wir tun? fragt Squeak. Sie sieht bißchen abgezehrt aus mit den ganzen Kindern von Sofia und Harpo plötzlich aufm Hals, aber sie hält durch. Ihr Haar bißchen stähnig, Unterrock kuckt vor, aber sie hält durch.

Sie aussprengen, sagt Harpo. Bißchen Dynamit von der Kolonne holen, wo die großen Brücken unten an der Straße baut, und den ganzen Knast zu Dein-Reich-komme jagen.

Halts Maul, Harpo, sagt Mr. ---, wir versuchen zu denken.

Ich habs, sagt der Preisboxer, n Ballermann reinschmuggeln. Oder, er reibt sichs Kinn, vielleicht ne Feile reinschmuggeln.

Nä, sagt Odessa. Da kommense nur hinterher, wenn sie auf dem Weg rausgeht.

Ich und Squeak, wir sagen nix. Ich weiß nich, was sie denkt, aber ich denk an Engel, an Gott, der in nem feurigen Wagen runterfährt, richtig tief, und die arme Sofia heimträgt. Ich seh sie alle, klar wie den Tag. Engel, ganz weiß, weißes Haar und weiße Augen, sehen aus wie Albinos. Gott auch ganz weiß, sieht aus wie so ein dicker weißer Mann, der in der Bank arbeitet. Engel schlagen die Zimbeln, einer bläst ein Horn, Gott bläst einen großen feurigen Atem aus, und plötzlich is Sofia frei.

Wer sind dem Gefängnisdirektor seine schwarzen Verwandten? sagt Mr. ---.

Keiner sagt was.

Endlich redet der Preisboxer. Wie heißt der? fragt er.

Hodges, sagt Harpo. Bubber Hodges.

Der Junge vom alten Henry Hodges, sagt Mr. ---. Der hat doch immer draußen in dem alten Hodge seim Haus gewohnt.

Hat der einen Bruder, wo Jimmy heißt? fragt Squeak.

Genau, sagt Mr. ---, einen Bruder, wo Jimmy heißt. Is mit dem Quitman-Mädchen verheiratet. Ihrm Daddy gehört der Eisenwarnladen. Kennst du die?

Squeak zieht ihren Kopf ein. Murmelt was.

Was sagste? fragt Mr. ---.

Squeak ihre Backen werden rot. Sie murmelt wieder was.

Hä? Dein was? fragt Mr. ---.

Kuseng, sagt sie.

Mr. --- kuckt sie an.

Daddy, sagt sie. Sie kuckt Harpo schräg an. Kuckt auf den Boden.

Weiß ers? fragt Mr. ---.

Jaja, sagt sie. Er hat drei Kinder von meiner Mama. Zwei jünger wie ich.

Weiß sein Bruder was davon? fragt Mr. ---.

Einmal, wie wir mit Mr. Jimmy am Haus vorbeigekommen sind, hat er uns allen zehn Cents gegeben, gesagt, wir sehen richtig wie Hodges aus.

Mr. --- lehnt sich mit seinem Stuhl zurück, nimmt Squeak gut von Kopf bis Fuß in Augenschein. Squeak streicht sich ihr fettiges braunes Haar ausm Gesicht.

Jaah, sagt Mr.---. Ich seh die Ähnlichkeit. Er bringt seinen Stuhl wieder auf den Boden.

Na, sieht aus, wie wenn du die bist, die geht.

Wohin geht? fragt Squeak.

Zum Direktor. Er is dein Onkel.

Lieber Gott,

wir ziehn Squeak an, wie wenn sie eine Weiße wär, nur, daß ihre Kleider zusammengestückelt sind. Sie hat ein gestärktes und gebügeltes Kleid an, Stöckelschuhe, bißchen abgestoßen, und einen alten Hut, den Shug von jemand geschenkt gekriegt hat. Wir geben ihr ein altes Handtäschchen, sieht aus wie ein Quilt, und eine kleine schwarze Bibel. Wir waschen ihr Haar und kriegen das ganze Fett raus, und dann flecht ichs ihr in zwei Zöpfe, die quer überm Kopf liegen. Wir baden sie so sauber, daß sie wie eine schöne, saubere Blume riecht.

Was soll ich denn sagen? fragt sie.

Sag, daß du mit Sofia ihrem Mann zusammenlebst und ihr Mann sagt, daß Sofia nich genug bestraft wird. Sag, sie lacht drüber, wie sie die Wärter verarscht. Sag, sie findets richtig schön, wo sie is. Is richtig glücklich, solang sie nich von einer weißen Frau das Dienstmädchen sein muß.

Grundgütiger Gott, sagt Squeak, wie soll ich denn nur meinen Mund dazu kriegen, daß er das alles sagt?

Wenn er dich fragt, wer du bist, erinner ihn. Erzähl ihm, was die zehn Cents für dich bedeutet haben, die er dir gegeben hat.

Das is fünfzehn Jahre her, sagt Squeak, da kann er sich doch nich mehr dran erinnern.

Mach, daß er die Hodges in dir sieht, sagt Odessa. Dann erinnert er sich schon.

Sag ihm, du selbst denkst, daß Gerechtigkeit geschehen muß. Aber sieh zu, daß er erfährt, daß du mit Sofia ihrem Mann zusammenwohnst, sagt Shug. Sieh zu, daß du das reinbringst von wegen, daß sie glücklich is, wo sie is, und daß ihr nix Schlimmeres passieren könnt, als wie Dienstmädchen von einer weißen Dame zu sein.

Ich weiß nich, sagt der Preisboxer. Das klingt mir ja mächtig nach so nem Onkel-Tom-Getue.

Shug schnaubt. Na ja, sagt sie, Onkel Tom hat nich umsonst Onkel geheißen.

Lieber Gott,

die arme kleine Squeak is humpelnd heimgekommen. Ihr Kleid zerrissen. Ihr Hut hat gefehlt, und ein Absatz war vom Schuh ab.

Was is denn passiert? fragen wir.

Er hat die Hodges in mir erkannt, sagt sie. Und das hat ihm kein bißchen gefallen.

Harpo kommt vom Auto die Treppe rauf. Meine Frau geschlagen, mein Mädchen geschändet, sagt er. Ich sollt mit Kanonen da rausgehn und vielleicht das Haus anzünden, diese Nußknacker von Weißen verbrennen!

Hör auf, Harpo, sagt Squeak. Ich erzähl erst mal.

Und das tut sie.

Sagt, in der Sekunde, wie ich zur Tür reinkomm, hat er sich an mich erinnert.

Und was hat er gesagt? fragen wir.

Er sagt, was willst du? Ich sag, ich komm aus meinem Intresse, was ich hab, daß Gerechtigkeit geschieht. Was sagst du, daß du willst? fragt er noch mal.

Ich sag was ihr mir alle gesagt habt, was ich sagen soll. Von wegen, daß Sofia nich genug bestraft wird. Sag, daß sie glücklich is im Knast, so stark, wie sie is. Ihre größte Sorge is, daß sie Dienstmädchen von ner weißen Frau werden muß. Damit hat die Schlägerei ja angefangen, sag ich, wissen Sie. Dem Bürgermeister seine Frau fragt Sofia, ob sie bei ihr Dienstmädchen werden will, Sofia sagt, sie will keiner weißen Frau ihr Garnix werden, schon überhaupt nich ihr Dienstmädchen.

So is das? fragt er, kuckt mich die ganze Zeit ganz genau an. Ja, Sir, sag ich. Sag, der Knast paßt ihr bestens. Waschen und Bügeln den ganzen Tag wär genau, was sie daheim auch tut. Sechs Kinder hat die, wissen Sie.

Tatsache? sagt er.

Er kommt hinter seim Schreibtisch vor, lehnt sich über meinen Stuhl.

Wer sind denn deine Leute? fragt er.

Ich sag ihm den Namen von meiner Mama, von meiner Großmutter, von Grandpa.

Wer is dein Daddy? fragt er. Wo haste die Augen her?

Hab kein Daddy, sag ich.

Komm, komm, sagt er. Hab ich dich nich schon mal gesehn?

Ich sag, ja, Sir. Und einmal so vor zehn Jahren, wie ich ein kleines Mädchen war, haben Sir mir zehn Cents geschenkt. Hab ich mich echt drüber gefreut, sag ich.

Weiß ich nich mehr, sagt er.

Sie sind am Haus vorbeigekommen mit meiner Mama ihrm Freund, Mr. Jimmy, sag ich.

Squeak kuckt uns alle rundum an. Dann holt sie tief Luft. Murmelt.

Was sagste? fragt Odessa.

Jaah, sagt Shug, wenn des uns nich erzählen kannst, wem willstes dann erzählen? Gott?

Er hat mir den Hut runtergenommen, sagt Squeak. Hat gesagt, ich soll mein Kleid aufknöpfen. Sie läßt den Kopf hängen, drückt das Gesicht in die Hände.

Mein Gott, sagt Odessa, und er is dein Onkel.

Er sagt, wenn er mein Onkel wär, würd ers mir nich machen. Weil, das wär ne Sünde. Aber das hier wär nur bißchen Unzucht. Das würd jeder tun.

Sie dreht ihr Gesicht zu Harpo. Harpo, sagt sie, liebst du wirklich mich oder nur meine Farbe?

Harpo sagt, ich lieb dich, Squeak. Er kniet runter und will seine Arme um ihre Tallje legen.

Sie steht auf. Ich heiß Mary Agnes, sagt sie.

Lieber Gott,

sechs Monate, nachdem Mary Agnes gegangen is, Sofia aus dem Kittchen zu holen, fängt sie an zu singen. Erst singt sie Shugs Lieder, dann fängt sie an, selbst Lieder zu machen.

Sie hat so ne Stimme, von der man nie denken würd, daß sie das Singen probiert. Sie is dünn, sie is hoch, ne Spur miauig. Aber das kratzt Mary Agnes nich.

Ziemlich bald haben wir uns dran gewöhnt. Dann mögen wirs richtig gern.

Harpo weiß nich, was er davon halten soll.

Kommt mir komisch vor, sagt er zu mir und Mr. - - -. So schlagartig. Ich muß an ein Grammophon denken. Steht ein Jahr in der Ecke, stumm wie ein Grab. Dann legst du ne Platte auf, und es wird lebendig.

Ob sie wohl noch ne Wut auf Sofia hat, weil sie ihr die Zähne ausgeschlagen hat? frag ich.

Ja, hat sie schon. Aber was hilfts, wenn sie ne Wut hat? Sie is nich böse, sie weiß, daß Sofia es ganz schön schwer hat jetzt.

Wie kommt sie denn mit den Kindern klar, fragt Mr - - -.

Die mögen sie, sagt Harpo. Sie läßt sie tun, was sie wollen.

O, o, sag ich.

Außerdem, sagt er, sind Odessa und Sofia ihre andern Schwestern immer bei der Hand, daß sie die Zügel wieder anziehn. Die drillen die Kinder wie beim Militär.

Squeak singt,

Sie rufen mich Gelbe,
Wie wenn das mein Name is,
Sie rufen mich Gelbe,
Wie wenn das mein Name is.
Aber wenn Gelbe ein Name is,
Warum is Schwarze kein Name nich.
Na, wenn ich sage, he, schwarzes Girl,
Gott, macht die sich über mich her.

Lieber Gott,

Sofia sagt heut zu mir, ich verstehs einfach nich.

Was denn? frag ich.

Wieso wir sie nich längst alle umgebracht haben.

Drei Jahre nach ihrer Schlägerei is sie aus dem Waschhaus draußen, hat ihre Farbe und ihr Gewicht wieder, sieht wieder sich selbst gleich, aber denkt die ganze Zeit dran, wie sie jemand umbringen kann.

Zu viele zum Umbringen, sag ich. Da sind wir von vornherein in der Minderheit. Ich schätz aber, wir legen schon so diesen und jenen, hier und da, über die Jahre, sag ich.

Wir sitzen auf einem Stück von ner alten Kiste, draußen, nah am Rand von Miss Millies Hof. Unten stehn rostige Nägel raus, und wenn wir uns rühren, quietschen die gegen das Holz.

Sofia soll auf die Kinder beim Ballspielen aufpassen. Der kleine Junge wirft den Ball zu dem kleinen Mädchen, sie probiert ihn zu fangen, mit Augen zu. Er rollt unter Sofia ihren Fuß.

Wirf mir den Ball, sagt der kleine Junge, die Hände in die Hüften gestemmt. Wirf mir den Ball.

Sofia murrt vor sich hin, halb zu mir. Ich bin zum Aufpassen da, nicht zum Werfen, sagt sie. Sie rührt sich nich zum Ball hin.

Hörst du nich, daß ich mit dir rede, schreit er. Er is vielleicht sechs Jahre alt, braune Haare, eisblaue Augen. Er kommt rübergedampft, her, wo wir sitzen, holt aus und tritt Sofia gegen das Bein. Sie dreht ihren Fuß zur Seite, und er brüllt los.

Was is denn? frag ich.

Hat sich den Fuß in einen rostigen Nagel getreten, sagt Sofia.

Tatsächlich kommt Blut durch seinen Schuh gesickert.

Seine kleine Schwester kommt her und kuckt zu, wie er schreit. Er wird röter und röter. Ruft seine Mama.

Miss Millie kommt angerannt. Sie hat Schiß vor Sofia. Immer, wenn sie was zu ihr sagt, erwartet sie scheints das Schlimmste. Sie geht auch nich nah zu ihr hin. Wie sie ein paar Meter weg is von da, wo wir sitzen, winkt sie, daß Billy rüberkommt.

Mein Fuß, sagt er zu ihr.

Hat Sofia das gemacht? fragt sie.

Das kleine Mädchen macht den Mund auf. Billy hats selber gemacht, sagt sie. Er wollte Sofia ans Bein treten. Das kleine Mädchen is vernarrt in Sofia, springt ihr immer bei. Sofia merkts gar nich, sie is genauso taub bei dem kleinen Mädchen wie bei ihrem Bruder.

Miss Millie kuckt sie von der Seite an, legt einen Arm um Billys Schulter, und sie humpeln nach hinten ins Haus. Das kleine Mädchen geht hintennach, winkt uns ade.

Das is scheints ein nettes kleines Ding, sag ich zu Sofia.
Wer? Sie runzelt die Stirn.
Das kleine Mädchen, sag ich. Wie heißt die noch mal? Eleanor Jane?
Jaah, sagt Sofia und kuckt richtig verdutzt. Frag mich, zu was die überhaupt geboren worden is.
Tja, sag ich, bei den Schwarzen brauch man sich das nich fragen, was?
Sie kichert. Miss Celie, sagt sie, du bist ja umwerfend komisch. Das is das erste Kichern, was ich in drei Jahren gehört hab.

Lieber Gott,

Sofia könnte einen Hund zum Lachen bringen, wenn sie so von den Leuten erzählt, bei denen sie arbeitet. Die ham die Frechheit, daß sie uns weismachen wollen, mit der Sklaverei, da wär alles nur wegen uns selber so schiefgegangen, sagt Sofia. Wir wären einfach zu dumm gewesen. Hätten immer nur Hacken abgebrochen und die Maulesel ins Weizenfeld laufen lassen. Aber wie irgendwas nur einen Tag hält, was die bauen, is mir n Rätsel. Vernagelt sind die, sagt sie. Pechvögel mit zwei linken Händen.
Bürgermeister --- hat Miss Millie ein neues Auto gekauft, weil sie sagt, wenn Farbige Autos haben können, is eins für sie überfällig. Also hat er ihr ein Auto gekauft. Nur, ihr zeigen, wie man fährt, das tut er nich. Jeden Tag, wenn er von der Stadt heimkommt, kuckt er sie an, kuckt aus dem Fenster auf ihr Auto, sagt, na, machts Spaß mitm Auto, Miss Millie? Sie schießt beleidigt vom Sofa hoch, knallt die Tür, geht ins Bad.
Sie hat keine Freunde nich.
Also sagt sie eines Tages, wie das Auto schon zwei Monate da draußen im Hof steht, Sofia, kannst du fahren? Ich schätz, ihr is eingefalln, wie sie mich das erste Mal mit Buster Broadnax seim Auto gesehn hat.
Ja, Ma'am, sag ich. Ich bin sklavisch am Schuften, polier die große Säule da unten an denen ihrer Treppe. Die tun richtig komisch mit der Säule. Kein Fingerabdruck darf da drauf sein, nie.
Glaubst du, daß du mirs beibringen kannst? sagt sie.
Eines von Sofia ihren Kindern platzt rein, der Älteste. Er is groß

und sieht gut aus, is immer ernst. Und regt sich oft auf. Er sagt, sag nich sklavisch, Mama.

Sofia sagt, warum nich? Die haben mich in eine kleine Abstellkammer oben unterm Dach gesteckt, kaum größer wie die Veranda bei Odessa und ungefähr genauso warm im Winter. Ich muß Tag und Nacht Gewehr bei Fuß stehn. Die lassen mich meine Kinder nich sehn. Die lassen mich keinen Mann sehn. Gut, nach fünf Jahren darf ich einmal im Jahr dich sehn. Ich bin eine Sklavin. Wie würdst *du* das denn nennen?

Gefangenschaft, sagt er.

Sofia macht weiter mit ihrer Geschichte, kuckt aber zu ihm hin, wie wenn sie froh is, daß sie so einen Sohn hat.

Also sag ich, ja, Ma'am, ich kanns Ihnen beibringen, wenns der gleiche Autotyp is, wie ich drauf gelernt hab.

Gut, als nächstes also ich und Miss Millie immer schön die Straße rauf und runter. Erst fahr ich, und sie kuckt zu, dann versucht sies mit Fahren, und ich kuck ihr zu. Die Straße rauf und runter. Kaum daß ich fertig bin mit Frühstückmachen, Aufdekken, Abwaschen und Kehren und bevor ich geh und die Post ausm Briefkasten unten an der Straße hol, ziehn wir los, Miss Millie ihre Fahrstunde geben.

Gut, nach einer Weile hat sies rausgehabt, mehr oder weniger. Dann hat sies wirklich kapiert gehabt. Dann, wie wir einen Tag vom Fahren nach Haus kommen, sagt sie zu mir, ich fahr dich nach Haus. Einfach so.

Heim? frag ich.

Ja, sagt sie. Heim. Du bist doch ne ganze Weile nich daheim gewesen, hast deine Kinder nich gesehn. Stimmt das nich?

Ich sag, ja, Ma'am. Fünf Jahre sinds her.

Sie sagt, das is schade. Dann gehste jetzt und holst deine Sachen. Wie Weihnachten is das. Geh, hol deine Sachen. Du kannst den ganzen Tag bleiben.

Für den ganzen Tag brauch ich nix andres wie das, was ich anhab, sag ich.

Schön, sagt sie. Schön. Dann steig ein.

Na ja, sagt Sofia, ich war so dran gewöhnt, daß ich neben ihr gesessen bin beim Fahrenbeibringen, daß ich ganz selbstverständlich aufn Vordersitz gestiegen bin.

Sie stand draußen auf ihrer Seite vom Auto, räuspert sich. Am Ende sagt sie, Sofia, mit so m kleinen Lachen. Wir sind hier in den Südstaaten.

Ja, Ma'am, sag ich.

Sie räuspert sich, lacht noch n bißchen mehr. Schau mal, wo du sitzt, sagt sie.

Ich sitz, wo ich immer sitz, sag ich.

Das is ja das Problem, sagt sie. Hast du je einen Weißen und einen Farbigen nebeneinander in einem Auto sitzen sehen, wenn nich der eine dem andern gezeigt hat, wie man fährt oder wie man da saubermacht?

Ich steig aus, mach die Hintertür auf und steig ein. Sie setzt sich vorn hin. Los gehts, die Straße runter, Miss Millie ihr Haar weht ausm Fenster.

Is das eine schöne Landschaft hier draußen, sagt sie, wie wir auf die Marshal-Landstraße biegen und zu Odessa ihrm Haus kommen.

Ja, Ma'am, sag ich.

Dann fahrn wir in den Hof rein, und die ganzen Kinder kommen ums Auto gedrängelt. Keiner hat ihnen gesagt, daß ich komm, drum wissen sie gar nich, wer ich bin. Außer den zwei ältesten. Die stürzen auf mich und drücken mich. Und dann fangen auch die ganzen Kleinen an und drücken mich. Ich glaub, denen is gar nich aufgefallen, daß ich hinten im Auto drinsaß. Odessa und Jack sind rausgekommen, wie ich schon ausgestiegen war, drum haben sies auch nich gesehn.

Wir stehen alle rum und küssen und drücken uns, Miss Millie kuckt nur zu. Am Ende beugt sie sich ausm Fenster und sagt, Sofia, du hast nur den Rest vom Tag. Ich bin um fünf wieder hier und hol dich ab. Die Kinder ziehn mich alle ins Haus, drum sag ich nur so über die Schulter, ja, Ma'am, und denk, ich hör sie wegfahren.

Aber fünfzehn Minuten später sagt Marion, die weiße Dame is immer noch da draußen.

Vielleicht will sie warten, bis sie dich wieder zurückfährt, sagt Jack.

Vielleicht is ihr schlecht, sagt Odessa. Du sagst doch immer, wie kränklich die sind.

Ich geh raus zum Auto, sagt Sofia, und rat, was los is? Los is, daß sie nix andres kann wie Vorwärtsfahren, und Jack und Odessa ihr Hof is zu voll mit Bäumen dafür.

Sofia, sagt sie, wie fährt man mit dem Ding rückwärts raus?

Ich beug mich durchs Autofenster und versuch, ihr zu zeigen, wo sie die Gänge hinlegen soll. Aber sie is durcheinander, und die ganzen Kinder und Odessa und Jack stehen um die Veranda rum und kucken zu.

Ich geh rüber auf die andre Seite. Versuch zu erklären, mit meinem Kopf durch das Fenster. Sie hebelt reichlich Gänge. Plus, daß ihre Nase rot is und sie wütend kuckt und auch frustriert.

Ich steig auf den Rücksitz, beug mich über die Rückenlehne, versuch immerzu, ihr zu zeigen, wie sie die Gänge legen soll. Nix passiert. Am Ende gibt das Auto keinen Laut mehr. Motor tot.

Sorgen Sie sich man nich, sag ich, Odessas Mann Jack fährt Sie heim. Das is sein Lieferwagen hier drüben.

Oh, sagt sie, ich kann doch nich in einem Lieferwagen allein mit einem unbekannten farbigen Mann fahren.

Ich sag Odessa, daß sie sich mit reinquetscht, sag ich. Das würd mir ne Schangse geben, bißchen Zeit mit meinen Kindern zu haben, denk ich. Aber sie sagt, nein, die kenne ich ja auch nicht.

Also kommts dann am Ende so, daß ich und Jack sie im Laster heimfahrn, dann fährt Jack mich in die Stadt wegen nem Automechaniker, und um fünf fahr ich Miss Millie ihr Auto zurück zu ihrm Haus.

Fünfzehn Minuten hab ich mit meinen Kindern gehabt.

Und sie macht seit Monaten rum, wie undankbar ich wär.

Die Weißen sind schon eine Heimsuchung, ein wahres Wunder is das, sagt Sofia.

Lieber Gott,

Shug hat geschrieben, sie hat eine große Überraschung, und sie hat vor, sie an Weihnachten mit heimzubringen.

Was isses bloß? fragen wir uns.

Mr. --- glaubt, es is ein Auto für ihn. Shug macht jetzt Massen Geld, kleidet sich nur noch in Pelz. Samt und Seide auch und Hüte, ganz aus Gold.

Am Weihnachtsmorgen hören wir den Motor vor der Tür. Wir kucken raus.

Heididei, sagt Mr. --- und fährt in seine Hose.

Er rast zur Tür. Ich steh vorm Spiegel und versuch, was mit meinen Haaren zu machen. Die sind zu kurz für lang und zu lang für kurz.

Zu krisslig für kraus, zu kraus für krisslig. Keine richtige Farbe obendrein. Ich gebs auf und bind ein Kopftuch drum.

Ich hör Shug schreien, oh, Albert. Er sagt, Shug. Ich weiß, daß sie sich drücken. Dann hör ich nix.

Ich renn zur Tür. Shug, sag ich und streck meine Arme aus. Aber eh ich mich umkucken kann, steht mir ein dürrer, langer Zähnebleckheini mit roten Hosenträgern vorm Gesicht. Eh ich mir überlegen kann, wem das wohl sein Hund is, drückt er mich schon.

Miss Celie, sagt er, ach, Miss Celie. Ich hab so viel von Ihnen gehört. Kommt mir vor, wie wenn wir schon alte Freunde sind.

Shug steht hinten mit Riesengegrins.

Das is Grady, sagt sie. Mein Mann.

Den Moment, wie sies sagt, weiß ich, ich mag Grady nich. Ich mag seine Figur nich, ich mag seine Zähne nich, ich mag seine Kleider nich. Mir kommt vor, er stinkt.

Wir sind die ganze Nacht gefahren, sagt sie. Nirgends konnt man mal halten, wißt ihr. Aber jetzt sind wir da. Sie kommt rüber zu Grady und legt ihre Arme um ihn rum, kuckt rauf zu ihm, wie wenn er ganz süß is, und er beugt sich runter und gibt ihr einen Kuß.

Ich kuck rum zu Mr. ---. Der sieht aus wie das Ende der Welt. Ich weiß, ich seh keinen Deut besser aus.

Und das is mein Hochzeitsgeschenk für uns, sagt Shug. Das Auto is groß und blau, und vorne steht Packard drauf. Nagelneu, sagt sie. Sie kuckt Mr. --- an, nimmt seinen Arm, drückt ihn bißchen.

Wo wir jetzt hier sind, Albert, sagt sie, möchte ich, daß du fahren lernst. Sie lacht, Grady fährt wie n Idiot, sagt sie. Ich dacht, die Bullen würden uns todsicher schnappen.

Endlich scheints, wie wenn Shug mich bemerkt. Sie kommt rüber und drückt mich ganz lang. Wir beide sind jetzt verheiratete

Damen, sagt sie. Zwei verheiratete Damen. Und hungrig, sagt sie. Was ham wir denn zu essen?

Lieber Gott,

Mr. - - - säuft ganz Weihnachten durch. Er und Grady. Ich und Shug, wir kochen, reden, putzen das Haus, reden, schmücken den Baum, reden, wachen morgens auf, reden.

Sie singt jetzt im ganzen Land, überall. Jeder kennt ihren Namen.

Sie kennt auch jeden. Kennt Sophie Tucker. Kennt Duke Ellinngton, kennt Leute, von denen ich nie gehört hab. Und Geld. Sie macht so viel Geld, daß sie nich weiß, was sie damit soll. Sie hat ein schönes Haus in Memphis und noch ein Auto. Sie hat einhundert herrliche Kleider. Ein Zimmer voll Schuhe. Sie kauft Grady alles, was er glaubt, daß ers haben muß.

Wo hast du den denn aufgegabelt? frag ich.

Unter meinem Auto, sagt sie. Dem Zuhause. Ich bin gefahren, wo schon das Öl aus war, das hat den Motor hingemacht. Er war der Mann, der es repariert hat. Wir haben uns angekuckt, und es war geschehen.

Mr. - - - is gekränkt, sag ich. Von mir sag ich nix.

Oh, sagt sie, diese alten Geschichten, da sind wir doch drüber weg. Du und Albert, ihr seid jetzt wie meine Familie. Und sowieso, seit du mir mal erzählt hast, daß er dich prügelt und so faul is, mag ich ihn gar nich mehr so. Wenn du meine Frau wärst, sagt sie, würdste n Haufen Küsse statt Prügel kriegen, und orntlich schuften würd ich für dich, jawoll.

Er schlägt mich nich mehr viel, seit dus ihm ausgeredet hast, sag ich, nur mal n Klaps hier und da, wenn er sonst nix zu tun hat.

Und gehts jetzt besser mit der Liebe? fragt sie.

Wir probierens, sag ich. Er probiert bißchen, mit dem Knopf zu spielen. Fühlt sich aber an, wie wenn seine Finger trocken sind. Wir kommen nich richtig zu was.

Bist du immer noch Jungfrau? fragt sie.

Ich denk schon.

Lieber Gott,

Mr. --- und Grady sind mit dem Auto zusammen weg. Shug hat mich gefragt, ob sie bei mir schlafen kann. Ihr is kalt in ihrem und Grady seim Bett, so ganz allein. Wir haben über dies und das geredet. Bald ham wir vom Liebemachen geredet. Shug sagt eigentlich nich Liebe machen, sie sagt was Häßliches. Sie sagt ficken.

Sie fragt mich, wie wars mit dem Daddy von deinen Kindern?

Die Mädchen hatten ein kleines Extrazimmer, sag ich, das stand allein, da ging vom Haus ein kleiner Bretterverschlag rüber. Keiner is da reingekommen außer Mama. Aber einmal, wie Mama nich daheim war, is er gekommen. Sagt, er will, daß ich ihm die Haare schneid.

Er hat seine Schere und Kamm und Bürste und einen Hocker dabei. Wie ich ihm die Haare schneide, kuckt er mich komisch an. Er is auch ein bißchen fahrig, und ich weiß nich, wieso, bis er mich grabscht und zwischen seine Beine klemmt.

Ich lieg ruhig da, horch, wie Shug atmet.

Das hat weh getan, weißt du, sag ich. Ich war noch nich mal vierzehn.

Mir wär ja nie eingefalln, daß Männer da unten so was Großes haben.

Einen Schreck hab ich gekriegt, nur vom Sehen. Und wies dann so gestoßen hat und immer größer wurde.

Shug is so still, daß ich denke, sie schläft.

Wie er fertig war, sag ich, mußt ich ihm weiter die Haare schneiden.

Ich kuck verstohlen zu Shug.

Oh, Miss Celie, sagt sie. Und legt die Arme um mich rum. Die sind schwarz und glatt und und so leuchtend vom Lampenlicht.

Ich fang auch an mit Heulen. Ich heul und heul und heul. Es is, wie wenn mir alles wieder kommt, wie ich so in Shugs Armen lieg. Wie es weh getan hat und wie ich überrumpelt war. Wie es gebrannt hat, wo ich ihm das Haar fertiggeschnitten hab. Wie das Blut an meinem Bein runtergetropft is und meine Strümpfe verklebt hat. Wie er mich nie mehr direkt angekuckt hat danach. Und Nettie.

Wein doch nich, Celie, sagt Shug. Wein doch nich, und sie fängt an und küßt das Wasser, wie es an der Seite von meinem Gesicht runterkommt.

Nach ner Weile, sag ich, fragt die Mama dann, wie kommts, daß sie Haar von ihm im Zimmer von den Mädchen findet, wo er doch nie reingeht, wie er sagt. Da erzählt er ihr, ich hätt einen Freund.

So einen Jungen, sagt er, hätt er zur Hintertür rauswitschen sehen. Das is Haar von dem Jungen, sagt er, nich seins. Du weißt doch, wie gern sie Leuten die Haare schneidet, sagt er.

Ich hab wirklich gern Haare geschnitten, sag ich zu Shug, seit ich ein winzigklein Dingelchen war. Ich bin nach der Schere gelaufen, wenn ich irgendwo Haar gesehen hab, und dann hab ich geschnippelt und geschnippelt, so lang ich konnt. Drum hab ich ihm auch die Haare geschnitten. Aber vorher hab ichs immer auf der Veranda vorne gemacht. Es kam so weit, daß ich immer, wenn ich gesehen hab, wie er mit Schere, Kamm und Hocker kam, angefangen hab mit Heulen.

Shug sagt, puh, nä, und ich dacht, das wären nur die Weißen, die so wüstes Zeug machen.

Meine Mama is gestorben, erzähl ich Shug. Meine Schwester Nettie is davongelaufen, Mr. --- is gekommen und hat mich geholt, daß ich mich um seine frechen Kinder kümmere. Hat mich nie was über mich gefragt. Er is auf mich drauf und hat gefickt und gefickt, auch wenn ich am Kopf einen Verband gehabt hab. Mich hat noch nie einer geliebt, sag ich.

Sie sagt, ich lieb dich, Miss Celie. Und dann dreht sie sich her und küßt mich auf den Mund.

Mm, sagt sie, wie wenn sie überracht is. Ich küß sie wieder, sag auch mm. Wir küssen und küssen, bis wir kaum mehr küssen können.

Dann fassen wir uns gegenseitig an.

Ich kenn mich da nich aus, sag ich zu Shug.

Ich auch nich sehr, sagt Shug.

Dann spür ich was ganz weich und naß auf meiner Brust, fühlt sich an wie der Mund von einem von meinen kleinen, verlorenen Babies.

Nach einer ganzen Weile mach ich auch wie ein kleines, verlorenes Baby.

Lieber Gott,

Grady und Mr. --- kommen bei Tagesgrauen angetorkelt. Ich und Shug schlafen fest. Sie mitm Rücken zu mir, ich mit den Armen um ihre Tallje. Wie is das? Bißchen wie bei Mama schlafen, nur kann ich mich kaum erinnern, daß ich bei ihr geschlafen hab. Bißchen wie bei Nettie schlafen, nur bei Nettie schlafen hat sich nie so gut angefühlt. Es is warm und kissenweich, und ich spür Shugs große Titten so über meine Arme klatschen wie Schaum.

Fühlt sich an, wie wenn der Himmel so is, kein bißchen wie mit Mr. --- schlafen.

Wach auf, Sugar, sag ich. Sie sind zurück. Und Shug dreht sich um, drückt mich und steigt ausm Bett. Sie taumelt ins andre Zimmer und fällt aufs Bett mit Grady. Mr. --- fällt neben mir ins Bett, betrunken, und schnarcht schon, kaum daß er unter der Decke is.

Ich streng mich wirklich an, Grady zu mögen, auch wenn er rote Hosenträger und eine Fliege anhat. Auch wenn er Shugs Geld ausgibt, wie wenn er es verdienen würd. Auch wenn er probiert zu reden wie einer aus den Nordstaaten. Memphis, Tennessee, is nich in den Nordstaaten, das weiß ich sogar. Aber eins kann ich aufn Tod nich leiden, und das is, daß er zu Shug Mama sagt.

Ich bin nich deine Mama, verdammt noch mal, sagt Shug. Aber er hört gar nich auf sie.

Wenn er zum Beispiel verliebte Glubschaugen zu Squeak hin macht und Shug ihn so anpflaumt, dann sagt er, och, Mama, du weißt doch, daß ichs nich bös mein.

Shug mag Squeak auch, sie versucht, ihr beim Singen zu helfen. Sie sitzen in Odessa ihrem Wohnzimmer mit den ganzen Kindern um sie rum und singen und singen. Machmal kommt Swain mit seiner Box, Harpo kocht Essen, und ich und Mr. --- und der Preisboxer, wir spenden den Beifall.

Das is schön.

Shug sagt zu Squeak, ich mein Mary Agnes, du solltest mal öffentlich auftreten.

Mary Agnes sagt, nä. Sie glaubt, weil sie nich groß und weit singt wie Shug, will keiner sie hören. Aber Shug sagt, das stimmt nich.

Was is n mit den ganzen komischen Stimmen, die du in der Kirche singen hörst? sagt Shug. Was is n mit den ganzen Tönen, die gut klingen, aber keine Töne sind, wo man nich denken würd, einer könnt so was rausbringen? Was is damit? Dann fängt sie an mit Stöhnen. Klingt wie der Tod im Anmarsch. Und kein Engel kann ihn aufhalten. Sträubt dir die Nackenhaare. Aber es klingt so, wie Panther singen würden, wenn sie singen könnten.

Ich sag dir noch was, sagt Shug zu Mary Agnes. Wenn man dir zuhört, muß man gleich an einen guten Fick denken.

Oh, *Miss Shug*, sagt Mary Agnes und wird rot.

Shug sagt, was, zu schämig, als daß du Singen und Tanzen und Ficken zusammenbringst? Sie lacht. Das is der Grund, drum heißt das, was wir singen, dem Teufel seine Musik. Teufel ficken für ihr Leben gern. Hör mal, sagt sie, warum singen wir nich mal einen Abend in Harpo seim Schuppen? Wär für mich wie in alten Zeiten.

Und wenn ich dich vors Publikum bring, dann wehe, wenn sie nich orntlich zuhörn. Nigger ham keine Ahnung von Benimm, aber wenn du sie durch die erste Hälfte von einem Lied durch hast, dann hast du sie in der Tasche.

Glaubste wirklich? sagt Mary Agnes. Sie is ganz große Augen und Entzücken.

Ich weiß nich, ob ich will, daß sie singt, sagt Harpo.

Was, und wieso? fragt Shug. Die Frau, die du da jetzt zum Singen hast, kriegt doch den Arsch nich aus der Kirche. Die Leut wissen nich, ob sie tanzen solln oder zur Armsünderbank kriechen. Plus, wenn du Mary Agnes nur richtig ausstaffierst, machst du Pißpötte voll Geld. Gelb wie sie is, strähniges Haar, schleirige Augen, die Männer wern verrückt nach ihr sein. Stimmts, Grady? sagt sie.

Grady kuckt reichlich dämlich. Grinst. Mama, dir entgeht auch gar nix.

Na, dann paß auf, daß dus nicht vergißt, sagt Shug.

Lieber Gott,

hier is der Brief, den ich in meiner Hand halte.

Liebe Celie,
ich weiß, daß du denkst, daß ich tot bin. Das bin ich nicht. Ich habe dir auch die ganzen Jahre über geschrieben, aber Albert hat gesagt, du würdest nie wieder von mir hören, und weil ich die ganze Zeit nie etwas von Dir gehört habe, nehme ich an, daß es stimmt. Jetzt schreibe ich nur noch an Weihnachten und Ostern, in der Hoffnung, daß mein Brief in den Weihnachts- und Ostergrüßen untertaucht oder daß der Festtagsgeist über Albert kommt und er Mitleid mit uns hat.

Es gibt so viel zu erzählen, daß ich kaum weiß, wo ich anfangen soll – und wahrscheinlich bekommst du diesen Brief sowieso nicht. Ich bin sicher, Albert ist immer noch der einzige, der die Post aus dem Briefkasten nimmt.

Aber falls er durchkommt, möchte ich, daß Du eins weißt, ich hab dich lieb und ich bin nicht tot. Und Olivia geht es gut und Deinem Sohn auch.

Wir kommen alle vor dem Ende eines weiteren Jahres nach Hause.

Deine Dich liebende Schwester
Nettie

Eine Nacht, im Bett, hat Shug gesagt, ich soll ihr von Nettie erzählen. Wie sie so is. Wo sie is.

Ich erzähl ihr, wie Mr. --- probiert hat, ihr den Kopf zu verdrehn. Wie Nettie ihn hat abblitzen lassen und wie er gesagt hat, daß Nettie gehn muß.

Wo is sie denn hin? fragt sie.

Ich weiß nich, sag ich. Sie is von hier weg.

Und seither kein Wort von ihr? fragt sie.

Nä, sag ich. Jeden Tag, wenn Mr. --- vom Briefkasten kommt, hoff ich auf Nachricht. Aber es kommt nix. Sie is tot, sag ich.

Shug sagt, sie könnt wohl nich irgendwo sein mit komischen Briefmarken, was meinste? Sie kuckt, wie wenn sie was überlegt.

Du, ein paarmal, wie Albert und ich zum Briefkasten hochgelaufen sind, war da ein Brief mit ner Menge komischen Briefmarken. Er hat nie was dazu gesagt, hat ihn nur in seine Tasche geschoben. Einmal hab ich gefragt, ob ich die Briefmarken ankucken kann, aber er hat gesagt, er nimmt ihn später raus. Hat er aber nie getan.

Sie wollte eigentlich in die Stadt, sag ich. Da sehn die Briefmarken wie hierrum aus. Weiße Männer mit langen Haaren.

Hm, sagt sie, hat ausgesehn, wie wenn eine kleine dicke Weiße auf einer gewesen wär. Wie is deine Schwester Nettie? fragt sie. Gescheit?

Gott, ja, sag ich. Helle wie sonstwas. Hat schon die Zeitung gelesen, wie sie kaum sprechen konnte. Hat gerechnet, wie wenns nix wär. Konnt auch noch gut reden. Und lieb. Ein lieberes Mädchen hats nie gegeben, sag ich. Ganz voll warn ihre Augen davon. Sie hat mich auch mögen, sag ich zu Shug.

War sie groß oder klein? fragt Shug. Was für Kleider hat sie gern angehabt? Wann is ihr Geburtstag? Was is ihre Lieblingsfarbe?

Ob sie kochen kann. Nähen? Und ihr Haar?

Alles über Nettie will sie wissen.

Ich red so viel, daß mir die Stimme wegbleibt. Warum willst du so viel von Nettie wissen? frag ich.

Weil sie die einzige ist, die du je geliebt hast, sagt sie, außer mir.

Lieber Gott,

plötzlich is Shug wieder ganz dicke mit Mr. ---. Sie sitzen auf der Treppe, gehen zu Harpo runter. Gehen zum Briefkasten.

Shug lacht sich halb tot, wenn er was zu sagen hat. Zeigt Zähne und Titten die Menge.

Ich und Grady probiern, uns ziflisiert zu betragen. Aber es is hart. Wenn ich Shug lachen hör, möcht ich sie erwürgen, Mr. --- ohrfeigen.

Die ganze Woche steh ich Qualen aus. Grady und ich sind beide so down. Er verlegt sich aufs Kiffen und ich mich aufs Beten.

Am Samstagmorgen legt Shug mir Nettie ihren Brief in den Schoß.

Kleine, dicke Königin-von-England-Briefmarken sind drauf, plus Briefmarken mit Erdnüssen, Kokosnüssen, Gummibäumen, wo Afrika draufsteht. Ich weiß nich, wo England is. Weiß auch nich, wo Afrika is. So weiß ich immer noch nich, wo Nettie is.

Er hat deine Briefe abgefangen, sagt Shug.

Nä, sag ich, gemein is Mr. --- ja manchmal, aber nich *so* gemein.

Sie sagt, mhm, *so* gemein is er.

Aber wieso hat er das denn gemacht? frag ich. Er weiß doch, daß Nettie mir alles auf der Welt is.

Shug sagt, sie weiß es nich, aber wir werdens rauskriegen.

Wir siegeln den Brief wieder zu und stecken ihn zurück in Mr. --- seine Tasche.

Er läuft damit in der Jacke rum, den ganzen Tag. Sagt kein Wort davon. Lacht nur und redet mit Grady, Harpo und Swain und versucht zu lernen, wie man mit Shug ihrem Auto fährt.

Ich nehm ihn so genau aufs Korn, daß mir der Kopf ganz leicht wird. Kaum daß ich weiß, was ich tu, steh ich hinter seinem Stuhl, mit dem Rasiermesser offen.

Dann hör ich, wie Shug lacht, wie wenn was zu komisch wär. Sie sagt zu mir, ich weiß, ich hab gesagt, daß ich was brauch zum Abschneiden hier von meim Fingernagel. Aber mit seim Rasiermesser da hat der Albert sich immer so.

Mr. --- kuckt hinter sich. Leg das weg, sagt er. Diese Frauen! Ständig müssen die hier was abschneiden, da was schaben, und immer wird das Rasiermesser klebrig.

Shug hat jetzt die Hand auf dem Rasiermesser. Sie sagt, ach was, es sieht eh stumpf aus. Sie nimmts und wirfts zurück in die Rasierschachtel.

Den ganzen Tag tu ich genau wie Sofia. Ich stotter. Ich brummel vor mich hin. Ich stolper durchs Haus, verrückt nach dem Blut von Mr. ---. In meinem Kopf fällt er tot um, auf tausend Arten.

Wie der Abend kommt, kann ich nich mehr sprechen. Wenn ich den Mund aufmach, kommt nix raus wie ein kleiner Rülpser.

Shug erzählt allen, ich hab Fieber, und sie bringt mich ins Bett. Wahrscheinlich ist es ansteckend, sagt sie zu Mr. ---. Vielleicht schläfst du lieber woanders. Aber sie bleibt die ganze Nacht bei mir. Ich schlaf nich. Ich heul nich. Ich tu gar nix. Kalt is mir dazu. Ziemlich bald denk ich, vielleicht bin ich tot.

Shug hält mich dicht an sich und redet manchmal.

Eins, wegen dem meine Mama mich gehaßt hat, war, daß ich immer so gern gefickt hab, sagt sie. Die hat nie was mögen, wenns was mit Berühren von jemand zu tun gehabt hat, sagt sie. Wenn ich ihr einen Kuß hab geben wollen, hat sie den Mund weggedreht.

Hat gesagt, laß doch, Lillie, sagt sie. Lillie is Shug ihr richtiger Name. Nur weil sie so süß wie Zucker is, drum nennen sie alle Shug.

Mein Daddy hats gern gehabt, daß ich ihn küss und drück, aber das hat ihr gar nich gefallen. Drum hat mich, wie ich den Albert kennengelernt hab und mal in seinen Armen war, nix mehr da rausgebracht. Und schön wars auch, sagt sie. Das hat einfach schön sein müssen, wo ich doch drei Babies von Albert gekriegt hab, obwohl der so schwach is.

Meine ganzen Kinder hab ich zu Haus gekriegt. Hebamme war da, Prediger war da, ein Haufen von den guten Frauen von der Kirche. Grad, wie es so weh getan hat, daß ich meinen eigenen Namen nicht mehr gewußt hab, da ham die gedacht, jetzt wärs an der Zeit, von Reue und Buße zu reden.

Sie lacht. Ich war doch zu dumm zum Bereuen. Dann sagt sie, ich hab den Albert – ganz schön geliebt.

Ich hab gar keine Lust, was zu reden. Wo ich bin, is Friede. Da isses ruhig. Kein Albert da. Keine Shug. Nix.

Shug sagt, das letzte Kind war dann zuviel. Die haben mich rausgeschmissen. Ich bin zu der wilden Schwester von meiner Mama nach Memphis gegangen. Die is genau wie ich, sagt meine Mama. Die säuft, die rauft, die liebt die Männer zu Tod. Sie arbeitet in einer Kneipe. Kocht. Füttert fuffzig Männer, vögelt fünfundfuffzig.

Shug redet und redet.

Und Tanzen, sagt sie. Keiner konnte tanzen wie Albert, wo der noch jung war. Manchmal haben wir ne Stunde lang Moochie getanzt. Danach gabs nix wie irgendwohin und alle viere von sich gestreckt. Und komisch. Der Albert war so komisch. Ich war ewig am Lachen. Wie kommts bloß, daß der jetzt nich mehr komisch is? fragt sie. Wie kommts bloß, daß der kaum mehr lacht? Wie kommts, daß der nich mehr tanzt? Großer Gott, Celie, sagt sie, was is bloß passiert mit dem Mann, den ich geliebt hab?

Sie is ne Weile still. Dann sagt sie, ich war so platt, wie ich gehört hab, daß er die Annie Julia heiraten will, sagt sie.

Zu platt, als daß ich gekränkt hätt sein könn. Ich habs nich geglaubt. Der Albert hat doch so gut wie ich gewußt, daß es ganz schön stark hätt kommen müssen, eh daß eine Liebe besser gewesen wär wie unsre. Wir hatten so eine Liebe, da hätt man nix mehr besser dran machen können. Das hab ich jedenfalls gedacht.

Aber er war eben schwach. Sein Daddy hat ihm erzählt, ich wär Abschaum, meine Mama wär auch schon Abschaum gewesen. Sein Bruder hat das gleiche gesagt. Albert hat ja für uns gradestehn wollen, is glatt überfahren worden. Ein Grund, wieso er mich nich heiraten durfte, war, weil ich Kinder hatte.

Aber die sind doch von ihm, hab ich zum alten Mr. - - - gesagt.

Und das solln wir glauben? fragt er.

Die arme Annie Julia, sagt Shug. Die hat keine Schangse gehabt.

Ich war so böse und so wild, ach Gott. Ich bin rumgelaufen und hab gesagt, mir is egal, mit wem er verheiratet is, ich fick ihn trotzdem. Sie hört ne Sekunde mit Reden auf. Dann sagt sie, und ich habs auch gemacht. Wir haben so viel offen rumgefickt, das war richtig schlimm.

Aber Annie Julia hat er auch gefickt, sagt sie, und sie hat nix gehabt, nich mal bißchen Zuneigung zu ihm. Ihre Familie hat sie total vergessen, wie sie verheiratet war. Und dann is Harpo gekommen und dann die ganzen andern Kinder. Am Ende hat sie angefangen, mit dem Mann zu schlafen, der sie dann erschossen hat. Albert hat sie geschlagen. Die Kinder haben an ihr gezerrt.

Manchmal möcht ich wissen, was sie gedacht hat, wie sie gestorben is.

Ich weiß, was ich grad denk, denk ich. Nix. Und soviel davon, wie ich nur kann.

Ich bin mit der Annie Julia in die Schule gegangen, sagt Shug. Mann, war die hübsch. Schwarz wie noch was und Haut genauso glatt. Riesige schwarze Augen, haben ausgesehen wie Monde. Und auch so lieb. Teufel, sagt Shug, ich hab sie ja selbst gern gehabt. Wieso hab ich ihr so weh getan? Ich hab Albert manchmal eine ganze Woche von daheim weggehalten. Dann is sie gekommen und hat um Geld gebettelt, daß sie für die Kinder was zum Essen kaufen kann.

Ich spür ein paar Wassertropfen auf meiner Hand.

Und wie ich hierhergekommen bin, sagt Shug, bin ich so gemein zu dir gewesen. Wie wenn du ein Dienstmädchen wärst. Und bloß, weil der Albert dich geheiratet hat. Und dabei hab ich ihn gar nich als Ehemann haben wollen, sagt sie. Ich hab Albert eigentlich nie als Ehemann gewollt. Nur, daß er sich auch für mich entscheidet, weißt du, weil die Natur schon entschieden hatte. Die Natur hat gesagt, ihr zwei beiden da, tut euch zusammen, weil ihr ein gutes Beispiel seid, wie es laufen soll. Ich wollte nich, daß irgendwas dagegen ankonnte. Aber was gut gewesen is zwischen uns, is wohl nix andres wie Körper gewesen, sagt sie. Den Albert kenn ich gar nich, der nich tanzt und kaum lachen kann und nie über was redet. Dich prügelt und die Briefe von deiner Schwester Nettie versteckt. Wer is das?

Ich weiß gar nix, denk ich. Und bin froh drüber.

Lieber Gott,

jetzt, wo ich weiß, daß Albert Nettie ihre Briefe versteckt, weiß ich auch genau, wo sie sind. In seiner Truhe.

Alle Sachen, die für Albert wichtig sind, kommen in die Truhe.

Er hat sie immer fest zugeschlossen. Aber Shug kann den Schlüssel beschaffen.

Eine Nacht, wie Mr. --- und Grady weg sind, machen wir die Truhe auf. Wir finden Haufen von Shugs Unterwäsche, ein paar üble Postkarten und tief unten, unter seinem Tabak, Nettie ihre Briefe. Ganze Bündel. Manche dick, manche dünn. Manche offen, manche nich.

Und wie wolln wirs jetzt machen? frag ich Shug.

Sie sagt, ganz einfach. Wir nehmen die Briefe aus den Umschlägen raus, die Umschläge lassen wir, wie sie sind. Ich glaub nich, daß er in die Ecke von der Truhe oft reinkuckt, sagt sie.

Ich heiz den Ofen an, stell den Kessel auf. Wir dampfen die Umschläge auf, bis wir die ganzen Briefe auf dem Tisch liegen haben. Dann legen wir die Umschläge wieder in die Truhe.

Ich bring sie mal in die richtige Reihe für dich, sagt Shug.

Ja, sag ich, aber komm, wir machens nich hier drin, wir gehen in dein und Grady sein Zimmer.

Also is sie aufgestanden, und wir sind in das kleine Zimmer gegangen. Shug hat sich auf einen Sessel beim Bett gesetzt, mit den ganzen Briefen von Nettie um sie rum, ich bin aufs Bett rauf, mit den Kissen hinter meim Rücken.

Das sind die ersten, sagt Shug. Hier is das Datum.

Liebe Celie, *heißt es im ersten Brief,*

du mußt kämpfen und kucken, daß Du von Albert wegkommst. Er taugt nichts.

Wie ich von Eurem Haus weggegangen bin, zu Fuß, ist er mit dem Pferd hinterhergekommen. Wie wir aus der Sicht vom Haus weg waren, hat er mich eingeholt und angefangen zu reden. Du weißt, wie er das macht. Sie sehen so hübsch aus, Miss Nettie, und so was. Ich hab versucht, nicht auf ihn zu achten und schneller zu gehn, aber mein Bündel war schwer und die Sonne so heiß.

Nach einer Weile hab ich ausruhen müssen, und da ist er von seinem Pferd abgestiegen und hat versucht, mich zu küssen und mich rüber in den Wald zu ziehen.

Na, ich hab angefangen mich zu wehren, und mit Gottes Hilfe hab ich ihm so weh getan, daß er mich in Ruhe gelassen hat. Aber er war ganz schön wütend. Er hat gesagt, wegen dem, was ich getan hab, würd ich nie mehr was von Dir hören, und Du würdest nie mehr was von mir hören.

Ich hab selbst so eine Wut gehabt, daß ich gezittert hab.

Jedenfalls hab ich auf dem Wagen von jemand mit in die Stadt fahren können. Und der hat mir auch die Richtung vom Reverend sein Haus gezeigt. Und was hab ich gestaunt, wie ein kleines Mädchen die Tür aufgemacht hat, und sie hatte Deine Augen, wie sie in Deinem Gesicht stehn.

Alles Liebe
Nettie

Der nächste hat geheißen:
Liebe Celie,

ich denk immer, es ist noch zu früh, nach einem Brief von Dir zu kucken. Und ich weiß, wieviel Du mit Mr. ---s ganzen Kindern zu tun hast. Aber ich vermisse Dich so! Bitte schreib mir, sobald Du kannst. Jeden Tag denke ich an Dich. Jede Minute.

Die Dame, die Du in der Stadt getroffen hast, heißt Corrine.

Der Name von dem kleinen Mädchen ist Olivia. Der Mann heißt Samuel. Ihr kleiner Junge heißt Adam. Sie sind sehr religiös und sehr freundlich zu mir. Sie wohnen in einem schönen Haus neben der Kirche, in der Samuel predigt, und wir verbringen viel Zeit mit Kirchenangelegenheiten. Ich sage «wir», weil sie immer versuchen, mich in alles, was sie machen, mit einzuschließen, damit ich mir nicht so abseits und allein vorkomme.

Und trotzdem, o Gott, sehne ich mich so nach Dir, Celie. Ich denke an die Zeit, als Du Dich für mich hingelegt hast. Ich liebe Dich von ganzem Herzen.

Deine Schwester
Nettie

Der nächste hat geheißen:
Liebste Celie,

ich werd fast wahnsinnig. Ich glaub jetzt, daß Albert mir die Wahrheit gesagt hat und Dir meine Briefe nicht gibt. Der einzige Mensch, der mir einfällt und der uns helfen könnte, ist Pa, aber ich möchte nicht, daß er weiß, wo ich bin.

Ich habe Samuel gefragt, ob er Dich und Mr. --- besuchen könnte, einfach, um zu sehen, wie es Dir geht. Aber er sagt, er darf nicht riskieren, sich zwischen Mann und Frau zu stellen, besonders, wenn er sie nicht kennt. Und ich hatte ein schlechtes Gewissen, daß ich ihn drum bitten mußte, wo er und Corrine immer so freundlich zu mir gewesen sind. Aber mein Herz bricht mir. Es bricht mir, weil ich keine Arbeit in dieser Stadt finde und ich fortmuß. Und wenn ich fort bin, was wird dann aus uns?

Wie können wir dann jemals erfahren, was los ist?

Corrine und Samuel und die Kinder gehören zu einer Gruppe von Leuten, die Missionare heißen, von der Amerikanischen und Afrikanischen Missionsgesellschaft. Sie haben den Indianern im Westen gepredigt, und jetzt helfen sie den Armen dieser Stadt. Alles als Vorbereitung für die Arbeit, für die sie geboren zu sein glauben, nämlich Missionsarbeit in Afrika.

Ich fürchte mich vor der Trennung von ihnen, weil sie in der kurzen Zeit, die wir zusammen waren, wie eine Familie für mich waren. So, wie eine Familie hätte sein können, meine ich.

Schreib mir, wenn Du kannst. Hier sind Briefmarken.

Alles Liebe, Nettie

Der nächste, dick, mit Datum zwei Monate später, hat geheißen:
Liebe Celie,

ich hab Dir fast jeden Tag auf dem Schiff hierher nach Afrika einen Brief geschrieben. Aber bis wir angelegt haben, war ich so verzagt, daß ich sie in kleine Stücke gerissen und ins Wasser geworfen habe. Albert läßt Dich ja meine Briefe doch nicht haben, was solls also, daß ich sie schreibe. So hab ich gedacht, als ich sie zerriß und sie Dir auf den Wellen schickte. Aber jetzt denke ich anders.

Ich muß dran denken, wie Du einmal gesagt hast, daß Dein Leben Dir solche Scham macht, daß Du nicht einmal zu Gott darüber reden könntest, Du müßtest es schreiben, egal, wie schlecht Du im Schreiben wärst. Und jetzt weiß ich, was Du gemeint hast.

Und ob Gott die Briefe nun lesen wird oder nicht, wirst Du sie weiter schreiben, das weiß ich, und das ist Vorbild genug für mich. Jedenfalls, wenn ich Dir nicht schreibe, fühle ich mich so schlecht, wie wenn ich nicht bete, in mich selbst eingeschlossen und wie wenn ich an meinem eigenen Herz ersticke.

Ich bin so *einsam*, Celie.

Der Grund, warum ich in Afrika bin, ist, weil eine von den Missionarinnen, die mit Corrine und Samuel mitkommen sollte, um mit den Kindern zu helfen und eine Schule einzurichten, plötzlich einen Mann geheiratet hat, der Angst hatte, sie gehen zu lassen, und sich geweigert hat, mit nach Afrika zu kommen. So standen sie da, fix und fertig, mit einer Fahrkarte, die plötzlich übrig war, und ohne einen Missionar, dem sie sie hätten geben können. Und gleichzeitig hab ich nirgends in der ganzen Stadt eine Arbeit finden können. Aber ich hätte nie im Traum dran gedacht, nach Afrika zu gehen. Ich hab es mir nicht mal als Ort, den es wirklich gibt, vorgestellt, obwohl Samuel und Corrine und sogar die Kinder die ganze Zeit davon geredet haben.

Miss Beasley hat immer gesagt, es sei voll von Wilden, die keine Kleider anhätten. Sogar Corrine und Samuel haben das mal gedacht. Aber sie wissen viel mehr darüber als Miss Beasley oder unsere andern Lehrer, und außerdem haben sie von dem vielen Guten geredet, das sie für das unterdrückte Volk tun könnten, von dem sie abstammen. Menschen, die Christus und gute ärztliche Hilfe brauchen.

An einem Tag war ich in der Stadt mit Corrine, und wir sahen die Frau vom Bürgermeister und ihr Dienstmädchen. Die Bürgermeistersfrau kaufte ein – ging in den Läden ein und aus –, und ihr Dienstmädchen wartete auf der Straße auf sie und nahm die Pakete ab. Ich weiß nicht, ob Du die Bürgermeistersfrau schon mal gesehen hast. Sie sieht aus wie eine nasse Katze. Und da stand ihr Dienstmädchen und sah aus wie der letzte Mensch in der Welt, von dem man erwartet hätte, daß er jemand bedient, und besonders nicht jemand, der so aussieht.

Ich hab was zu ihr gesagt. Aber es schien sie verlegen zu machen, auch nur mit mir zu sprechen, und plötzlich hat sie sich wie ausgelöscht. Es war höchst merkwürdig, Celie! Die eine Sekunde hab ich: *Wie gehts*? zu einer lebendigen Frau gesagt. In der nächsten Sekunde war nichts mehr von Leben da. Nur noch die äußere Form.

Die ganze Nacht hab ich dran gedacht. Dann haben Samuel und Corrine erzählt, was sie drüber gehört haben, wie sie Dienstmädchen bei der Bürgermeistersfrau wurde. Daß sie den Bürgermeister angegriffen hat und der Bürgermeister und seine Frau sie dann aus dem Gefängnis geholt haben, damit sie bei ihnen daheim arbeitet.

Am Morgen hab ich angefangen, Fragen über Afrika zu stellen, und angefangen, die ganzen Bücher zu lesen, die Samuel und Corrine über das Thema haben.

Hast Du gewußt, daß es in Afrika riesige Städte gab, größer als Milledgeville und sogar Atlanta, vor Tausenden von Jahren? Daß die Ägypter, die die Pyramiden gebaut und die Israeliten zu Sklaven gemacht haben, Farbige waren? Daß Ägypten in Afrika ist? Daß das Äthiopien, von dem wir in der Bibel lesen, ganz Afrika bedeutet hat?

Also, ich hab gelesen und gelesen, bis ich dachte, die Augen fallen mir raus. Ich gab gelesen, wie die Afrikaner uns verkauft haben, weil sie Geld mehr als ihre eigenen Schwestern und Brüder liebten. Wie wir auf Schiffen nach Amerika kamen. Wie man uns zur Arbeit gezwungen hat.

Mir war gar nicht klar gewesen, daß ich so wenig Ahnung hatte, Celie. Das bißchen, was ich über mein eignes Selbst wußte, hätte keinen Fingerhut gefüllt. Und dabei hat Miss Beasley immer gesagt, ich wär das gescheiteste Kind, das sie je unterrichtet hätte! Aber für eins bin ich ihr dankbar, daß sie mir beigebracht hat, selbst zu lernen, durch Lesen und Studieren, und eine klare Handschrift. Und dafür, daß sie in mir irgendwie die Sehnsucht *zu wissen* am Leben gehalten hat. Als also Corrine und Samuel mich fragten, ob ich mitkommen und ihnen helfen wollte, mitten in Afrika eine Schule zu bauen, hab ich ja gesagt. Aber nur, wenn sie mir alles beibringen, was sie wissen, um mich zu einer brauchbaren Missionarin zu machen und zu einer, bei der sie sich nicht zu schämen brauchen, sie Freundin zu nennen. Sie haben dieser Bedingung zugestimmt, und dann fing meine richtige Ausbildung an.

Sie haben ihr Wort gehalten. Und ich studiere alles, Tag und Nacht.

Ach, Celie, es gibt auf der Welt auch farbige Menschen, die wollen, daß wir etwas wissen. Wollen, daß wir wachsen und das Licht sehen. Nicht alle sind so gemein wie Pa und Albert oder so unterdrückt, wie Mama war. Corrine und Samuel haben eine wunderbare Ehe. Ihr einziger Kummer war am Anfang, daß sie keine Kinder bekommen konnten. Und dann, sagen sie, hat «Gott» ihnen Olivia und Adam geschickt.

Ich wollte sagen, «Gott» hat euch ihre Schwester und Tante geschickt, aber ich hab es nicht getan. Ja, ihre Kinder, von «Gott» geschickt, sind Deine Kinder, Celie. Und sie werden in Liebe, christlicher Barmherzigkeit und im Wissen um Gott erzogen. Und jetzt hat «Gott» mich geschickt, über ihnen zu wachen, sie zu schützen und zu hegen. Sie mit all der Liebe, die ich für Dich fühle, zu überschütten. Das ist ein Wunder, nicht? Und für Dich gewiß kaum zu glauben.

Andrerseits, wenn Du glauben kannst, daß ich in Afrika bin, und das bin ich, dann kannst Du auch sonst alles glauben.

Deine Schwester Nettie

Der nächste Brief nach diesem hat geheißen:
Liebe Celie,

als wir in der Stadt waren, hat Corrine Stoff gekauft, um mir zwei Reisekostüme zu machen. Eins olivgrün und das andere grau. Lange Glockenröcke und Kostümjacken, zu denen man weiße Baumwollblusen und Schnürstiefel trägt. Sie hat mir auch einen Strohhut mit kariertem Band gekauft.

Obwohl ich für Corrine und Samuel arbeite und die Kinder versorge, fühle ich mich nicht wie ein Dienstmädchen. Das kommt wahrscheinlich, weil sie mir etwas beibringen und ich den Kindern etwas beibringe und es keinen Anfang und kein Ende für Beibringen und Lernen und Arbeiten gibt – es läuft alles ineinander.

Unsrer Kirchengruppe auf Wiedersehen zu sagen war schwer. Aber auch fröhlich. Alle haben so große Hoffnungen, was sich in Afrika tun läßt. Über der Kanzel steht ein Spruch: *Äthiopien wird seine Hände zum Herrn ausstrecken.* Denk, was das bedeutet, daß Äthiopien Afrika ist! Alle Äthiopier in der Bibel waren farbig. Das war mir nie aufgefallen, obwohl, wenn man die Bibel liest, ist es ganz klar, wenn man nur auf die Worte achtet. Es sind die Bilder in der Bibel, die einen irreführen! Die Bilder, die die Worte illustrieren. Alle Leute sind darauf weiß, und deshalb denkt man eben, alle Leute aus der Bibel wären auch weiß. Aber die richtig weißen Weißen lebten damals woanders. Deshalb heißt es in der Bibel, Jesus Christus hatte Haar wie Schafwolle. Schafwolle ist nicht glatt, Celie, sie ist nicht mal lockig.

Was kann ich Dir von New York erzählen – oder von dem Zug, der uns dorthin brachte! Wir mußten in der Abteilung mit Sitzen fahren, aber, Celie, in Zügen gibt es auch Betten! Und ein Restaurant! Und Toiletten! Die Betten kommen aus der Wand herunter, oben über den Sitzen, und heißen Kojen. Nur Weiße dürfen in den Betten reisen und das Restaurant benützen. Und sie haben andere Toiletten als die Farbigen.

Ein Weißer auf dem Bahnsteig in South Carolina fragte uns, wo wir hinführen – wir waren aus dem Zug ausgestiegen, um bißchen frische Luft zu schnappen und den Sand und Staub aus unsern Kleidern zu schütteln. Als wir Afrika sagten, schaute er beleidigt und auch belustigt. Nigger, die nach Afrika fahren, sagte er zu seiner Frau. Jetzt hab ich wirklich alles gesehen!

Als wir nach New York kamen, waren wir müde und schmutzig. Aber sehr gespannt. Weißt du was, Celie, New York ist eine wunderschöne Stadt. Und Farbige besitzen einen ganzen Teil davon, der Harlem heißt. Da fahren Farbige so tolle Autos, wie ich nie gedacht hätte, daß es das gibt, und sie wohnen in Häusern, die schöner sind als alle Häuser von Weißen bei uns in den Südstaaten. Es gibt mehr als hundert Kirchen! Und wir sind zu jeder einzelnen hingegangen. Und ich bin mit Samuel und Corrine und den Kindern vor jeder Gemeinde gestanden, und manchmal blieb uns einfach der Mund offen vor der Großzügigkeit und Güte in den Herzen dieser Leute von Harlem. Sie leben in solcher Schönheit und Würde, Celie. Und sie geben und geben, und dann greifen sie noch tiefer und geben noch mehr, wenn der Name Afrika erwähnt wird. Sie *lieben* Afrika. Sie verteidigen es bei jeder Gelegenheit, wir konnten die vielen Spenden für unser Vorhaben kaum tragen.

Sogar die Kinder fischten ihre Pennies hervor. Gebt sie bitte den Kindern von Afrika, sagten sie. Sie waren auch alle so wunderschön angezogen, Celie. Ich wollte, Du hättest sie sehen können. In Harlem ist jetzt Mode, daß die Jungen etwas tragen, was Knikkerbocker heißt, eine Art weite Hosen, die direkt unter dem Knie gebunden werden, und bei den Mädchen Blumenkränze im Haar. Das müssen die schönsten Kinder der Welt sein, und Adam und Olivia konnten die Augen nicht von ihnen wenden.

Dann gab es die Mittagessen, zu denen wir eingeladen waren, die Frühstücke, Abendessen und Imbisse. Ich hab fünf Pfund zugenommen, nur vom Probieren. Ich war zu aufgeregt, um richtig zu essen.

Und alle Leute haben Toiletten im Haus, Celie. Und Gas- oder elektrisches Licht.

Dann hatten wir zwei Wochen, um den Olinka-Dialekt zu lernen, den die Leute hier in der Gegend sprechen. Dann wurden wir von einem (farbigen) Arzt untersucht und bekamen Arzneimittel für uns selbst und für unser Gastdorf, von der Missionsgesellschaft von New York. Sie wird von Weißen geführt, und sie haben nichts von Anteilnahme für Afrika gesagt, sondern nur von Pflicht. Nicht weit von unserm Dorf gibt es schon eine weiße Missionarin, die die ganzen letzten zwanzig Jahre in Afrika gelebt hat. Es heißt, sie wird von den Eingeborenen sehr geliebt, obwohl sie überzeugt ist, daß sie eine ganz andere Art von Menschen sind als die, die sie Europäer nennt. Europäer sind Weiße, die in einer Gegend wohnen, die Europa heißt. Das ist auch das Gebiet, wo die Weißen bei uns zu Hause herkommen. Sie sagt, ein afrikanisches Gänseblümchen und ein englisches Gänseblümchen sind beides Blumen, aber völlig verschiedene Arten. Der Mann von der Gesellschaft sagt, sie hat so viel Erfolg, weil sie ihre Schützlinge nicht «verhätschelt». Sie spricht auch ihre Sprache. Dieser weiße Mann schaute uns an, als könnten wir es unmöglich so gut mit den Afrikanern verstehen wie diese Frau.

Mein Hochgefühl war ein bißchen gedämpft nach dem Besuch bei der Missionsgesellschaft. An jeder Wand hing da ein Bild von einem Weißen. Einer mit Namen Speke, einer mit Namen Livingstone. Einer mit Namen Daly. Oder war es Stanley. Ich suchte nach einem Bild von der weißen Frau, fand aber keins. Samuel sah auch ein bißchen traurig aus, aber dann hat er sich aufgerichtet und uns daran erinnert, daß wir einen großen Vorteil haben. Wir sind keine Weißen. Wir sind keine Europäer. Wir sind schwarz wie die Afrikaner selbst. Und daß wir und die Afrikaner auf ein gemeinsames Ziel hinarbeiten: die Befreiung der Schwarzen, überall auf der Welt.

Deine Schwester Nettie

Liebe Celie,

Samuel ist ein großer Mann. Er kleidet sich fast immer schwarz, mit Ausnahme von seinem weißen Pfarrerskragen. Und selbst ist er auch schwarz. Bevor man seine Augen sieht, denkt man, er ist schwermütig oder sogar böse, aber er hat ganz nachdenkliche, gütige braune Augen. Wenn er was sagt, wirst du sofort ganz ruhig, weil er nie was von oben herab sagt und er nie drauf aus ist, einen zu dämpfen oder einem weh zu tun. Corrine hat Glück, ihn als Mann zu haben.

Aber ich wollte Dir von dem Schiff erzählen. Das Schiff, mit Namen Malaga, war drei Stockwerke hoch. Und wir hatten Zimmer (Kabinen genannt) mit Betten drin. Denk mal, Celie, mitten auf dem Ozean im Bett zu liegen! Und der Ozean! Mehr Wasser, Celie, als Du Dir überhaupt auf einem Haufen vorstellen kannst. Zwei Wochen haben wir gebraucht, ihn zu überqueren! Und dann waren wir in England, das ist ein Land voller weißer Leute, und einige sind sehr nett, und sie haben ihre eigene Anti-Sklaverei-und Missionsgesellschaft. Die Kirchen in England waren auch sehr bemüht, uns zu helfen, und weiße Männer und Frauen, die genau wie die zu Haus bei uns aussahen, haben uns zu ihren Versammlungen eingeladen und zu sich nach Hause zum Tee, um über unsere Arbeit zu reden. «Tee» ist bei den Engländern eigentlich ein Picknick im Haus. Mengen von belegten Broten und Keksen und natürlich heißer Tee. Wir haben alle die gleichen Tassen und Teller benützt.

Alle sagten, ich sähe ein bißchen jung für eine Missionarin aus, aber Samuel hat gesagt, ich sei sehr willig und daß meine Pflichten ohnehin vor allem darin bestünden, die Kinder zu betreuen und ein paar Schulklassen zu unterrichten.

In England haben wir angefangen, eine etwas klarere Vorstellung von unsrer Arbeit zu bekommen, denn die Engländer schikken schon seit mehr als hundert Jahren Missionare nach Afrika und Indien und China und Gott weiß wohin. Und was sie alles von da mitgebracht haben! Wir haben einen Vormittag in einem von ihren Museen verbracht, und das war vollgestopft mit Schmuck, Möbeln, Fellen, Schwertern, Kleidern und sogar Gräbern aus all den Ländern, in denen sie waren. Aus Afrika haben sie Tausende von Vasen, Gläsern, Masken, Schüsseln, Körben, Statuen – und alle sind so schön, daß es schwer ist, sich vorzustellen, daß die Menschen, die sie gemacht haben, nicht mehr leben. Aber die Engländer behaupten das wirklich. Obwohl die Afrikaner einmal eine höhere Kultur als die Europäer hatten (die Engländer sagen das natürlich nicht, ich hab es bei einem Mann namens J. A. Rogers gelesen), mehrere Jahrhunderte lang, sind schwere Zeiten über sie gekommen. «Schwere Zeiten» ist ein Ausdruck, den die Engländer gern benutzen, wenn sie von Afrika sprechen. Und man vergißt dann leicht, daß Afrikas «schwere Zeiten» durch sie noch schwerer wurden. Millionen und Abermillionen von Afrikanern wurden gefangen und als Sklaven verkauft – Du und ich, Celie! Und ganze Städte wurden von Kämpfen um den Sklavenhandel zerstört. Heute sind die Völker in Afrika – nachdem sie ihre stärksten Leute ermordet oder als Sklaven verkauft haben – von Krankheiten geschwächt und in geistige und körperliche Verwirrung gefallen. Sie glauben an den Teufel und beten zu den Verstorbenen. Lesen und schreiben können sie auch nicht.

Warum haben sie uns verkauft? Wie konnten sie das nur tun? Und warum lieben wir sie immer noch? Das waren die Gedanken, die mir durch den Kopf gingen, als wir durch die kalten Straßen von London wanderten. Ich hab mir England auf einer Karte angeschaut, so klar und ordentlich, wie es aussieht, und ich hab dann doch wieder Hoffnung geschöpft, daß für Afrika viel Gutes möglich ist, bei harter Arbeit und der richtigen Einstellung. Und dann sind wir nach Afrika gefahren. Wir haben Southampton in England am 24. Juli verlassen und sind am 12. September in Monrovia in Liberia angekommen. Unterwegs legten wir in Lissabon (in Portugal) und Dakar (in Senegal) an.

Monrovia war der letzte Ort, an dem wir unter Menschen waren, die uns einigermaßen vertraut vorkamen, denn es ist ein afrikanisches Land, das von ehemaligen Sklaven aus Amerika gegründet wurde, die zurück nach Afrika kamen, um dort zu leben. Ob wohl jemand von ihren Eltern oder Großeltern von Monrovia aus verkauft worden war, hab ich mich gefragt, und was sie wohl für ein Gefühl hatten, erst als Sklaven verkauft worden zu sein und jetzt zurückzukommen, um hier zu herrschen, mit enger Bindung an das Land, das sie einmal gekauft hat.

Celie, ich muß jetzt aufhören. Die Sonne ist jetzt nicht mehr so heiß, und ich muß mich für die Schulstunden heute nachmittag und die Vesper vorbereiten,

Ich wünsche, Du wärst bei mir oder ich bei Dir.

Alles Liebe
Deine Schwester Nettie

Liebste Celie,

es war unglaublich komisch, in Monrovia Zwischenaufenthalt zu machen, nach dem allerersten Eindruck von Afrika in Senegal. Die Hauptstadt von Senegal ist Dakar, und die Leute sprechen ihre eigene Sprache, Senegalesisch würden sie das wohl nennen, und Französisch. Das sind die schwärzesten Leute, die ich je gesehen habe, Celie. Sie sind so schwarz wie die Leute, von denen wir reden, wenn wir sagen: «Soundso ist schwärzer als schwarz, er ist blauschwarz.» Sie sind so schwarz, Celie, daß sie glänzen. Was auch etwas ist, was man bei uns daheim über so richtig Schwarze sagt. Aber, Celie, versuch Dir mal eine ganze Stadt voll von diesen glänzenden, blauschwarzen Menschen vorzustellen, die leuchtend blaue Gewänder tragen, bedruckt wie mit den ausgefallensten Quiltmustern. Groß, dünn, mit langen Hälsen und geradem Rükken. Kannst Du Dir das überhaupt ausmalen, Celie? Weil ich nämlich das Gefühl hatte, ich sähe hier zum ersten Mal Schwarz. Und, Celie, das hat etwas Magisches. Weil das Schwarz so schwarz ist, ist das Auge ganz geblendet, und dann dieser Glanz, der vom Mondlicht zu kommen scheint, so leuchtend ist er, aber ihre Haut glänzt auch in der Sonne.

Aber die Senegalesen, die ich auf dem Markt getroffen habe, mochte ich eigentlich nicht. Sie waren nur am Verkauf von ihren Waren interessiert. Wenn wir nichts gekauft haben, kuckten sie so schnell durch uns durch wie durch die weißen Franzosen, die dort leben. Irgendwie hatte ich nicht erwartet, überhaupt Weiße in Afrika zu sehen, aber sie sind scharenweise hier. Und nicht alle sind Missionare.

Es gibt auch Haufen davon in Monrovia. Und der Präsident, der mit zweitem Namen Tubman heißt, hat auch welche in seinem Kabinett. An unserem zweiten Abend in Monrovia waren wir zum Tee im Präsidentenpalast. Er sieht dem amerikanischen Weißen Haus (wo unser Präsident wohnt) sehr ähnlich, sagt Samuel. Der Präsident sprach eine gute Weile von seinen Bemühungen, wie er versucht, das Land zu entwickeln, und von seinen Problemen mit den «Eingeborenen», die nichts tun wollen, um das Land aufbauen zu helfen. Es war das erste Mal, daß ich einen Schwarzen dieses Wort benützen hörte. Ich weiß, daß für die Weißen alle Farbigen Eingeborene sind. Aber er räusperte sich und sagte, er meine nur «Liberia-eingeboren». Ich hab keine von diesen «Eingeborenen» in seinem Kabinett gesehen. Und auch keine von den Frauen der Kabinettsmitglieder konnte als Eingeborene gelten. Verglichen mit denen, in ihrer Seide und ihren Perlen, waren Corrine und ich kaum bekleidet, geschweige denn passend für diesen Anlaß angezogen. Aber ich glaube, die Frauen, die wir im Palast gesehen haben, verwenden viel Zeit aufs Anziehen. Trotzdem sehen sie unzufrieden aus. Nicht wie die vergnügten Lehrerinnen, die wir nur zufällig sahen, wie sie ihre Klassen zum Schwimmen an den Strand führten.

Bevor wir wieder abfuhren, besuchten wir eine der großen Kakaoplantagen, die sie da haben. Nichts als Kakaobäume, soweit das Auge reicht. Und richtige Dörfer, mitten zwischen die Felder gebaut. Wir haben zugeschaut, wie die müden Familien nach der Arbeit heimkamen, die Eimer von den Kakaosamen noch in der Hand (am nächsten Tag werden sie als Essensbehälter benützt) und manchmal – wenn es Frauen sind – ihre Kinder auf den Rükken.

Aber müde, wie sie sind, sie singen! Celie, genau wie wir daheim. Warum singen Leute, wenn sie müde sind? fragte ich Corrine. Zu müde, was andres zu tun, sagte sie. Außerdem gehören ihnen die Kakaofelder gar nicht, Celie, sie gehören nicht einmal Präsident Tubman. Sie gehören Leuten in einem Land, das Holland heißt. Den Leuten, die die holländische Schokolade herstellen. Und es gibt Aufseher, die aufpassen, daß die Leute genug arbeiten, die wohnen in Steinhäusern an den Ecken von den Feldern.

Jetzt muß ich Dich wieder verlassen. Alle sind im Bett, und ich schreibe bei Lampenschein. Aber das Licht zieht so viele Insekten an, daß ich halb aufgefressen werde. Ich habe überall Stiche, auch auf dem Kopf und auf den Fußsohlen.

Aber –

Hab ich schon davon erzählt, wie ich die afrikanische Küste zum erstenmal sah? Etwas in mir hat angeschlagen, in meiner Seele, Celie, wie eine große Glocke, und ich bin hin- und hergeschwungen. Corrine und Samuel haben dasselbe gespürt. Und wir haben uns hingekniet dort auf dem Deck und Gott gedankt dafür, daß er uns das Land sehen läßt, für das unsere Mütter und Väter geweint haben – und gelebt haben und gestorben sind, um es wiederzusehen …

Ach, Celie, werd ich Dir je alles erzählen können?

Ich trau mich nicht zu fragen, ich weiß. Aber ich überlasse alles Gott.

Deine Dich immer liebende Schwester Nettie

Lieber Gott,

über all dem Schreck und dem Heulen und Naseputzen und Wörter-Rauskriegen, die wir nich kennen, hat es lang gedauert, bis wir nur die ersten zwei oder drei Briefe gelesen hatten. Wie wir dahin kamen, wo sie schließlich in Afrika is, sind Mr. - - - und Grady heimgekommen.

Schaffst dus? fragt Shug.

Wie soll ich mich bloß am Riemen reißen, daß ich ihn nich umbring? sag ich.

Nix umbringen, sagt sie, Nettie kommt heim, dauert nich mehr lang. Mach nix, daß sie dich dann so ankucken muß, wie wir Sofia ankucken.

Aber das is so schwer, sag ich, wie Shug ihren Koffer ausleert und die Briefe reintut.

War auch schwer, Jesus zu sein, sagt Shug. Aber er hats durchgehalten. Denk dran. Du sollst nicht töten, hat Er gesagt. Und vielleicht noch dazusagen wollen: bei mir angefangen. Er hat die Idioten gekannt, mit denen ers zu tun gehabt hat.

Aber Mr. - - - is nich Jesus. Und ich bin auch nich Jesus, sag ich.

Für Nettie bist du aber jemand. Die is doch angepißt, wenn du jetzt so einen Haken schlägst, wo sie schon auf dem Heimweg is.

Wir hören Grady und Mr. --- in der Küche. Geschirr klappert, Schranktür geht auf und zu.

Nä, ich glaub, mir gehts besser, wenn ich ihn umbring, sag ich. Mir is übel. Jetzt wie betäubt.

Nä, tuts dir nich. Keinem gehts besser, wenn er einen umbringt. Nur daß man was spürt, das is alles.

Besser als gar nix.

Celie, sagt sie. Außer Nettie gibts noch jemand, an den du denken mußt.

Und wen, sag ich.

Mich, Celie, denk doch auch bißchen an mich. Miss Celie, wenn du Albert umbringst, dann hab ich keinen mehr wie Grady. Mag ich gar nich dran denken.

Ich lach, weil ich an Grady seine großen Zähne denk.

Mach, daß Albert mich bei dir schlafen läßt, von jetzt an, solang, wie du hier bist, sag ich.

Und irgendwie macht sies.

Lieber Gott,

wir schlafen wie zwei Schwestern, ich und Shug. Egal, wie ich mit ihr zusammensein will, egal, wie gern ich kuck, meine Titten bleiben weich, mein kleiner Knopf steht nich auf. Jetzt weiß ich, daß ich tot bin. Aber sie sagt, nä, nur wütend. Kummer. Wenn du jemand umbringen willst, wirst du so. Nix zum Graue-Haare-Kriegen. Die Titten stehn schon wieder auf, der Knopf reckt sich schon wieder.

Schön dicht beinanderliegen mag ich gern, Schluß, aus, sagt sie. Kuscheln. Ich brauch jetzt grad nix andres.

Ja, sag ich. Beinanderliegen is gut. Kuscheln. Alles is gut.

Sie sagt, solche Zeiten gibts eben. So Pausen. Wir sollten was andres machen.

Und was? frag ich.

Na, sagt sie, kuckt an mir rauf und runter, wir nähen dir ne Hose.

Zu was brauch ich denn ne Hose? sag ich. Bin doch kein Mann.

Blas dich bloß nich auf, sagt sie. Kein Kleid haste, was bißchen was von dir hermacht. Bist auch gar nich für Kleider gebaut.

Ich weiß nich, sag ich. Mr. --- läßt seine Frau bestimmt keine Hosen anziehn.

Warum nich? sagt Shug. Du machst schließlich die ganze Arbeit hier. Ein Skandal isses, wie das aussieht, wenn du da draußen im Kleid pflügst. Wie dus machst, daß du nich hinfällst oder den Pflug drin verwickelst, is mir ein Rätsel.

Ahjah? sag ich.

Ahjah. Und noch was. Ich hab oft Albert seine Hosen angezogen, wie wir jung verliebt waren. Und er hat mal mein Kleid angezogen.

Hat er nich!

Ja, hat er. Er war immer so lustig. Nich wie jetzt. Er hat mich riesig gern in Hosen gesehn. Das war wie n rotes Tuch für n Stier.

Ach, sag ich. Ich konnt es mir genau vorstellen, und es hat mir kein bißchen gefallen.

Na ja, du weißt ja, wie die so sind, sagt Shug.

Wo solln wir die denn draus machen, sag ich.

Wir müssen ne Armeeuniform von jemand in die Finger kriegen, sagt Shug. Zum Üben. Das is guter, fester Stoff und kostet nix.

Jack, sag ich. Odessa ihr Mann.

Okeh, sagt sie. Und jeden Tag lesen wir dann Netties Briefe und nähen.

Eine Nadel statt dem Rasiermesser in meiner Hand? denk ich.

Sie sagt nix mehr, kommt einfach rüber und drückt mich.

Lieber Gott,

seit ich weiß, daß Nettie lebt, heb ich den Kopf bißchen höher. Denk, wenn sie heimkommt, gehn wir hier weg. Sie und ich und unsre zwei Kinder. Wie sehn sie wohl aus, frag ich mich. Aber es is schwer, über sie nachzudenken. Schämen tu ich mich. Mehr, als daß ich sie gern hab, wenn ich ehrlich bin. Sind sie denn hier oben in Ordnung? Haben sie Grips und alles? Shug sagt, Kinder aus der Blutschande werden Deppen. Blutschande gehört zu den Machenschaften des Teufels.

Aber ich denk an Nettie.

Es is heiß hier, Celie, schreibt sie. Heißer wie der Juli. Heißer wie August und Juli zusammen. Heiß, wie wenn man auf einem großen Herd in einer kleinen Küche im August und Juli Essen kocht. Heiß.

Liebe Celie,

wir wurden am Schiff von einem Afrikaner aus dem Dorf, in dem wir uns niederlassen, abgeholt. Sein Taufname ist Joseph. Er ist klein und dick und hat Hände, die scheinbar keine Knochen haben. Als er mir die Hand schüttelte, fühlte es sich an, wie wenn etwas Weiches und Feuchtes fallen würde und ich es grade noch aufgefangen hätte. Er kann ein bißchen Englisch, das, was man Pidgin-Englisch nennt. Es ist ganz anders als die Art, wie wir Englisch sprechen, aber irgendwie vertraut. Er half uns, unsere Sachen vom Schiff in die Boote zu verladen, die herauskamen, um uns zu holen. Diese Boote sind eigentlich ausgehöhlte Kanus, wie die Indianer hatten, die man auf Bildern immer sieht. Mit all unsrer Habe wurden drei davon voll, und ein viertes transportierte unsere Arzneimittel und das Lehrmaterial.

In den Booten wurden wir dann von den Liedern unsrer Bootsleute unterhalten, die versuchten, um die Wette zur Küste zu paddeln.

Sie kümmerten sich reichlich wenig um uns oder unsere Fracht. Als wir die Küste erreicht hatten, machten sie sich nicht die Mühe, uns beim Aussteigen aus dem Boot zu helfen, und setzten ein paar von unseren Sachen direkt im Wasser ab. Kaum hatten sie aus dem armen Samuel ein Trinkgeld rausgepreßt, das, wie Joseph sagt, viel zu hoch war, da waren sie schon auf und davon und winkten eine neue Gruppe von Leuten her, die am Rand des Wassers drauf warteten, zum Schiff gebracht zu werden.

Der Hafen ist hübsch, aber zu seicht für große Schiffe. Deshalb gibt es für die Bootsleute ein gutes Geschäft während der Saison, wenn die Schiffe ankommen. Diese Bootsleute waren alle beträchtlich größer als Joseph und hatten mehr Muskeln, aber alle, einschließlich Joseph, waren tief schokoladenbraun. Nicht schwarz wie die Senegalesen. Und, Celie, alle haben sie die gesündesten, saubersten, weißesten Zähne! Ich hab viel an Zähne gedacht auf der Seereise hierher, weil ich fast die ganze Zeit Zahnweh hatte. Du weißt, wie schlecht meine Backenzähne sind. Und in England fielen mir die Zähne der Engländer auf. So unregelmäßig meistens und fast schwarz verfault. Ich hab mich gefragt, ob es das englische Wasser ist. Aber die Zähne der Afrikaner erinnern mich an Pferdezähne, so voll ausgebildet und regelmäßig und stark sind sie.

Die «Stadt» an diesem Hafen ist etwa so groß wie der Eisenwarenladen bei uns in der Stadt. Drinnen sind Stände, voll mit Stoffen, Sturmlampen und Öl, Moskitonetzen, Feldbetten, Hängematten, Äxten und Hacken und Macheten und anderem Werkzeug.

Das Ganze wird von einem weißen Mann betrieben, aber ein paar von den Ständen, die Naturerzeugnisse verkaufen, sind an Afrikaner vermietet. Joseph zeigte uns die Dinge, die wir kaufen sollten. Einen großen Eisentopf zum Kochen von Wasser und unseren Kleidern, eine Zinkschüssel, Moskitonetze. Nägel. Hammer und Säge und Spitzhacke. Öl und Lampen.

Weil man im Hafen nirgends schlafen konnte, mietete Joseph unter den jungen Männern, die um das Einkaufszentrum herumlungerten, ein paar Träger an, und wir brachen direkt nach Olinka auf, zu einem Viertagesmarsch durch den Busch. Dschungel für Dich. Oder vielleicht nicht. Weißt Du, was ein Dschungel ist? Also, Bäume, Bäume und noch mal Bäume drüber. Und große. Sie sind so groß, daß sie aussehen, als wären sie gebaut. Und Schlingpflanzen. Und Farne. Und kleine Tiere. Frösche. Und Schlangen auch, sagt Joseph jedenfalls. Aber, Gott sei Dank, haben wir keine gesehn, nur bucklige Eidechsen, groß wie Dein Arm, die die Leute hier fangen und essen.

Sie lieben Fleisch. Alle Leute in diesem Dorf. Manchmal, wenn man sie nicht anders zu etwas bringen kann, dann fängt man an, von Fleisch zu reden, entweder von einem kleinen Extrastück, das man grade zufällig hat, oder vielleicht, wenn sie etwas Großes tun sollen, dann spricht man von einem Barbecue. Ja, Barbecue. Sie erinnern mich an unsre Leute zu Hause.

Also, wir kamen jedenfalls an. Und ich dachte, ich würde die Knicke aus meinen Hüften überhaupt nicht mehr rauskriegen, weil wir ja die ganze Strecke in einer Hängematte getragen wurden. Das ganze Dorf kam angelaufen. Aus kleinen, runden Hütten mit etwas auf dem Dach, was ich für Stroh hielt, aber in Wirklichkeit ist es eine Blätterart, die hier überall wächst. Sie pflücken sie und trocknen sie und legen sie so übereinander, daß das Dach regendicht wird. Das ist Frauenarbeit. Die Mannsleute rammen die Pfähle für die Hütten ein und helfen manchmal, die Wände aus Lehm und Steinen aus den Flüssen zu bauen.

Solche neugierigen Gesichter wie die von den Dorfleuten, als sie uns umringten, hast Du noch nie gesehen. Erst schauten sie nur. Dann faßten ein oder zwei Frauen mein und Corrines Kleid an.

Mein Kleid war so schmutzig um den Saum von den drei Nächten, wo wir am Lagerfeuer gekocht hatten, daß ich mich richtig schämte. Aber dann warf ich einen Blick auf die Kleider, die sie anhatten. Die meisten sahen aus, als hätten die Schweine sie auf dem Hof rumgezogen. Und passen tun sie auch nicht. Und dann kamen sie ein bißchen näher – noch sagte keiner ein Wort – und faßten unser Haar an. Dann schauten sie hinunter auf unsere Schuhe. Wir schauten Joseph an. Da erzählte er uns, daß sie sich so benahmen, weil alle Missionare vor uns weiße Leute gewesen waren und umgekehrt. Die Männer waren schon am Hafen gewesen, einige jedenfalls, und hatten den weißen Kaufmann gesehen, also wußten sie, daß Weiße auch etwas anderes sein konnten. Aber die Frauen waren nie am Hafen gewesen, und der einzige Weiße, den sie gesehen hatten, war der Missionar, den sie vor einem Jahr begraben hatten.

Samuel fragte, ob sie die weiße Missionarin zwanzig Meilen weiter schon einmal gesehen hätten, und er sagte nein. Zwanzig Meilen durch den Dschungel ist eine sehr lange Reise. Die Männer gehen vielleicht bis zu zehn Meilen weit auf die Jagd, aber die Frauen bleiben dicht bei ihren Hütten und Feldern.

Dann fragte eine der Frauen etwas. Wir schauten Joseph an. Er sagte, die Frau wollte wissen, ob die Kinder mir oder Corrine oder uns beiden gehörten. Joseph sagte, sie gehörten Corrine. Die Frau schaute uns beide genau an und sagte noch etwas. Wir schauten Joseph an. Er sagte, die Frau hätte gesagt, daß sie beide wie ich aussähen. Wir lachten alle höflich.

Dann hatte eine andere Frau eine Frage. Sie wollte wissen, ob ich auch Samuels Frau sei.

Joseph sagte, nein, daß ich eine Missionarin sei wie Samuel und Corrine. Dann sagte jemand, sie hätten nicht gedacht, daß Missionare Kinder haben könnten. Dann sagte ein anderer, er hätte nie im Traum gedacht, daß Missionare schwarz sein könnten.

Dann sagte einer, daß die neuen Missionare schwarz wären und zwei davon Frauen, wäre genau, was er geträumt hätte, grade erst in der vergangenen Nacht.

Inzwischen war einiges in Bewegung. Kleine Köpfe reckten sich hinter Mutters Röcken oder über die Schultern der großen Schwester. Und wir wurden mitten zwischen den Dorfleuten, so ungefähr dreihundert, an einen Ort geschoben, der keine Wände, aber ein Blätterdach hatte, wo wir uns alle auf den Boden setzten, die Männer vorne, die Frauen und Kinder hinten. Dann kam ein lautes Flüstern von ein paar sehr alten Männern, die wie die Kirchenältesten bei uns zu Haus aussahen mit ihren ausgebeulten Hosen und den glänzenden Jacken, die nicht paßten. – Ob Missionare wohl Palmwein tränken?

Corrine schaute Samuel an, und Samuel schaute Corrine an. Aber ich und die Kinder tranken schon, weil uns jemand die kleinen braunen Tonbecher in die Hand gegeben hatte und wir zu aufgeregt waren, um nicht daran zu nippen.

Wir kamen um vier herum an und saßen bis neun unter dem Blattbaldachin. Wir aßen dort unsere erste Mahlzeit, ein Hähnchen und einen gekochten Erdnußbrei, und wir aßen alles mit den Fingern. Aber die meiste Zeit hörten wir Liedern zu und schauten Tänze an, die viel Staub aufwirbelten.

Der größte Teil der Willkommenszeremonie ging um das Blätterdach, und Joseph übersetzte, als einer der Dorfleute die Geschichte vortrug, mit der das zusammenhängt. Die Leute in diesem Dorf glauben, daß sie schon immer genau an dem Ort gewohnt haben, wo jetzt ihr Dorf steht. Und dieser Ort ist gut zu ihnen gewesen. Sie bestellen Maniokfelder, die eine riesige Ernte bringen. Sie pflanzen Erdnüsse, die dasselbe tun. Sie pflanzen Yamwurzeln und

Baumwolle und Hirse. Alles mögliche. Aber einmal, vor langer Zeit, wollte ein Mann im Dorf mehr als einen Anteil an Land bestellen. Er wollte mehr Frucht gewinnen, um seinen Mehrertrag zum Handel mit den Weißen an der Küste zu benützen. Weil er damals Häuptling war, nahm er allmählich mehr und mehr vom Gemeinschaftsland und nahm sich mehr und mehr Frauen, um es zu bearbeiten. Und weil seine Gier immer größer wurde, fing er auch an, das Land zu kultivieren, auf dem das Dachblatt wuchs. Sogar seine Frauen waren darüber entsetzt und wollten sich beklagen, aber es waren faule Frauen, und keiner hörte auf sie. Keiner konnte sich an eine Zeit erinnern, zu der das Dachblatt nicht in Fülle vorhanden gewesen wäre. Aber schließlich nahm der gierige Häuptling so viel von diesem Land, daß sogar die Ältesten beunruhigt waren. Da kaufte er sie sich einfach – mit Äxten und Stoff und Kochtöpfen, die er von den Küstenhändlern bekommen hatte.

Aber dann kam während der Regenzeit ein großer Sturm und zerstörte alle Dächer auf allen Hütten im Dorf, und die Leute entdeckten zu ihrem Schrecken, daß kein Dachblatt mehr zu finden war. Wo das Dachblatt geschossen war seit Beginn aller Zeiten, war jetzt Maniok, Hirse, Erdnüsse.

Sechs Monate lang fügten Himmel und Wind den Leuten von Olinka Schaden zu. Regen fiel wie Pfeile und bohrte den Lehm von ihren Wänden. Der Wind war so scharf, daß er die Steine aus den Wänden heraus und in die Kochtöpfe der Leute fegte. Dann fielen kalte Steine, wie Hirsebällchen geformt, vom Himmel, trafen jeden, Männer, Frauen und Kinder gleichermaßen, und brachten ihnen Fieber. Die Kinder wurden zuerst krank, dann ihre Eltern. Bald fing das Dorf an zu sterben. Bis zum Ende der Regenzeit war das halbe Dorf dahin.

Die Leute beteten zu ihren Göttern und warteten ungeduldig auf den Wechsel der Jahreszeiten. Sobald der Regen aufhörte, eilten sie zu den alten Dachblattstellen und versuchten, die alten Wurzeln zu finden. Aber von der unendlichen Zahl, die immer dort gewachsen war, waren nur ein paar Dutzend geblieben. Es dauerte fünf Jahre, bis das Dachblatt wieder reichlich wuchs. Während dieser fünf Jahre starben noch viele weitere im Dorf. Viele gingen fort, um nie zurückzukehren. Viele wurden von Tie ren gefressen. Viele, viele waren krank. Der Häuptling bekam alle seine im Laden gekauften Utensilien zurück und wurde gezwungen, das Dorf für immer zu verlassen. Seine Frauen wurden anderen Männern gegeben.

Am Tag, als alle Hütten wieder Dächer aus Dachblatt hatten, feierten die Dorfleute es mit Singen und Tanzen und mit dem Erzählen der Geschichte vom Dachblatt. Das Dachblatt wurde das Ding, das sie anbeten.

Als ich am Ende dieser Geschichte über die Köpfe der Kinder schaute, sah ich ein großes, braunes, stachliges Ding langsam auf uns zukommen, so groß wie ein Zimmer, mit einem Dutzend Beinen, die langsam und vorsichtig darunter herliefen. Als es unseren Baldachin erreichte, wurde es uns übergeben. Es war unser Dach. Als es näherkam, verneigten sich die Leute.

Der weiße Missionar vor euch wollte uns diese Zeremonie verbieten, sagt Joseph. Aber die Olinka mögen sie sehr. Wir wissen, daß das Dachblatt nicht Jesus Christus ist, aber ist es nicht, auf seine eigene demütige Art, vielleicht Gott?

So saßen wir da, Celie, von Angesicht zu Angesicht mit dem Gott der Olinka. Und, Celie, ich war so müde und schläfrig und so voll von Hähnchen und Erdnußbrei, und meine Ohren klangen von dem Lied, daß alles, was Joseph sagte, vollkommen vernünftig klang.

Ich frage mich, was Du wohl mit alledem anfängst?

Ich schick Dir alles Liebe

Deine Schwester
Nettie

Liebe Celie,

es ist lang her, daß ich Zeit zum Schreiben hatte. Aber innerlich schreibe ich Dir ständig, egal, was ich gerade tue. Liebe Celie, sage ich in meinem Kopf mitten in der Vesper, mitten in der Nacht, beim Kochen, liebe, liebe Celie. Und ich stell mir vor, daß Du meine Briefe wirklich bekommst und daß Du mir zurückschreibst: Liebe Nettie, so ist mein Leben.

Wir stehen um fünf Uhr auf und geben nach einem leichten Frühstück aus Hirsebrei und Obst den Vormittagsunterricht. Wir bringen den Kindern Englisch, Lesen, Schreiben, Geschichte, Erdkunde, Rechnen und Biblische Geschichte bei. Um elf Uhr machen wir eine Pause für das Mittagessen und die Hausarbeit. Von eins bis vier ist es zu heiß, um sich zu rühren, trotzdem sitzen ein paar von den Müttern hinter ihren Hütten und nähen. Um vier Uhr unterrichten wir die älteren Kinder, und abends stehen wir für die Erwachsenen zur Verfügung. Ein paar von den älteren Kindern sind daran gewöhnt, in die Missionsschule zu kommen, aber die kleineren nicht. Manchmal zerren ihre Mütter sie schreiend und strampelnd her. Es sind alles Jungen. Olivia ist das einzige Mädchen.

Die Olinka finden nicht, daß man den Mädchen eine Ausbildung geben soll. Als ich eine Mutter fragte, warum sie das denkt, sagte sie: Ein Mädchen ist allein für sich gar nichts; nur für ihren Mann kann sie etwas werden.

Was kann sie werden? fragte ich.

Na ja, sagte sie, die Mutter seiner Kinder.

Aber ich bin nicht die Mutter von irgend jemands Kindern, sagte ich, und ich bin etwas.

Du bist nicht viel, sagte sie. Der Kuli für den Missionar.

Es stimmt, daß ich hier schwerer arbeite, als ich mir hätte träumen lassen, daß ich es je könnte, und daß ich die Schule ausfege und nach dem Gottesdienst Ordnung mache, aber ich fühle mich nicht wie ein Kuli. Ich war überrascht, daß diese Frau, deren Taufname Catherine ist, mich so sieht.

Sie hat ein kleines Mädchen, Tashi, die nach der Schule mit Olivia spielt. Adam ist der einzige Junge, der in der Schule mit Olivia spricht. Sie sind nicht gemein zu ihr, es ist nur – was ist es? Weil sie da ist, wo sie «Jungensachen» machen, sehen sie sie einfach nicht. Aber keine Angst, Celie, Olivia hat Deine Hartnäckigkeit und Deinen klaren Blick, und sie ist klüger als sie alle zusammen, einschließlich Adam.

Warum kann Tashi nicht zur Schule kommen? fragte sie mich.

Als ich ihr sagte, daß die Olinka nicht finden, daß man Mädchen ausbilden soll, sagte sie blitzschnell: Die sind wie die Weißen zu Hause, die nicht wollen, daß die Farbigen was lernen.

O ja, sie ist sehr aufgeweckt, Celie. Am Ende des Tages, wenn Tashi von all den Pflichten, die ihre Mutter ihr aufbürdet, loskommt, ziehen sie und Olivia sich in meine Hütte zurück, und alles, was Olivia gelernt hat, gibt sie jetzt Tashi weiter. Für Olivia ist im Augenblick nur Tashi Afrika. Das Afrika, in dessen Hoffnung sie so strahlend über den Ozean kam. Alles andere ist schwer für sie.

Die Insekten zum Beispiel. Aus irgendeinem Grund werden alle Stiche bei ihr zu tiefen, nässenden Wunden, und sie hat Schwierigkeiten, nachts zu schlafen, weil die Geräusche vom Wald ihr Angst machen. Sie braucht auch lange, um sich an das Essen zu gewöhnen, das nahrhaft ist, aber meistens lieblos zubereitet. Die Frauen aus dem Dorf wechseln sich damit ab, für uns zu kochen, und manche sind sauberer und gewissenhafter als andere. Olivia wird von dem Essen, das die Frauen des Häuptlings zubereiten, immer schlecht. Samuel glaubt, daß es vielleicht das Wasser ist, was sie benützen, das aus einer getrennten Quelle kommt, die immer fließt, auch in der Trockenzeit. Aber wir anderen spüren keine schlimme Wirkung. Es ist, als ob Olivia das Essen von diesen Frauen fürchtet, weil sie alle so unglücklich aussehen und so schwer arbeiten. Immer, wenn sie Olivia sehen, reden sie von dem Tag, an dem sie ihre kleinste Schwester-Nebenfrau wird. Das ist nur ein Spaß, und sie mögen sie, aber ich wollte, sie würden das nicht sagen. Obwohl sie unglücklich sind und wie die Esel schuften, glauben sie, daß es eine Ehre ist, Frau des Häuptlings zu sein. Er spaziert den ganzen Tag herum, hält sich den Bauch und plaudert und trinkt Palmwein mit dem Medizinmann.

Warum sagen sie, daß ich eine Häuptlingsfrau werde? fragt Olivia. Höher können sie nicht denken, sage ich.

Er ist fett und glänzend und hat riesige, ebenmäßige Zähne. Sie glaubt, daß sie Alpträume über ihn hat.

Du wirst eine starke Christin sein, wenn du groß bist, sage ich zu ihr. Eine, die ihrem Volk hilft weiterzukommen. Du wirst Lehrerin oder Krankenschwester sein. Du wirst Reisen machen. Du wirst viele Leute kennenlernen, die viel größer als der Häuptling sind.

Und Tashi? will sie wissen.

Tashi auch, sag ich zu ihr.

Corrine hat heute morgen zu mir gesagt, Nettie, um die Verwirrung in den Köpfen von diesen Leuten zu verhindern, sollten wir, denke ich, immer Schwester und Bruder zueinander sagen. Einige scheinen es nicht in ihre Dickschädel zu bekommen, daß du nicht Samuels zweite Frau bist. Das gefällt mir nicht, sagte sie. Fast seit dem Tag unserer Ankunft habe ich eine Veränderung an Corrine bemerkt. Sie ist nicht krank. Sie arbeitet schwerer als je. Sie ist immer noch lieb und gut. Aber manchmal habe ich das Gefühl, daß ihre Seele in Versuchung geführt wird und daß etwas in ihr nicht zur Ruhe kommt.

Das ist gut, sagte ich. Ich bin froh, daß du darüber gesprochen hast.

Und laß die Kinder nicht «Mama Nettie» zu dir sagen, sagte sie, auch nicht aus Spaß.

Das hat mir ein bißchen Kummer gemacht, aber ich habe nichts gesagt. Die Kinder sagen wirklich manchmal «Mama Nettie» zu mir, weil ich mich ziemlich viel um sie kümmere. Aber ich versuche nie, Corrines Platz einzunehmen.

Und noch was, sagte sie. Ich finde, wir sollten versuchen, nicht mehr die Kleider voneinander zu leihen.

Na ja, sie hat noch nie etwas von mir geliehen, weil ich nicht viel habe. Aber ich leih ständig was von ihr aus.

Meinst du das ernst? fragte ich sie.

Sie sagte ja.

Ich wollte, Du könntest meine Hütte sehen, Celie. Ich finde sie so schön! Anders als unsere Schule, die viereckig ist, und anders als unsere Kirche, die keine Wände hat – jedenfalls während der Trokkenzeit –, ist meine Hütte rund, hat Wände und ein rundes Dach aus Dachblatt. In der Mitte ist sie zwanzig Schritte breit, und sie paßt zu mir wie angegossen. An die Lehmwände habe ich Olinka-Teller und Matten und Stücke von Stammesstoffen gehängt. Die Olinka sind bekannt für ihre schönen Baumwollstoffe, die sie von Hand weben und mit Beeren, Indigo und Baumrinde färben. In der Mitte steht mein Paraffinöfchen und mein Feldbett an der einen Seite, mit Moskitonetzen drüber, so daß es fast aussieht wie das Bett einer Braut. Dann habe ich noch einen kleinen Schreibtisch, an dem ich Dir schreibe, und eine Lampe und einen Hocker. Ein paar wunderschöne Schilfmatten auf dem Boden. Alles ist bunt und warm und heimelig. Mein einziger Wunsch wäre nur noch ein Fenster! Keine der Hütten im Dorf hat Fenster, und als ich zu den Frauen etwas von einem Fenster sagte, lachten sie herzlich. Anscheinend macht die Regenzeit den Gedanken an ein Fenster lächerlich. Aber ich bin entschlossen, eins zu haben, auch wenn es jeden Tag auf meinem Boden eine Überschwemmung gibt.

Ich würde alles um ein Bild von Dir geben, Celie. In meinem Koffer habe ich Bilder, die uns die Missionsgesellschaften in England und Amerika gegeben haben. Bilder von Jesus, den Aposteln, Maria, von der Kreuzigung. Speke, Livingstone, Stanley, Schweitzer. Vielleicht hänge ich sie eines Tages auf, aber einmal, als ich sie neben die stoff- und teppichbedeckten Wände hielt, haben sie mir das Gefühl gegeben, sehr klein und unglücklich zu sein, deshalb hab ich sie wieder weggenommen. Sogar das Bild von Jesus, das eigentlich überall hinpaßt, sieht hier seltsam aus. Natürlich haben wir all diese Bilder in der Schule hängen und viele von Jesus hinter dem Altar in der Kirche. Das reicht, denke ich, obwohl Samuel und Corrine auch Bilder und Kreuze in ihrer Hütte haben.

Deine Schwester
Nettie

Liebe Celie,

Tashis Mutter und Vater waren eben hier. Sie regen sich auf, daß sie so viel Zeit mit Olivia verbringt. Sie verändert sich, wird still und grüblerisch, sagen sie. Sie wird jemand anderes; ihr Gesicht fängt an, den Geist von einer ihrer Tanten zu zeigen, die an den Händler verkauft wurde, weil sie nicht mehr ins Dorfleben paßte. Diese Tante weigerte sich, den Mann zu heiraten, der für sie ausgesucht worden war. Weigerte sich, sich vor dem Häuptling zu verneigen. Tat nichts als rumliegen, mit den Zähnen Kolanüsse knakken und kichern.

Sie wollen wissen, was Olivia und Tashi in meiner Hütte tun, wenn alle anderen kleinen Mädchen fleißig ihrer Mutter helfen.

Ist Tashi zu Hause faul? fragte ich.

Der Vater schaute die Mutter an. Sie sagte, nein, im Gegenteil, Tashi arbeitet mehr als die meisten Mädchen in ihrem Alter. Und wird schneller mit ihrer Arbeit fertig. Aber das ist nur, weil sie ihre Nachmittage mit Olivia verbringen will. Sie lernt alles, was ich ihr beibringe, als könnte sie es schon, sagte die Mutter, aber das Wissen geht nicht bis in ihre Seele.

Die Mutter schien verwirrt und ängstlich.

Der Vater ärgerlich.

Ich dachte:

Aha, Tashi weiß, daß sie eine Art zu leben lernt, die sie nie leben wird. Aber das sagte ich nicht.

Die Welt wandelt sich, sagte ich. Es ist keine Welt mehr nur für Jungen oder Männer.

Unsere Frauen werden hier geachtet, sagte der Vater. Wir würden sie nie in der Welt herumziehen lassen, wie das die amerikanischen Frauen tun. Es gibt immer jemand, der sich um die Olinka-Frau kümmert. Ein Vater. Ein Onkel. Ein Bruder oder Neffe. Sei nicht gekränkt, Schwester Nettie, aber unsere Leute bedauern Frauen wie dich, die vertrieben sind, von wo, wissen wir nicht, in eine Welt, die dir unbekannt ist und in der du dich ganz allein durchkämpfen mußt.

So bin ich also ein Gegenstand von Mitleid und Verachtung, dachte ich, für Männer wie für Frauen.

Außerdem, sagte Tashis Vater, sind wir keine Einfaltspinsel. Wir verstehen, daß es Orte auf der Welt gibt, wo Frauen anders leben als unsere Frauen, aber wir heißen diese Art zu leben für unsere Kinder nicht gut.

Aber das Leben ändert sich, sogar in Olinka, sagte ich. Wir sind hier.

Er spuckte auf den Boden. Was seid ihr schon? Drei Erwachsene und zwei Kinder. In der Regenzeit sterben wahrscheinlich einige von euch. Ihr Leute haltet unser Klima nicht lang aus. Wenn ihr nicht sterbt, werdet ihr von Krankheit geschwächt. O ja. Das haben wir alles schon gesehen, ihr Christen kommt hierher, versucht, nach besten Kräften uns zu ändern, werdet krank und geht zurück nach England oder woher ihr kommt. Nur der Händler an der Küste bleibt, und auch er ist nicht der gleiche weiße Mann, über die Jahre. Wir wissen das, weil wir ihm Frauen schicken.

Tashi ist sehr intelligent, sagte ich. Sie könnte Lehrerin werden. Krankenschwester. Sie könnte den Leuten im Dorf helfen.

Hier ist kein Platz für eine Frau, die so was tut, sagte er.

Dann sollten wir gehen, sagte ich. Schwester Corrine und ich.

Nein, nein, sagte er.

Nur die Jungen unterrichten? fragte ich.

Ja, sagte er, als sei meine Frage Zustimmung.

Es gibt eine Art, in der Männer zu Frauen reden, die mich zu sehr an Pa erinnert. Sie hören grade lang genug zu, um Anweisungen ausgeben zu können. Sie schauen Frauen nicht einmal an, wenn die Frauen sprechen. Sie schauen auf den Boden und senken den Kopf. Auch die Frauen schauen «einem Mann nicht ins Gesicht», wie sie sagen. Einem Mann ins Gesicht zu schauen ist etwas Unverschämtes. Sie schauen ihm statt dessen auf die Füße oder Knie. Und was kann ich dazu sagen? Wieder, daß das wie unser Benehmen in Gegenwart von Pa ist.

Das nächste Mal, wenn Tashi an eurem Tor auftaucht, schickt ihr sie schnurstracks nach Hause, sagte ihr Vater. Dann lächelte er. Eure Olivia kann sie besuchen kommen und lernen, wozu Frauen da sind.

Ich habe auch gelächelt. Olivia muß lernen, sich ihre Lehren fürs Leben zu holen, wo sie sie finden kann, dachte ich. Sein Angebot gibt eine glänzende Gelegenheit dafür.

Lebwohl bis zum nächsten Mal, liebe Celie, von einer bedauernswerten Ausgestoßenen, die vielleicht während der Regenzeit wegstirbt.

Deine Dich liebende Schwester
Nettie

Liebe Celie,

zuerst war es das ganz schwache Geräusch einer Bewegung im Wald. Eine Art tiefes Brummen. Dann Axthiebe und ein schleifendes Geräusch. Dann, ein paar Tage lang, der Geruch von Rauch. Aber jetzt, nach zwei Monaten, während denen ich oder die Kinder oder Corrine ständig krank waren, hören wir nur noch Schlagen und Scharren und Schleifen. Und jeden Tag riechen wir Rauch.

Heute platzte einer der Jungen in meiner Nachmittagsklasse schon an der Tür damit heraus: Die Straße kommt! Die Straße kommt! Er war mit seinem Vater im Wald auf der Jagd gewesen und hatte sie gesehen.

Jeden Tag kommen die Dorfleute jetzt am Dorfrand bei den Maniokfeldern zusammen und schauen zu, wie die Straße gebaut wird. Und wenn ich sie anschaue, manche auf ihren Hockern, manche hingekauert, und alle kauen Kolanüsse und malen Muster in den Sand, da spür ich eine große Welle von Liebe für sie. Denn sie nähern sich den Straßenbauern nicht mit leeren Händen. O nein. Jeden Tag, seit sie das Nahen der Straße sahen, haben sie die Straßenbauer mit Ziegenfleisch, Hirsebrei, gebackenen Yams und Manioks, Kolanüssen und Palmwein bewirtet. Jeder Tag ist wie ein Picknick, und ich glaube, viele Freundschaften sind geschlossen worden, obwohl die Straßenbauer von einem anderen Stamm ein Stück weiter nördlich und dichter an der Küste sind und ihre Sprache etwas anders ist. Ich verstehe sie nicht, aber die Leute von Olinka anscheinend wohl. Sie sind in den meisten Dingen geschickt und verstehen neue Dinge sehr schnell.

Es ist schwer zu glauben, daß wir schon fünf Jahre hier sind. Die Zeit bewegt sich langsam, vergeht aber schnell. Adam und Olivia sind fast so groß wie ich und kommen mit dem Lernen gut voran. Adam hat eine besondere Begabung für Zahlen, und Samuel macht sich Gedanken, weil er ihm bald auf diesem Gebiet nichts mehr beibringen kann, wenn er sein eigenes Wissen erschöpft hat.

Als wir in England waren, haben wir Missionare kennengelernt, die ihre Kinder nach Hause schickten, wenn es nicht mehr möglich war, sie im Busch zu unterrichten. Aber es ist schwer, sich das Leben hier ohne Kinder vorzustellen. Sie mögen das offene Gefühl im Dorf und wohnen gern in Hütten.

Sie erleben staunend die Sachkenntnis der Männer bei der Jagd und die Unabhängigkeit der Frauen beim Getreideanbau.

Egal, wie verzagt ich bin, und manchmal bin ich sehr verzagt, eine Umarmung von Olivia oder Adam bringt mich wieder hoch, zumindest so weit, daß ich wieder funktioniere. Ihre Mutter und ich sind nicht mehr so vertraut miteinander, wie wir einmal waren, aber ich fühle mich mehr denn je als Olivias und Adams Tante. Und wir drei gleichen uns mit jedem Tag mehr.

Etwa vor einem Monat hat Corrine mich gebeten, Samuel nicht in meine Hütte einzuladen, wenn sie nicht dabei ist. Sie sagte, es gäbe den Dorfleuten ein falsches Bild. Das war ein Schlag für mich, denn ich schätze seine Gegenwart. Da Corrine selbst mich fast nie besucht, werde ich nun kaum jemand haben zum Reden, so in aller Freundschaft. Aber die Kinder kommen immer noch und bleiben manchmal über Nacht, wenn ihre Eltern allein sein wollen. Ich finde diese Gelegenheiten herrlich. Dann rösten wir Erdnüsse auf meinem Ofen, sitzen auf dem Boden und studieren Karten von allen Ländern der Welt. Manchmal kommt Tashi herüber und erzählt Geschichten, die bei den Olinka-Kindern beliebt sind. Ich rede ihr und Olivia zu, sie auf Olinka und Englisch niederzuschreiben. Das wäre eine gute Übung für sie.

Olivia hat das Gefühl, daß sie im Vergleich zu Tashi keine guten Geschichten zu erzählen weiß. Eines Tages fing sie mit einer Onkel-Remus-Geschichte an, um dann festzustellen, daß Tashi die Originalfassung davon hatte. Sie machte ein langes Gesicht. Aber dann entspann sich ein Gespräch darüber, wie Tashis Geschichten nach Amerika kamen, was Tashi faszinierte. Sie weinte, als Olivia ihr erzählte, wie ihre Großmutter als Sklavin schikaniert worden ist.

Sonst will allerdings keiner im Dorf etwas von der Sklaverei hören. Sie bekennen sich zu keinerlei Verantwortung. Und das ist etwas, was mir ganz eindeutig mißfällt.

Wir haben in der letzten Regenzeit Tashis Vater verloren. Er ist an Malaria erkrankt, und nichts, was der Medizinmann zusammenbraute, konnte ihn retten. Er hat sich geweigert, die Medizin zu nehmen, die wir dagegen haben, und sich von Samuel besuchen zu lassen. Es war mein erstes Olinka-Begräbnis. Die Frauen malen ihre Gesichter weiß an und tragen weiße, leichentuchartige Gewänder und weinen mit hoher, klagender Stimme. Sie wickelten den Leichnam in Rindenstoff und begruben ihn unter einem großen Baum im Wald. Tashi war untröstlich. Ihr ganzes junges Leben lang hat sie versucht, ihren Vater zufriedenzustellen, ohne recht zu merken, daß sie das als Mädchen niemals konnte. Aber der Tod hat sie und ihre Mutter einander nähergebracht, und jetzt fühlt Catherine sich wie eine von uns. Mit «uns» meine ich mich und die Kinder und manchmal Samuel. Sie ist noch in Trauer und bleibt meist in der Nähe ihrer Hütte, aber sie sagt, sie will nicht wieder heiraten (da sie schon fünf männliche Kinder hat, kann sie jetzt tun, was sie will, sie ist ein Ehren-Mann geworden), und als ich sie besuchen ging, hat sie ganz klar gesagt, daß Tashi weiterlernen soll.

Sie ist die fleißigste von allen Witwen von Tashis Vater, und ihre Felder werden wegen ihrer Sauberkeit, ihres reichen Ertrags und ihres ansprechenden Aussehens gelobt. Vielleicht kann ich ihr bei der Arbeit helfen. Über die Arbeit lernen die Frauen einander kennen und schätzen. Bei der Arbeit hat Catherine sich mit den anderen Frauen ihres Mannes angefreundet.

Diese Freundschaft unter den Frauen ist etwas, worüber Samuel oft spricht. Weil die Frauen einen Mann teilen, aber der Mann nicht ihre Freundschaft teilt, hat Samuel ein ungutes Gefühl dabei. Es ist auch wirklich verwirrend. Und es ist nun mal Samuels Pflicht, als christlicher Pfarrer die biblische Weisung von *einem* Ehemann und *einer* Ehefrau zu predigen. Samuel ist verwirrt, weil die Frauen Freundinnen sind und alles füreinander tun – nicht immer, aber öfter, als jemand aus Amerika erwarten würde – und weil sie kichern und schwatzen und einander die Kinder stillen; also müssen sie damit, wie es ist, zufrieden sein. Viele Frauen verbringen kaum Zeit mit ihren Männern. Einige sind bei ihrer Geburt alten oder mittelalten Männern versprochen worden. Ihr Leben dreht sich immer um die Arbeit und ihre Kinder und andere Frauen (da eine Frau keinen Mann zum Freund haben kann, ohne schlimmsten Klatsch und Ausgestoßenwerden zu riskieren). Sie verwöhnen ihre Männer nach Strich und Faden. Du müßtest sehen, wie sie sie mit Bewunderung überschütten. Ihre winzigsten Leistungen loben. Sie mit Palmwein und Süßigkeiten füttern. Kein Wunder, daß die Männer oft kindisch sind. Und ein erwachsenes Kind ist eine gefährliche Sache, besonders bei den Olinka, wo der Mann die Macht über Leben und Tod seiner Frau hat. Wenn er eine seiner Frauen der Hexerei oder Untreue anklagt, kann sie mit dem Tod bestraft werden. Gott sei Dank (und manchmal dank Samuels Einschreiten), ist das noch nie passiert, seit wir hier sind. Aber die Geschichten, die Tashi erzählt, handeln oft von solchen grausigen Ereignissen, die in der jüngeren Vergangenheit geschehen sind. Und Gott verhüte, daß das Kind einer Lieblingsfrau krank wird! Das ist der Punkt, an dem sogar die Freundschaften zwischen den Frauen auseinanderbrechen, weil jede Frau fürchtet, der Hexerei bezichtigt zu werden, von der anderen oder vom Ehemann.

Frohe Weihnachten für Dich und die Deinen, liebe Celie. Wir feiern es hier auf dem «dunklen» Kontinent mit Gebeten und Liedern und einem großen Picknick mit allem Drum und Dran, Wassermelonen, frischem Obstpunsch und Barbecue!

Gott sei mit Dir
Nettie

Liebste Celie,

ich wollte Dir rechtzeitig zu Ostern schreiben, aber es war keine gute Zeit für mich, und ich wollte Dich nicht mit betrüblichen Nachrichten belasten. So ist ein ganzes Jahr vergangen. Das erste, wovon ich Dir erzählen sollte, ist die Straße. Die Straße hat endlich vor ungefähr neun Monaten die Maniokfelder erreicht, und die Olinka, denen nichts über ein Fest geht, haben sich selbst übertroffen mit den Vorbereitungen für ein Festessen für die Straßenbauer, die den ganzen Tag redeten und lachten und die Olinka-Frauen von der Seite ansahen. Am Abend wurden viele ins Dorf selbst eingeladen, und es gab ein Gelage bis tief in die Nacht.

Ich glaube, die Afrikaner sind ganz ähnlich wie die Weißen bei uns zu Hause darin, daß sie glauben, daß sie der Mittelpunkt des Universums sind und daß alles, was geschieht, für sie geschieht. Die Olinka glauben das jedenfalls ganz fest. Und so dachten sie natürlich, daß die Straße, die da gebaut wurde, für sie sei. Und tatsächlich sprachen die Straßenbauer viel davon, wie schnell die Olinka jetzt an die Küste kommen. Auf einer geteerten Straße ist es nur noch eine Dreitagesreise. Mit dem Fahrrad sogar noch weniger. Natürlich besitzt keiner in Olinka ein Fahrrad, aber einer der Straßenbauer hat eins, und alle Olinka-Männer sind ganz gierig danach und reden davon, daß sie sich bald ein eigenes kaufen.

Na gut, am Morgen, nachdem die Straße «fertig» war, jedenfalls was die Olinka anging (sie hatte schließlich ihr Dorf erreicht), was mußten wir entdecken? Die Straßenarbeiter waren wieder an der Arbeit. Sie haben Anweisungen, die Straße noch dreißig Meilen weiter zu bauen. Und sie auf ihrer jetzigen Richtung direkt durch das Dorf Olinka weiterzuführen. Bis wir aus dem Bett waren, war die Straße schon durch Catherines frisch bepflanztes Yamfeld durchgegraben. Natürlich waren die Olinka entrüstet. Aber die Straßenbauer waren ge-rüstet, ganz wörtlich. Sie hatten Gewehre, Celie, und Order zu schießen!

Es war jammervoll, Celie. Die Leute fühlten sich so betrogen. Sie standen hilflos da – sie wissen gar nicht recht, wie man kämpft, und denken seit den alten Zeiten der Stammeskriege kaum mehr dran – während ihre Ernte und dann sogar ihre Hütten zerstört wurden. Ja. Die Straßenbauer wichen nicht einen Zoll von dem Plan ab, dem der Vorarbeiter folgte. Jede Hütte, die auf dem geplanten Straßenverlauf lag, wurde eingeebnet. Und, Celie, unsere Kirche, unsere Schule, meine Hütte, alles war in ein paar Stunden dem Boden gleich. Glücklicherweise konnten wir alle unsere Sachen retten, aber mit einer Asphaltstraße mitten hindurch scheint das ganze Dorf wie ausgehöhlt.

Sofort, nachdem er die Absicht der Straßenbauer verstanden hatte, brach der Häuptling zur Küste auf, um Erklärungen und Wiedergutmachungen zu fordern. Zwei Wochen später kam er mit noch beunruhigenderen Neuigkeiten zurück. Das ganze Gebiet, einschließlich des Olinka-Dorfs, gehört jetzt einem Gummihersteller in England. Als er in die Nähe der Küste kam, sah er zu seinem Entsetzen, wie Hunderte von Dorfleuten, die den Olinka ganz ähnlich waren, den Wald auf beiden Seiten der Straße rodeten und Gummibäume pflanzten. Die uralten, riesigen Mahagonibäume, alle Bäume, das Wild, der ganze Wald wurde zerstört, und das Land wurde gezwungen, sich flachzulegen, sagte er, und sei kahl wie seine Handfläche.

Zuerst dachte er, die Leute, die ihm von der englischen Gummifirma erzählten, hätten sich geirrt, und wenn auch nur über das Gebiet, das das Olinka-Dorf einschloß. Aber schließlich wurde er zum Haus des Gouverneurs geschickt, einem riesigen weißen Gebäude mit wehenden Fahnen auf dem Vorplatz, und hatte dort eine Audienz bei dem weißen Mann, der verantwortlich ist. Dieser Mann war es, der den Straßenbauern die Anordnungen gegeben hat und der nur aus einer Karte von der Existenz der Olinka wußte. Er sprach Englisch, was unser Häuptling auch zu sprechen versuchte. Es muß ein armseliger Austausch gewesen sein. Unser Häuptling hat nie Englisch gelernt außer hin und wieder einen Satz, den er von Joseph aufgeschnappt hat, bei dem «Englisch» wie «Jänglasch» klingt.

Aber das Schlimmste kam noch. Da die Olinka ihr Dorf nicht mehr besitzen, sollen sie Miete dafür zahlen, und um das Wasser zu benützen, das ihnen auch nicht mehr gehört, sollen sie eine Wassersteuer bezahlen.

Zuerst lachten die Leute. Es hörte sich wirklich verrückt an. Sie sind von jeher hier. Aber der Häuptling lachte nicht.

Wir bekämpfen den weißen Mann, sagten sie.

Aber der weiße Mann ist nicht allein, sagte der Häuptling. Er hat seine Armee mitgebracht.

Das war vor mehreren Monaten, und bisher ist nichts geschehen. Die Leute leben wie Strauße, setzen keinen Fuß auf die neue Straße, wenn sie umhin können, und schauen nie, nie in die Richtung der Küste. Wir haben eine neue Kirche und Schule gebaut. Ich habe eine andere Hütte. Und so warten wir.

Corrine ist inzwischen sehr krank gewesen, sie hatte das Afrikanische Fieber. Viele Missionare sind früher daran gestorben.

Aber den Kindern geht es gut. Die Jungen akzeptieren Olivia und Tashi jetzt in der Klasse, und noch andere Mütter schicken ihre Töchter in die Schule. Den Männern gefällt das nicht: Wer will eine Frau, die alles weiß, was ihr Mann weiß? wüten sie. Aber die Frauen setzen sich durch, und sie lieben ihre Kinder, sogar ihre Töchter.

Ich schreibe mehr, wenn es wieder aufwärts geht. Ich vertraue auf Gott, daß es das wird.

Deine Schwester
Nettie

Liebste Celie,

dieses ganze Jahr seit Ostern ist schwer gewesen. Seit Corrines Krankheit fällt ihre ganze Arbeit mir zu, und ich muß sie außerdem pflegen, worüber sie unwillig ist.

Eines Tages, als sie im Bett lag und ich sie umzog, warf sie mir einen langen, bösen, aber irgendwie mitleidigen Blick zu.

Warum sehen meine Kinder wie du aus? fragte sie.

Findest du wirklich, daß sie mir so ähnlich sehen? sagte ich.

Sie sind dir wie aus dem Gesicht geschnitten, sagte sie.

Vielleicht sehen Leute einem ähnlich, einfach, weil man mit ihnen zusammenlebt, sie liebt, sagte ich. Du weißt doch, wie sehr manche Ehepaare sich ähnlich sehen.

Sogar die Frauen hier haben die Ähnlichkeit schon am ersten Tag gesehen, als wir kamen, sagte sie.

Und das hat dich die ganze Zeit beunruhigt? Ich versuchte es wegzulachen.

Aber sie sah mich nur an. Wann bist du meinem Mann zum erstenmal begegnet? wollte sie wissen.

Und da wußte ich, was sie dachte. Sie glaubt, daß Adam und Olivia meine Kinder sind und daß Samuel ihr Vater ist!

Ach, Celie, das hat diese ganzen Jahre über an ihr genagt!

Ich habe Samuel am selben Tag kennengelernt wie dich, Corrine, sagte ich. (Ich habe immer noch nicht den Dreh raus, ständig «Schwester» zu sagen.) Gott ist mein Zeuge, daß das die Wahrheit ist.

Hol die Bibel, sagte sie.

Ich holte die Bibel, legte meine Hand darauf und schwor.

Du hast noch nie erlebt, daß ich gelogen habe, Corrine, sagte ich. Bitte glaub mir, daß ich jetzt auch nicht lüge.

Dann rief sie Samuel und ließ ihn schwören, daß der Tag, an dem sie mich kennenlernte, auch der Tag war, an dem er mich zum erstenmal sah.

Er sagte: Ich entschuldige mich hierfür, Schwester Nettie, bitte vergib uns.

Als Samuel das Zimmer verlassen hatte, ließ sie mich mein Kleid hochheben und setzte sich in ihrem Krankenbett auf, um meinen Bauch zu untersuchen.

Sie tat mir so leid, und ich fühlte mich so gedemütigt, Celie. Und wie sie die Kinder behandelt, ist das Schlimmste daran. Sie will sie nicht in ihrer Nähe haben, was sie nicht verstehen. Wie könnten sie auch? Sie wissen nicht einmal, daß sie adoptiert worden sind.

Das Dorf soll im kommenden Halbjahr mit Gummibäumen bepflanzt werden. Das Olinka-Jagdgebiet ist schon zerstört, und die Männer müssen immer weiter gehen, um Wild zu finden. Die Frauen bringen ihre ganze Zeit auf den Feldern zu, pflegen ihr Getreide und beten. Sie singen über die Erde und den Himmel und ihren Maniok und ihre Erdnüsse. Lieder der Liebe und des Abschieds. Wir alle hier sind traurig, Celie. Ich hoffe, für Dich ist das Leben schöner.

Deine Schwester
Nettie

Liebe Celie,

stell Dir vor: Samuel hat auch gedacht, die Kinder gehören mir! Deshalb hat er mich gedrängt, mit nach Afrika zu kommen.

Als ich in ihrem Haus auftauchte, dachte er, ich wäre meinen Kindern nachgekommen, und, weichherzig, wie er ist, hatte er nicht das Herz, mich wegzuschicken.

Wenn es nicht deine sind, sagte er, wessen Kinder sind es dann?

Aber ich hatte zuerst noch ein paar Fragen an ihn.

Wo hast du sie her? fragte ich. Und, Celie, er hat mir eine Geschichte erzählt, bei der sich mir das Haar sträubte. Ich hoffe, Du Armes bist bereit, sie zu hören.

Es war einmal ein wohlhabender Bauer, der seinen eigenen Besitz in der Nähe der Stadt hatte. Unsrer Stadt, Celie. Und da ihm alles so wohl geriet und die Landwirtschaft und alles, was er anfaßte, gedieh, beschloß er, einen Laden aufzumachen und sein Glück auch noch mit dem Verkauf von Textilien zu versuchen. Und sein Laden ging so gut, daß er zwei seiner Brüder dazu überredete, ihm zu helfen, und wie so die Monate vergingen, hatten sie immer mehr Erfolg. Dann fingen die weißen Kaufleute an zusammenzukommen und sich zu beklagen, daß dieser Laden ihnen die ganze schwarze Kundschaft wegnähme und die Schmiedewerkstatt des Mannes, die er hinter dem Laden errichtet hatte, auch einen Teil der weißen. So gehe es nicht. Und so wurde eines Nachts der Laden des Mannes angezündet, die Schmiedewerkstatt zerstört, und der Mann und seine beiden Brüder wurden mitten in der Nacht aus ihrem Haus gezerrt und aufgehängt.

Der Mann hatte eine Frau, die er innig liebte, und sie hatten ein kleines Mädchen, kaum zwei Jahre alt. Sie war schwanger mit einem zweiten Kind. Als die Nachbarn die Leiche ihres Mannes nach Hause brachten, war sie verstümmelt und verbrannt. Der Anblick kostete die Frau fast das Leben, und ihr zweites Kind, auch ein Mädchen, wurde um diese Zeit geboren. Körperlich kam die Witwe zwar wieder zu Kräften, aber ihre Seele war nicht mehr dieselbe. Bei den Mahlzeiten füllte sie den Teller ihres Mannes, so, wie sie es immer getan hatte, und sie redete unaufhörlich von den Plänen, die sie und ihr Mann gemacht hätten. Die Nachbarn, wenn auch nicht immer absichtlich, mieden sie mehr und mehr, teils, weil die Pläne, von denen sie redete, großartiger waren als alles, was sie sich für farbige Leute vorstellen konnten, und teils, weil ihre Bindung an die Vergangenheit so herzzerreißend war. Sie war eine schöne Frau und besaß noch immer Land, aber es gab niemand, der es für sie bestellte, und sie selbst verstand nichts davon; außerdem wartete sie immerfort auf ihren Mann, der die Mahlzeit, die sie für ihn gekocht hatte, aufessen und dann selbst aufs Feld gehen würde. Bald war nichts mehr zu essen da, als was die Nachbarn brachten, und sie und ihre kleinen Kinder werkelten im Hof herum, so gut sie konnten.

Während das zweite Kind noch ein Säugling war, erschien ein Fremder in der Gemeinde und überhäufte die Witwe und ihre Kinder mit Aufmerksamkeiten; nach kurzer Zeit heirateten sie.

Fast sofort war sie ein drittes Mal schwanger, obwohl ihre seelische Verfassung noch nicht besser war. Danach war sie jedes Jahr schwanger, und jedes Jahr wurde sie schwächer und seelisch labiler, bis sie, viele Jahre, nachdem sie den Fremden geheiratet hatte, starb.

Zwei Jahre, bevor sie starb, bekam sie ein kleines Mädchen, das sie, weil sie so krank war, nicht behalten konnte. Dann einen kleinen Jungen. Diese Kinder wurden Olivia und Adam genannt. Dies ist Samuels Geschichte, fast Wort für Wort.

Der Fremde, der die Witwe heiratete, war einer, mit dem Samuel herumgezogen war, lange bevor er Christus fand. Als der Mann in Samuels Haus auftauchte, zuerst mit Olivia und dann mit Adam, war Samuel nicht nur nicht in der Lage, die Kinder zurückzuweisen, sondern er hatte das Gefühl, als habe Gott seine und Corrines Gebete erhört.

Er erzählte Corrine nie von dem Mann oder von der «Mutter» der Kinder, weil er ihr Glück mit nichts Traurigem beschatten wollte.

Aber dann tauchte ich aus dem Nichts auf. Er reimte sich alles zusammen, erinnerte sich daran, daß sein alter Tippelbruder schon immer ein Halunke gewesen war, und nahm mich ohne weitere Fragen auf. Was, um die Wahrheit zu gestehen, mich immer gewundert hatte, aber ich erklärte es mir mit christlicher Nächstenliebe. Corrine hatte mich einmal gefragt, ob ich von zu Hause weggelaufen sei. Aber ich sagte, daß ich ja schon groß sei, meine Familie daheim sehr groß und arm und daß es Zeit für mich gewesen sei, hinauszugehen und meinen eigenen Lebensunterhalt zu verdienen.

Meine ganze Bluse war naß von Tränen, als Samuel mir das alles erzählt hatte. Ich konnte jetzt nicht damit anfangen, ihm die Wahrheit zu sagen. Aber Dir, Celie, kann ich sie sagen. Und ich bete aus vollem Herzen, daß Du wenigstens diesen Brief bekommst, wenn schon keinen der anderen.

Pa ist nicht unser Vater!

Deine treue Schwester
Nettie

Lieber Gott,

das isses, sagt Shug. Pack dein Zeug. Du kommst mit mir zurück nach Tennessee.

Aber ich fühl mich wie gelähmt.

Mein Daddy gelyncht. Meine Mama verrückt. Alle meine kleinen Halbbrüder und -schwestern nich verwandt mit mir. Meine Kinder nich meine Geschwister. Pa nich Pa.

Ich glaub, du schläfst.

Liebe Nettie,

zum erstenmal in meinem Leben wollte ich Pa sehn. Also haben Shug und ich uns in unsre neuen blauen Blumenhosen geworfen, haben große, schlappige Osterhüte aufgesetzt, beides die gleichen, nur sind bei ihr die Rosen rot und meine gelb, und wir sind in den Packard gestiegen und rübergerauscht. Die haben jetzt lauter gepflasterte Straßen rauf und runter durchs Land gelegt, und zwanzig Meilen gehen wie nix.

Ich hab Pa einmal gesehen, seit ich von daheim weg bin. Einen Tag haben ich und Mr. --- an der Futterhandlung den Wagen vollgeladen. Pa kam mit May Ellen, und sie hat versucht, ihren Strumpf festzumachen. Sie hatte sich über ihr Bein gebeugt und hat ihren Strumpf überm Knie zu einem Knoten gedreht, und er stand über ihr und hat mit seinem Stock tapp-tapp-tapp auf dem Kies gemacht. Hat ausgesehn, wie wenn er sie damit hätt schlagen wollen.

Mr. --- is ganz freundlich zu ihnen hin und hat die Hand ausgestreckt, aber ich hab weiter aufgeladen und auf die Muster an den Säcken geschaut. Ich hab nich gedacht, daß ich ihn jemals wiedersehen will.

Na ja, es war ein schöner Frühlingstag, bißchen kalt erst, wie wenns Ostern wär, und als erstes is uns aufgefallen, wie wir in die Straße eingebogen sind, wie grün da alles war, wie wenn sonst überall der Boden noch nicht so richtig warm wär. Pa sein Land is warm und bereit. Die ganze Straße lang stehn Osterglocken und Narzissen und alle möglichen kleinen Frühlingsblumen. Dann haben wir gemerkt, wie die ganzen Vögel sich die Kehlen aus dem Leib gesungen haben, die ganze Hecke rauf und runter. Und die hat auch kleine gelbe Blüten aufgesteckt, die haben geduftet wie Jelängerjelieber. Es war alles so anders wie in der übrigen Gegend, wo wir durch sind. Wir sind richtig still geworden. Ich weiß, das klingt komisch, Nettie, aber sogar die Sonne is bißchen länger über unserm Kopf gestanden, so hats jedenfalls geschienen.

Hm, sagt Shug, das is ja alles unheimlich schön. Du hast nie gesagt, daß es so schön is.

Es is nie schön gewesen, sag ich. Jeden Ostern hats eine Überschwemmung gegeben, und wir Kinder warn alle erkältet. Und sowieso, sag ich, sind wir immer dicht am Haus gewesen, und das is ganz bestimmt nich doll.

Das is nich doll? fragt sie, wie wir um einen langen Hügel rumkurven, an den ich mich nich erinnern konnte, gradewegs vor ein großes, gelbes, zweistöckiges Haus mit grünen Läden und einem steilen grünen Schindeldach.

Ich lach. Wir sind bestimmt die falsche Abzweigung gefahren, sag ich. Das is das Haus von einem Weißen.

Es war aber so schön, daß wir angehalten haben und einfach dagesessen sind und es angekuckt haben.

Was sind denn das für Bäume, die da blühen? fragt Shug.

Ich weiß nich, sag ich. Sieht aus wie Pfirsich, Pflaumen, Äpfel, vielleicht Kirschen. Aber egal, was es is, schön sind die jedenfalls. Um das ganze Haus rum und dahinter nix wie blühende Bäume. Und noch mehr Osterglocken und Narzissen und Rosen, die über alles klettern. Und die ganze Zeit sitzen die kleinen Vögel aus dem ganzen übrigen Land auf diesen Bäumen, die zur Stadt führen.

Am Schluß, wie wir eine Weile geschaut haben, sag ich, es is so still, wahrscheinlich keiner zu Haus, denk ich.

Ähä, sagt Shug, wahrscheinlich in der Kirche. An so einem schönen, strahlenden Sonntag.

Dann gehn wir vielleicht lieber wieder, sag ich, bevor die, die hier wohnen, zurückkommen. Aber grad, wie ich das sag, merk ich, wie mein Auge an einem Feigenbaum hängenbleibt, den es erkennt, und wir hören ein Auto die Einfahrt raufkommen. Und wer sitzt wohl in dem Auto? Pa und so n junges Mädchen, sieht aus wie seine Tochter.

Er steigt an seiner Seite aus, dann geht er rum um macht die Tür für sie auf. Sie is umwerfend angezogen, rosa Kostüm, großer rosa Hut und rosa Schuhe, ein kleines rosa Täschchen hängt an ihrem Arm. Sie kucken auf unser Nummernschild und kommen dann rüber zum Auto. Sie steckt ihre Hand durch seinen Arm.

Morgen, sagt er, wie er zu Shugs Fenster kommt.

Morgen, sagt sie langsam, und ich hör, daß er nich is, wie sie erwartet hat.

Kann ich was für Sie tun? Er hat mich nich bemerkt und würds wahrscheinlich auch nich, wenn er mich angekuckt hätt.

Shug sagt leise, is er das?

Ich sag, jaha.

Für Shug isses ein Schock und für mich auch, wie jung er aussieht. Er sieht älter aus wie das Kind, was er dabeihat, auch wenn sie wie eine Frau ausstaffiert is, aber er sieht jung aus für einen, der erwachsene Kinder hat und fast erwachsene Enkel. Aber dann fällt mir ein, er is ja nich mein Daddy, nur der Daddy von meinen Kindern.

Was hat deine Mama bloß gemacht, sagt Shug, ihn aus der Wiege geraubt?

Aber so jung is er dann auch wieder nich.

Ich hab Celie hergebracht, sagt Shug. Ihre Tochter Celie. Sie wollte Sie besuchen. Hat ein paar Fragen.

Er scheint ein paar Sekunden zurückzudenken. *Celie?* sagt er. Wie, wer is denn Celie? Dann sagt er, jetzt steigt mal alle aus und kommt rauf auf die Veranda. Daisy, sagt er zu der kleinen Frau bei ihm, geh Hetty sagen, sie soll mit dem Essen langsam tun. Sie drückt seinen Arm, streckt sich und küßt ihn ans Kinn. Er dreht den Kopf und kuckt, wie sie den Weg hochgeht, die Treppen rauf und durch die Haustür. Er steigt hinter uns die Treppe rauf, auf die Veranda, hilft uns Schaukelstühle herholen, dann sagt er, so, und was wollt ihr?

Sind die Kinder hier? frag ich.

Was für Kinder? sagt er. Dann lacht er. Ach, die sind mit ihrer Mama weg. Sie is auf und davon, weißt du, is zurück zu ihrn Leuten. Ja, sagt er, na klar erinnerst du dich an May Ellen.

Warum is sie fort? frag ich.

Er lacht noch ein bißchen. Is zu alt für mich geworden, nehm ich an.

Dann kommt die kleine Frau zurück raus und setzt sich auf die Lehne von seinem Stuhl. Er redet mit uns und streichelt ihren Arm.

Das is Daisy, sagt er. Meine neue Frau.

Na, sagt Shug, sie sieht kaum älter aus wie fünfzehn.

Bin ich auch nich, sagt Daisy.

Das wundert mich, daß Ihre Leute Sie haben heiraten lassen.

Sie zuckt die Schultern, kuckt Pa an. Die arbeiten für ihn, sagt sie. Wohnen auf seinem Land.

Ich bin jetzt ihre Leute, sagt er.

Mir is so schlecht, daß ich schier würg. Nettie is in Afrika, sag ich. Als Missionarin. Sie hat geschrieben, daß du nich unser richtiger Pa bist.

Na schön, sagt er, dann weißt dus jetzt.

Daisy kuckt mich an mit Mitleid überm ganzen Gesicht. Typisch, daß er euch das nich gesagt hat, sagt sie. Er hat mir erzählt, wie er zwei kleine Mädchen aufgezogen hat, die nich mal seine eignen waren, sagt sie. Ich habs wahrscheinlich gar nich geglaubt bis eben jetzt.

Nä, nie hat ers ihnen gesagt, sagt Shug.

Was für n herziges Süßerchen, sagt Daisy, und küßt ihn mitten auf den Kopf. Er streichelt immerzu ihren Arm. Kuckt mich an und grinst.

Dein Daddy hat nich gewußt, wie man klarkommt. Die Weißen haben ihn gelyncht. Zu traurig, die Geschichte, als daß man sie kleinen Mädchen im Wachstum erzählt, sagt er. Jeder Mann hätt gemacht, was ich gemacht hab.

Vielleicht nich, sagt Shug.

Er kuckt sie an, dann mich. Er sieht, daß sie es weiß. Aber was kümmerts ihn?

Nimm mich, sagt er. Ich kenn die Sorte. Mit Geld kommste an die alle ran. Das Dumme an unsern Leuten is, sowie sie aus der Sklaverei raus warn, haben sie dem weißen Mann nix mehr geben wollen. Tatsache is, irgendwas mußt du ihm geben. Entweder dein Geld, dein Land, deine Frau oder deinen Arsch. Drum war was ich getan hab grad so gut, wie ihnen Geld anzubieten. Bevor ich einen Samen gesät hab, hab ich dafür gesorgt, daß dieser und der da gewußt hat, einer von drei Samen in der Erde is für ihn. Bevor ich ein Körnchen Weizen gemahlen habe, das gleiche. Und wie ich deinem Daddy seinen alten Laden in der Stadt gekauft hab, hab ich mir meinen weißen Boy gekauft, der ihn führt. Und was erst gut dran is, sagt er, ich hab ihn mit dem Geld von den Weißen gekauft.

Stell dem rührigen Mann deine Fragen, Celie, sagt Shug. Sein Essen wird kalt.

Wo is mein Daddy begraben, frag ich. Das is alles, was ich wissen will.

Neben deiner Mammy, sagt er.

Is da ein Gedenkstein, frag ich.

Er kuckt mich an, wie wenn ich verrückt wär. Gelynchte kriegen keinen Stein, sagt er. Als wärs was, was jeder weiß.

Hat Mama einen? frag ich.

Er sagt, nä.

Die Vögel singen genauso süß, wo wir fahren, wie wo wir kamen. Dann, kaum daß wir auf die Hauptstraße einbiegen, hören sie auf, so scheints. Bis wir zum Friedhof kommen, ist der Himmel grau.

Wir kucken nach Ma und Pa. Hoffen auf ein Stückchen Holz, wo was draufsteht. Aber wir finden nix wie Unkraut und Kletten und Papierblumen, die auf ein paar Gräbern vergilben. Shug hebt ein altes Hufeisen auf, das das Pferd von jemand verloren hat. Wir haben das alte Hufeisen genommen und uns immerzu gedreht, bis wir so schwindlig waren, daß wir fast umgefallen wärn, und wo wir hingefallen wärn, da haben wir das Hufeisen in den Boden gesteckt.

Shug sagt, *wir* sind jetzt unsre Verwandten, und küßt mich.

Liebe Celie,

ich bin heute morgen aufgewacht, entschlossen, Corrine und Samuel alles zu erzählen. Ich ging hinüber zu ihrer Hütte und zog einen Hocker an Corrines Bett. Sie ist jetzt so schwach, daß sie nichts mehr tun kann, als unfreundlich schauen – und ich merkte, daß ich nicht willkommen war.

Ich sagte, Corrine, ich bin hier, um dir und Samuel die Wahrheit zu sagen.

Sie sagte, Samuel hat es mir schon gesagt. Wenn es deine Kinder sind, warum hast du das nich erzählt?

Samuel sagte, also, Liebes.

Sie sagte, hör auf mit deinem «also, Liebes.» Nettie hat bei der Bibel geschworen, mir die Wahrheit zu sagen. Gott die Wahrheit zu sagen, und sie hat gelogen.

Corrine, sagte ich. Ich habe nicht gelogen. Ich drehte Samuel ein bißchen mehr den Rücken zu und flüsterte, du hast doch meinen Bauch gesehen.

Was weiß ich schon von Schwangerschaften, sagte sie. Ich hab es ja nie selbst erlebt. Wer weiß, vielleicht können Frauen alle Zeichen davon wegreiben.

Die Schwangerschaftsstreifen können sie nicht wegreiben, sagte ich. Die Schwangerschaftsstreifen gehen tief in die Haut, und der Bauch dehnt sich so, daß die Frau einen kleinen Bauch behält wie alle Frauen hier.

Sie drehte das Gesicht zur Wand.

Corrine, sagte ich, ich bin die Tante der Kinder. Ihre Mutter ist meine ältere Schwester Celie.

Dann erzählte ich ihnen die ganze Geschichte. Nur Corrine war immer noch nicht überzeugt.

Du und Samuel habt so viele Lügen erzählt, wer kann euch überhaupt noch was glauben? fragte sie.

Du mußt Nettie glauben, sagte Samuel. Obwohl die Sache mit Dir und Pa schon ein Schock für ihn war.

Dann fiel mir ein, was Du mir erzählt hast, wie Du Corrine und Samuel und Olivia in der Stadt gesehen hast, als sie Stoff kaufte, um für sich und Olivia Kleider zu nähen, und wie Du mich zu ihr geschickt hast, weil sie die einzige Frau war, die Du je mit Geld gesehen hattest. Ich versuchte Corrine an diesen Tag zu erinnern, aber sie wußte nichts mehr.

Sie wird immer schwächer, und wenn sie uns nicht glauben kann und anfangen, wieder etwas für die Kinder zu fühlen, fürchte ich, daß wir sie verlieren.

Ach, Celie, nicht glauben ist etwas Schreckliches. Und ebenso die Verletzungen, die wir einander unwissend zufügen.

Bete für uns,
Nettie

Liebste Celie,

jeden Tag in der vergangenen Woche habe ich versucht, Corrine dazu zu bringen, sich daran zu erinnern, wie sie Dich in der Stadt getroffen hat. Ich weiß, wenn sie sich nur Dein Gesicht ins Gedächtnis rufen kann, wird sie glauben, daß zumindest Olivia (wenn auch nicht Adam) Dein Kind ist. Sie finden, daß Olivia mir ähnlich sieht, aber das ist nur, weil ich Dir ähnlich sehe. Olivia hat Dein Gesicht und Deine Augen, genau. Es erstaunt mich, daß Corrine die Ähnlichkeit nicht gesehen hat.

Erinnerst du dich an die Hauptstraße in der Stadt? fragte ich.

Erinnerst du dich an den Pferdepfosten vor Finleys Laden?

Erinnerst du dich dran, wie der Laden nach Erdnußschalen gerochen hat?

Sie sagt, sie erinnert sich an alles, aber nicht, daß jemand sie angesprochen hat.

Dann fallen mir ihre Quiltdecken ein. Bei den Olinka machen die Männer wunderschöne Quiltdecken voller Tiere, Vögel und Menschen.

Und sobald Corrine sie gesehen hatte, fing sie eine Quiltdecke an, auf der immer ein Quadrat mit aufgenähten Figuren mit einem Neunerblock abwechselt, und benützte dafür Kleider, aus denen die Kinder herausgewachsen waren, und ein paar von ihren alten Kleidern.

Ich ging zu ihrer Truhe und fing an, Quiltdecken herauszuzerren. Rühr meine Sachen nicht an, sagte Corrine. Ich bin noch nicht hinüber.

Ich hielt erst eine, dann eine andere ans Licht und versuchte, die ersten zu finden, die sie nach meiner Erinnerung gemacht hat. Und mich gleichzeitig daran zu erinnern, welche Kleider sie und Olivia anhatten in den ersten Monaten, als ich bei ihnen wohnte.

Aha, sagte ich, als ich gefunden hatte, was ich suchte, und legte die Quiltdecke über das Bett.

Erinnerst du dich daran, wie du diesen Stoff gekauft hast? fragte ich und deutete auf ein geblümtes Quadrat. Und wie ist es mit diesem karierten Vogel?

Sie fuhr die Muster mit dem Finger nach, und ihre Augen füllten sich langsam mit Tränen.

Sie war so sehr wie Olivia, sagte sie. Ich hatte Angst, sie wollte sie zurück. Deshalb habe ich sie vergessen, so schnell ich konnte. Nur wie der Verkäufer mich behandelte, hab ich behalten. Ich benahm mich wie jemand Wichtiges, weil ich Samuels Frau war und im Spelman-Seminar studiert hatte, und er behandelte mich wie einen gewöhnlichen Nigger.

Ich war so beleidigt. Und wütend! Und daran dachte ich, und davon erzählte ich sogar Samuel auf dem Heimweg. Nichts von deiner Schwester – wie hieß sie noch mal? – Celie? Nichts von ihr.

Sie fing an, heftig zu weinen. Ich und Samuel hielten ihre Hände. Wein nicht. Wein doch nicht, sagte ich. Meine Schwester war froh, daß sie Olivia bei dir sah. Froh, sie lebend zu sehen. Sie dachte, ihre beiden Kinder seien tot.

Armes Ding! sagte Samuel. Und wir saßen da und redeten ein bißchen und hielten einander fest, bis Corrine einschlief.

Aber, Celie, mitten in der Nacht wachte sie auf, drehte sich zu Samuel und sagte: Ich glaube es. Und starb trotzdem.

Deine Schwester im Kummer
Nettie

Liebste Celie,

gerade, wenn ich denke, daß ich gelernt habe, mit der Hitze, den ständig feuchten oder eigentlich dampfenden Kleidern, der Nässe unter den Armen und zwischen den Beinen zu leben, kommt meine Regel. Und Krämpfe und Ziehen und Schmerzen. Aber ich muß weitermachen, als wäre nichts, sonst bring ich Samuel, die Kinder und mich selbst in Verlegenheit. Ganz zu schweigen von den Dorfbewohnern, die der Meinung sind, Frauen, die ihre Regel haben, sollten sich überhaupt nicht blicken lassen. Direkt nach dem Tod ihrer Mutter hat Olivia ihre Regel bekommen; sie und Tashi versorgen einander, vermute ich. Mir wird nichts gesagt, auf keinen Fall, und ich weiß nicht, wie ich auf das Thema kommen soll. Was mir falsch vorkommt; aber wenn man mit einem Olinka-Mädchen über ihre Geschlechtsorgane spricht, sind ihre Mutter und ihr Vater böse, und es ist sehr wichtig für Olivia, nicht als Außenseiterin betrachtet zu werden. Obwohl das eine Ritual, das sie haben, um die Frauwerdung zu feiern, so blutig und so schmerzhaft ist, daß ich Olivia verbiete, auch nur daran zu denken.

Erinnerst Du Dich dran, welche Angst ich hatte, als es mir zum erstenmal geschah? Ich dachte, ich hätte mich geschnitten.

Aber, Gott sei Dank, warst Du da und hast mir gesagt, daß mit mir alles in Ordnung sei.

Wir haben Corrine nach der Art der Olinka begraben, in Rindenstoff eingewickelt, unter einem großen Baum. Ihre ganze liebe Art ging mit ihr. Ihre ganze Bildung und ein Herz, das so bedacht darauf war, Gutes zu tun. Sie hat mir so viel beigebracht! Ich weiß, daß ich sie immer vermissen werde. Die Kinder waren durch den Tod ihrer Mutter niedergeschmettert. Sie wußten, daß sie sehr krank war, aber der Tod ist etwas, woran sie nicht in bezug auf ihre Eltern oder sich selbst denken.

Es war eine merkwürdige kleine Prozession. Wir alle in unseren weißen Gewändern und mit weiß bemalten Gesichtern. Samuel ist wie verloren. Ich glaube, sie haben seit ihrer Hochzeit nicht eine Nacht getrennt voneinander verbracht.

Und wie geht es Dir? Liebe Schwester. Die Jahre sind gekommen und gegangen ohne ein einziges Wort von Dir. Nur den Himmel über uns haben wir gemeinsam. Ich schaue ihn oft an, als würde ich eines Tages irgendwie, gespiegelt aus seiner Unendlichkeit, mich in Deine Augen schauend wiederfinden, Deine lieben, großen, klaren, schönen Augen. Ach, Celie! Mein Leben hier ist nichts als Arbeit, Arbeit, Arbeit und Sorge. Was ich an Jugend hätte haben können, ist an mir vorübergegangen. Und ich habe nichts Eigenes. Keinen Mann, keine Kinder, keine guten Freunde außer Samuel. Aber ich habe ja Kinder, Adam und Olivia. Und ich habe Freunde, Tashi und Catherine. Und ich habe sogar eine Familie – dieses Dorf, über das solch schwere Zeiten gekommen sind.

Jetzt sind die Ingenieure gekommen, um das Gebiet zu inspizieren. Gestern kamen zwei weiße Männer und haben ein paar Stunden damit zugebracht, durchs Dorf zu schlendern und sich vor allem die Brunnen anzusehen. Und solcherart ist die angeborene Höflichkeit der Olinka, daß sie hereilten, um Essen für sie zu bereiten, obwohl sie nur noch so wenig übrig haben, weil viele der

Gärten, die um diese Jahreszeit Früchte tragen, zerstört sind. Und die weißen Männer saßen da und aßen, als sei das Essen nicht der Aufmerksamkeit wert.

Die Olinka begreifen inzwischen, daß von den Leuten, die ihre Häuser zerstört haben, nichts Gutes kommen kann, aber Sitten und Gewohnheiten sterben schwer. Ich selbst habe nicht mit den Männern gesprochen, aber Samuel. Er sagte, sie hätten nur von Arbeitern, Kilometern von Land, Regenfällen, Setzlingen, Maschinen und so geredet. Dem einen schienen die Leute um ihn herum völlig gleichgültig – er hätte nur gegessen und dann geraucht und in die Ferne gekuckt –, aber der andere, etwas jüngere, sei offenbar darauf aus gewesen, die Sprache zu lernen. Bevor sie, wie er sagte, ausstirbt.

Es war nicht schön, Samuel im Gespräch mit den beiden zu sehen. Weder mit dem, der an seinen Lippen hing, noch mit dem anderen, der durch Samuels Kopf hindurchsah.

Samuel hat mir alle Kleider von Corrine gegeben, und ich brauche sie auch, obwohl nichts von unserer Kleidung für dieses Klima geeignet ist. Das gilt sogar für die Kleidung, die die Afrikaner tragen. Die haben früher sehr wenig angehabt, aber die Damen aus England haben das Mother-Hubbard-Kleid eingeführt, ein langes, hinderliches, schlechtsitzendes Kleid, völlig formlos, das zwangsläufig leicht ins Feuer hängt und schon jede Menge Verbrennungen verursacht hat. Ich habe es nie geschafft, mich dazu zu bringen, eins dieser Kleider zu tragen, die anscheinend alle für Riesinnen genäht wurden, deshalb war ich froh über Corrines Sachen. Andrerseits habe ich Angst davor gehabt, sie anzuziehen. Ich denke daran, wie sie sagte, wir sollten nicht mehr die Kleider voneinander tragen. Und diese Erinnerung schmerzte mich.

Bist du sicher, daß Schwester Corrine das gern hätte? fragte ich Samuel.

Ja, Schwester Nettie, sagte er. Versuch, ihr ihre Ängste nicht nachzutragen. Am Ende hat sie alles verstanden und geglaubt. Und vergeben, was immer da zu vergeben war.

Ich hätte früher etwas sagen sollen, sagte ich.

Er bat mich, ihm von Dir zu erzählen, und die Worte kamen wie ein Wasserschwall. Ich brannte darauf, jemand von uns zu erzählen. Ich erzählte ihm von meinen Briefen an Dich zu jedem Weihnachten und Ostern und davon, wieviel es uns bedeutet hätte, wenn er Dich besucht hätte, nachdem ich weggegangen war. Es tat ihm leid, daß er gezögert hatte, sich einzumischen.

Wenn ich nur damals gewußt hätte, was ich jetzt weiß! sagte er. Aber wie hätte er das können? Es gibt so viel, was wir selbst nicht verstehen. Und daraus entsteht so viel Unglück.

Alles Liebe und fröhliche Weihnachten für Dich

Deine Schwester Nettie

Liebe Nettie,

ich schreib nich mehr an Gott, ich schreib jetzt Dir.

Was is n mit Gott? fragt Shug.

Wer is das? sag ich.

Sie kuckt mich ernst an.

So n Teufel, wie du bist, sag ich, läßt du dir doch wegen Gott keine grauen Haare wachsen, oder?

Sie sagt, jetzt wart mal. Jetzt mal ne Sekunde. Bloß, weil ich nich ständig drauf rumreite wie paar Leute, die wir kennen, heißt das noch lang nich, daß ich keinen Glauben hab.

Was hat Gott für mich getan? frag ich.

Sie sagt, Celie! wie wenn sie empört is. Er hat dir dein Leben gegeben, Gesundheit und jemand, der dich bis an dein Lebensende liebt.

Jaha, sag ich, und er hat mir einen Daddy gegeben, den sie gelyncht haben, und eine verrückte Mama, einen gemeinen Hund von einem Stiefvater und eine Schwester, die ich wahrscheinlich mein Lebtag nich mehr wiederseh. Jedenfalls, sag ich, is der Gott, zu dem ich gebetet und dem ich geschrieben hab, ein Mann. Und er benimmt sich genau wie die ganzen andern Männer, die ich kenn. Liederlich, vergeßlich und gemein.

Sie sagt, Miss Celie, jetzt biste besser still. Gott könnt dich hören.

Laß ihn doch hören, sag ich. Wenn er jemals den armen farbigen Frauen zugehört hätte, dann säh die Welt ganz anders aus, das kann ich dir sagen.

Sie redet und redet und versucht, wie sie mich vom Gotteslästern wegbringt. Aber ich läster soviel, wie ich will.

Mein Leben lang wars mir egal, was die Leute denken von dem, was ich getan hab, sag ich. Aber tief in meinem Herzen is Gott mir wichtig gewesen. Was er denkt. Und jetzt find ich raus, daß er gar nix denkt. Einfach nur da droben hockt und frohlockt, daß er taub is, nehm ich an. Aber leicht isses nicht, ohne ihn auszukommen. Sogar wenn du weißt, daß er nich da is, is es ganz schön strapaziös, wenn du probierst, daß du ohne ihn auskommst. Ich bin sündig, sagt Shug. Weil ich so geboren bin. Ich streits ja nich ab. Aber wenn du einmal raushast, was da draußen auf dich wartet, was kannst du da schon andres sein? Die Sünder habens schöner, sag ich.

Und weißt du, warum? fragt sie.

Weil ihr euch nich die ganze Zeit wegen Gott Kopfschmerzen macht, sag ich.

Nä, das isses nich, sagt sie. Wir machen uns schon Kopfschmerzen wegen Gott. Aber wenn wir mal das Gefühl haben, Gott liebt uns, dann tun wir alles, daß wir ihm Freude machen mit dem, was uns Spaß macht.

Willst du mir erzählen, Gott liebt euch, wo ihr noch nie was für ihn getan habt? Ich mein, nich in die Kirche geht, nich im Chor singt, dem Prediger kein Essen bringt und all das?

Aber wenn Gott mich liebhat, Celie, dann brauch ich das alles doch nich tun. Außer ich wills. Gibt Massen andre Sachen, die ich tun kann, wenn ich glaub, Gott hat sie gern.

Was n da? frag ich.

Na, sagt sie. Ich kann mich einfach zurücklehnen und Sachen bewundern. Glücklich sein. Es schön haben.

Na, das klingt aber ganz schön gotteslästerlich.

Sie sagt, Celie, sag die Wahrheit, hast du Gott jemals in der Kirche gefunden? Ich nie. Ich hab nur einen Haufen Leute gefunden, die gehofft haben, daß er sich zeigt. Alles von Gott, was ich in der Kirche gespürt hab, hab ich schon mit reingebracht. Und ich glaub, die ganzen andern auch. Sie kommen in die Kirche, daß sie Gott teilen, nich Gott finden.

Manche haben nix zum Teilen gehabt, sag ich. Das warn die, wo nich mit mir gesprochen haben, wie ich mit meinem dicken Bauch hab kämpfen müssen und Mr. --- seinen Kindern.

Richtig, sagt sie.

Dann sagt sie: Erzähl mir, wie dein Gott aussieht, Celie.

Ah nä, sag ich, da schenier ich mich. Das hat mich noch keiner gefragt, drum bin ich ziemlich verblüfft. Und auch, wenn ichs mir recht überleg, dann kommts mir nich richtig vor. Aber was andres hab ich ja nich. Ich beschließ, daß ich dazu steh und mal kuck, was Shug wohl sagt.

Na gut, sag ich. Er is mächtig und alt und groß, graubärtig und weiß. Er hat weiße Gewänder an und is barfuß.

Blaue Augen? fragt sie.

So ne Art Blaugrau. Kühl. Aber groß. Weiße Wimpern, sag ich.

Sie lacht.

Wieso lachst du? frag ich. Ich finds nich so komisch. Was denkst du denn, wie er aussieht, wie Mr. --- vielleicht?

Das wär auch nich besser, sagt sie. Dann erzählt sie mir, daß dieser alte weiße Mann der gleiche Gott is, den sie gesehen hat, wenn sie gebetet hat. Wenn du drauf wartest, daß du Gott in der Kirche findest, Celie, sagt sie, dann kommt todsicher der da. Weil der da nämlich wohnt.

Und wie kommt das? frag ich.

Weil das der is, wo in den weißen Bibeln von den weißen Leuten drin is.

Shug! sag ich, Gott hat die Bibel geschrieben, die Weißen haben da nix mit zu tun gehabt.

Und wieso sieht er dann genau aus wie die? sagt sie. Nur größer? Und einen Wust mehr Haare. Wie kommts denn, daß die Bibel genauso is wie alles andre, was die machen. Nur immer, wie sie dies tun und das tun, und das einzige, was für die Farbigen bleibt, is daß sie verflucht werden.

Da hab ich mir noch nie Gedanken drüber gemacht.

Nettie sagt, irgendwo in der Bibel steht, Jesus sein Haar war wie Schafwolle, sag ich.

Na, sagt Shug, wenn der mal zu einer von den Kirchen käm, von denen wir grad reden, dann würd er es erst glatt an den Kopf klatschen müssen, sonst würd ihn kein Mensch ankucken. Das Letzte, was die Nigger sich von ihrem Gott vorstellen wollen, is, daß er Krisselhaar hat.

Da kannste Gift drauf nehmen, sag ich.

Die Bibel lesen und glauben, Gott is nich weiß, das geht nie und nimmer, sagt sie. Dann seufzt sie. Wie ich rausgefunden hab, daß Gott weiß is und ein Mann, da hab ich das Interesse verloren. Du bist sauer, weils aussieht, wie wenn er nich auf deine Gebete hört. Hm. Hört der Bürgermeister etwa drauf, was die Farbigen sagen? Frag Sofia, sagt sie.

Aber ich brauch nich Sofia fragen. Ich weiß, daß Weiße nie auf die Farbigen hören, Punktum. Wenn sies tun, dann hörn sie nur so lang zu, daß sie dir sagen können, was du tun mußt.

Und das isses, sagt Shug. Das, was ich glaub. Gott is in dir drin und in jedem andern auch. Du kommst schon auf die Welt mit Gott. Aber nur wer innen sucht, findet Es. Und manchmal wird Es offenbar, auch wenn du Es nicht suchst, oder nicht weißt, wonach du suchst. Bei den meisten Leuten, wenn sie Kummer haben, denk ich. Sorgen, ach Gott. Sich hundeelend fühlen.

Es? frag ich.

Jaja, Es. Gott is nich ein Er oder eine Sie, sondern ein Es.

Aber wie sieht Es aus, frag ich.

Sieht nich wie irgendwas aus, sagt sie. Is doch kein Kino. Es is nix, was du von was anderm getrennt ankucken kannst, einschließlich dir selbst. Ich glaub, Gott is alles, sagt Shug. Alles, was is oder gewesen is oder sein wird. Und wenn du das spürst und froh bist, daß dus spürst, dann hast dus gefunden.

Shug is so was Schönes, kann ich dir sagen. Sie runzelt bißchen die Stirn, kuckt raus über den Hof, lehnt sich in ihrem Stuhl zurück, sieht aus wie eine große Rose.

Sie sagt: Mein erster Schritt von dem alten weißen Mann weg waren die Bäume. Dann die Luft. Dann die Vögel. Dann andre Leute. Aber an einem Tag, wie ich ganz still dagesessen bin und mich gefühlt hab wie ein Kind ohne Mutter, und das war ich ja, da kam es mir: so ein Gefühl, daß ich ein Teil von allem bin, nich abgetrennt. Ich hab gewußt, wenn ich einen Baum fäll, blutet mein Arm. Und ich hab gelacht und geweint und bin im ganzen Haus rumgerannt. Ich hab genau gewußt, was Es war. Ja, wirklich, wenns passiert, da kannst dus nich verpassen. Es is so ne Art wie du weißt schon was, sagt sie und grinst und reibt ganz oben an meinem Schenkel.

Shug! sag ich.

Ach, sagt sie. Gott mag die ganzen Gefühle. Das is was vom Besten, was Gott gemacht hat. Und wenn du weißt, daß Gott sie mag, dann hast du einen Haufen mehr Spaß dran. Dann kannst du einfach loslassen und laufen mit allem, was läuft, und Gott damit preisen, daß du magst, was du magst.

Findet Gott das nich schmutzig? frag ich.

Nä, sagt sie, Gott hats doch gemacht. Hör mal, Gott hat alles gern, was du gern hast – und noch eine Menge Zeug, was du nich nich gern hast. Aber mehr wie alles andre mag Gott, wenn man was bewundert.

Soll das heißen, daß Gott eitel is? frag ich.

Nä, sagt sie. Nich eitel, nur will Es was Gutes auch teilen.

Ich glaub, es stinkt Gott, wenn du irgendwo in einem Feld an der Farbe Lila vorbeigehst und sie nich siehst.

Was tut Es, wenn ihm was stinkt? frag ich.

Och, dann macht Es was andres. Die Leute denken, Gott Freude machen is alles, was Gott wichtig is. Aber jeder Idiot, der auf der Welt lebt, kann doch sehn, daß Es immer probiert, uns auch Freude zu machen.

Ja? sag ich.

Ja, sagt sie. Es macht immer kleine Überraschungen und läßt die dann los, wenn wirs am wenigsten erwarten.

Du meinst, Es will, daß man Es liebt, grad, wie die Bibel sagt?

Ja, Celie, sagt sie. Alles will, daß man es liebt. Wir singen und tanzen und schneiden Gesichter und schenken Blumen, weil wir wollen, daß man uns liebt. Is dir schon mal aufgefallen, daß die Bäume, genau wie wir, alles tun, daß man sie beachtet, außer gehen?

Ja, da reden und reden wir über Gott, aber ich weiß immer noch nich ein und aus. Probier, den alten weißen Mann aus meinem Kopf zu treiben. Ich hab so fleißig immer nur an ihn gedacht, daß ich nie richtig was gesehen hab, was Gott gemacht hat. Keine Kornähre (wie macht er das?), nich die Farbe Lila (wo kommt die her?). Nich die kleinen wilden Blumen. Nix.

Jetzt, wo meine Augen aufgehn, komm ich mir vor wie ein Idiot. Neben dem kleinsten Besen von einem Busch in meinem Hof isses, wie wenn Mr. --- seine Bosheit schrumpft. Aber nich ganz weg. Trotzdem isses, wie Shug sagt, erst mußt du den

Mensch von deinem Augapfel wegkriegen, bevor du irgendwas sehen kannst.

Der Mensch verdirbt alles, sagt Shug. Er is auf deiner Schachtel mit Haferflocken, in deinem Kopf und überall im Radio. Er will, daß du denkst, er is überall. Sobald du glaubst, daß er überall ist, glaubst du, er is Gott. Aber das is er nicht.

Wenn du versuchst zu beten und der Mensch sich vor dich hinplumpsen läßt, dann sag ihm, daß er verduften soll, sagt Shug. Zauber die Blumen, den Wind, das Wasser, einen großen Felsen her.

Aber das is harte Arbeit, sag ich Dir. Der is schon so lang da, der will sich nich rühren. Der droht mit Blitzen, Überschwemmung und Erdbeben. Wir kämpfen. Ich bete kaum. Jedes Mal, wenn ich einen Felsbrocken zauber, dann muß ich den werfen.

Amen

Liebe Nettie,

wie ich Shug erzählt hab, daß ich Dir schreib statt Gott, hat sie gelacht. Nettie kennt die Leute doch gar nich, hat sie gesagt. Wenn ich bedenk, an wen ich vorher geschrieben hab, kommt mir das komisch vor.

Das is Sofia gewesen, die Du gesehen hast, wie sie als Dienstmädchen für die Frau vom Bürgermeister gearbeitet hat. Die Frau, die Du gesehen hast, wie sie an dem Tag in der Stadt für die Weiße die Päckchen getragen hat. Sofia ist Mr. --- seinem Sohn Harpo seine Frau. Die Polizei hat sie eingesperrt, weil sie dem Bürgermeister seiner Frau frech geantwortet hat und den Bürgermeister zurückgehauen hat. Zuerst war sie im Gefängnis und hat da in der Wäscherei gearbeitet und wär fast gestorben. Dann haben wirs geschafft, daß sie ins Haus vom Bürgermeister gekommen ist. Sie hat in einem kleinen Zimmer oben unterm Dach schlafen müssen, aber es war besser wie im Gefängnis. Fliegen, ja, aber wenigstens keine Ratten.

Jedenfalls haben sie sie elfeinhalb Jahre behalten, und dann haben sie ihr ein halbes Jahr wegen guter Führung erlassen, daß sie früher nach Haus zu ihrer Familie hat können. Ihre größeren Kinder sind verheiratet und nich mehr da, und ihre Kleinsten sind sauer auf sie, kennen sie nich. Finden, daß sie komisch is und alt aussieht und das kleine weiße Mädchen vergöttert, für das sie gesorgt hat.

Gestern haben wir alle bei Odessa gegessen. Odessa is Sofia ihre Schwester. Die hat die Kinder aufgezogen. Sie und ihr Mann Jack. Harpo seine Frau Squeak und Harpo selbst.

Sofia setzt sich an den großen Tisch hin, wie wenn kein Platz für sie is. Die Kinder langen an ihr vorbei, wie wenn sie nich da wär. Harpo und Squeak tun wie ein altes Ehepaar. Die Kinder sagen Mama zu Odessa. Sagen kleine Mama zu Squeak. Sagen Miss zu Sofia. Die einzige, wo sich anscheinend um Sofia kümmert, is Harpo und Squeak ihr kleines Mädchen Suzie Q. Die sitzt gegenüber von Sofia und kuckt sie groß an.

Wie das Essen vorbei is, schiebt Shug ihrn Stuhl zurück und zündet eine Zigarette an. Jetzt isses an der Zeit, daß ich es euch sag, sagt sie.

Was sagst? fragt Harpo.

Wir gehn, sagt sie.

Ah ja? sagt Harpo und kuckt rum nach dem Kaffee. Und dann kuckt er rüber zu Grady.

Wir gehn, sagt Shug wieder. Mr. --- kuckt erschreckt, wie er immer kuckt, wenn Shug sagt, daß sie weggeht. Er langt runter und reibt sich den Bauch und kuckt an der Seite von ihrem Kopf vorbei, wie wenn keiner was gesagt hat.

Grady sagt, so liebe Leute seid ihr, wirklich. Das Salz der Erde. Aber – Zeit zum Weiterziehn.

Squeak sagt nix. Ihr Kinn is wie an ihrn Teller geklebt. Ich sag auch nix. Ich wart drauf, bis gleich die Federn fliegen.

Celie geht mit uns, sagt Shug.

Mr. --- Ein Kopf schwenkt ganz grade zurück. Was sagste? fragt er.

Celie kommt mit mir nach Memphis.

Nur über meine Leiche, sagt Mr. ---.

Du freust dich doch. Das is doch, was du willst, sagt Shug, kalt wie Hundeschnauze.

Mr. --- steht von seinem Stuhl auf, kuckt Shug an, plumpst wieder runter. Er kuckt rüber zu mir. Ich denk, du bist endlich glücklich, sagt er. Was is denn jetzt kaputt?

Du bist ein gemeiner Hund, das isses, was kaputt is, sag ich.

Es wird Zeit, daß ich weggeh von dir und in die Schöpfung eintret. Und deine Leiche is grad die richtige Fußmatte dafür.

Was sagste? fragt er. Schockiert.

Um den ganzen Tisch rum steht den Leuten der Mund offen.

Du hast mir meine Schwester Nettie weggenommen, sag ich.

Und das war der einzige Mensch auf der Welt, der mich geliebt hat.

Mr. - - - fängt an mit Stottern. Aberaberaberaber. Klingt wie ne Art Motor.

Aber Nettie und meine Kinder kommen bald heim, sag ich. Und wenn sie da sind, dann werden wir dir alle zusammen ganz schön den Hintern poliern.

Nettie und deine Kinder! sagt Mr. - - -. Du redest irres Zeug.

Ich habe Kinder, sag ich. Die in Afrika aufwachsen. Gute Schulen, viel frische Luft und Bewegung. Geraten ne Portion besser wie die Simpel, die du nicht mal versucht hast zu erziehn.

Jetzt mal langsam, sagt Harpo.

Ach, jetzt mal langsam zum Teufel, sag ich. Wenn du nich probiert hättst, Sofia unterzukriegen, hätten die Weißen sie nie in die Hände gekriegt.

Sofia is so perplex, wie ich da rede, daß sie schon zehn Minuten keinen Biß mehr getan hat.

Das is gelogen, sagt Harpo.

Bißchen was Wahres dran, sagt Sofia.

Alle kucken sie an, wie wenn sie baff sind, daß sie da is. Es is wie eine Stimme, die aus einem Grab redet.

Ihr wart üble Blagen, sag ich. Ihr habt mir mein Leben zur Hölle gemacht. Und euer Daddy hier war der letzte Pferdeschiet. Mr. - - - langt rüber und will mir eine kleben. Ich hau ihm mein Messer in die Hand.

Du Mistding, sagt er. Und was sagen die Leute, wenn du nach Memphis abhaust, wie wenn du kein Haus zum Versorgen hättest?

Shug sagt, Albert. Jetzt versuch mal zu denken, wie wenn du bißchen Grips hättst. Wieso irgendne Frau auch nur einen Pfifferling drum geben soll, was die Leute denken, is mir ein Rätsel.

Na ja, sagt Grady und will Licht ins Dunkel bringen. Ne Frau kriegt eben keinen Mann, wenn die Leute reden.

Shug kuckt mich an und wir kichern. Dann lachen wir laut raus. Dann fängt Squeak an mit Lachen. Dann Sofia. Wir lachen und lachen. Shug sagt, sind die nich zum Brüllen? Wir sagen mhm und schlagen auf den Tisch und wischen uns das Wasser aus den Augen.

Harpo kuckt Squeak an. Hörst du auf, Squeak, sagt er. Das bringt Unglück, wenn Frauen über Männer lachen.

Sie sagt, gut. Sie setzt sich grade hin, zieht die Luft ein, versucht, ihr Gesicht zusammenzuziehn.

Er kuckt Sofia an. Sie kuckt ihn an und lacht ihm ins Gesicht. Ich hab mein Unglück schon gehabt, sagt sie, ich hab genug gehabt, daß ich den Rest von meinem Leben lachen kann.

Harpo kuckt sie an wie an dem Abend, wo sie Mary Agnes zusammengehauen hat. Ein Funke fliegt über den Tisch.

Ich hab sechs Kinder von dieser verrückten Frau, murmelt er. Fünf, sagt sie.

Er is so geschlagen, daß er nich mal sagen kann, was sagste?

Er kuckt rüber zu dem jüngsten Kind. Sie is mürrisch, gemein, bös und zu dickköpfig für diese Welt. Aber er mag sie am liebsten von allen. Sie heißt Henrietta.

Henrietta, sagt er.

Sie sagt jaaaaa... wie sies im Radio sagen.

Alles, was sie sagt, bringt ihn durcheinander. Nix, sagt er.

Dann sagt er, geh mir n Glas kaltes Wasser holen.

Sie rührt sich nich.

Bitte, sagt er.

Sie geht das Wasser holen, stellt es neben seinen Teller, gibt ihm ein Küßchen auf die Backe. Sagt, armer Daddy. Setzt sich wieder.

Du kriegst nich einen Penny von meinem Geld, sagt Mr. --- zu mir. Keine mickrige Münze.

Hab ich je Geld von dir verlangt? frag ich. Ich hab dich nie um was gebeten. Noch nich mal um deine jämmerliche Hand zur Heirat.

Da fährt Shug dazwischen. Wartet, sagt sie. Haltet mal, noch jemand geht mit uns. Kein Grund, daß Celie das alles allein abkriegt.

Alle kucken Sofia von der Seite an. Für die können sie keinen rechten Platz finden. Die is fremd.

Nich ich, sagt sie, und ihr Blick sagt, verdammt sollt ihr sein, wenn ihr das gedacht habt. Sie langt sich einen Keks und schiebt ihren Hintern noch bißchen tiefer in ihren Sitz. Ein Blick auf die mächtige, stämmige, grauhaarige, wildäugige Frau, und du weißt, daß du besser nich nachfragst. Kein Wort.

Nur, daß es sauber und fix geklärt is, sagt sie. Ich bin daheim. Punktum.

Ihre Schwester Odessa kommt und legt die Arme um sie. Jack rückt dicht an sie ran.

Türlich biste daheim, sagt Jack.

Weint die Mama? fragt eins von Sofia ihren Kindern.

Miss Sofia auch, sagt ein anderes.

Aber Sofia is schnell fertig mit Weinen, wie mit allem.

Wer geht denn? fragt sie.

Keiner sagt was. Es is so still, daß man die Glut im Herd hinten ausgehen hört. Klingt, wie wenn alles zusammenbricht.

Endlich kuckt Squeak unter ihren Stirnfransen rundum.

Ich, sagt sie. Ich geh in den Norden.

Du gehst was? sagt Harpo. Er is so perplex. Er fängt an mit Stottern, Stottern, genau wie sein Daddy. Klingt wie ich weiß nich was.

Ich will singen, sagt Squeak.

Singen! sagt Harpo.

Jaha, sagt Squeak. Singen. Ich hab nich mehr vor Publikum gesungen, seit Jolentha geboren is. Sie heißt Jolentha. Sie sagen Suzie Q. zu ihr.

Du hast nich vor Publikum singen brauchen, seit Jolentha geboren is. Alles, was du brauchst, da hab ich dafür gesorgt.

Ich muß singen, sagt Squeak.

Hör mal, Squeak, sagt Harpo. Du kannst nich nach Memphis. Und damit basta.

Mary Agnes, sagt Squeak.

Squeak, Mary Agnes, was is n der Unterschied?

Ein ganz schöner Unterschied, sagt Squeak. Wie ich Mary Agnes war, hab ich vor Publikum singen können.

In dem Moment klopft es leise an der Tür.

Odessa und Jack kucken sich an. Herein, sagt Jack.

Eine dünne, kleine weiße Frau schiebt den größten Teil von sich durch die Tür.

Oh, Sie essen alle gerade, sagt sie. Entschuldigung.

Is schon recht, sagt Odessa. Wir sind schon fast fertig. Aber es is noch viel übrig. Setzen Sie sich doch her und essen Sie mit. Oder soll ich Ihnen was richten, und Sie könnens auf der Veranda essen?

O Gott, sagt Shug.

Es is Eleanor Jane, das Mädchen von den Weißen, bei denen Sofia gearbeitet hat.

Sie kuckt rum, bis sie Sofia ausmacht, dann siehts aus, wie wenn sie die Luft rausläßt. Nein, danke, Odessa, sagt sie. Ich bin nich hungrig. Ich wollt nur Sofia sprechen.

Sofia, sagt sie. Kann ich dich einen Moment auf der Veranda sprechen?

Is recht, Miss Eleanor, sagt sie. Sofia schiebt sich vom Tisch weg, und sie gehen raus auf die Veranda. Paar Minuten später hören wir Miss Eleanor schnüffeln. Dann gehts richtig huu-huuu. Was is n los mit der? fragt Mr. ---.

Henrietta sagt, Probleme... wie jemand im Radio.

Odessa zuckt die Achseln. Auf der wird immer rumgetrampelt, sagt sie.

Wird viel getrunken in der Familie, sagt Jack. Plus, daß sie ihren Jung nich aufm College halten können. Der besäuft sich, reizt seine Schwester, rennt hinter Frauen her, jagt Nigger, und das is noch nich alles.

Das langt, sagt Shug. Arme Sofia.

Ziemlich schnell kommt Sofia wieder rein und setzt sich.

Was is los? fragt Odessa.

Ein einziges Schlamassel, bei denen da, sagt Sofia.

Mußt du noch mal hin? fragt Odessa.

Ja, sagt Sofia. In paar Minuten. Aber ich kuck, daß ich wieder da bin, wenn die Kinder ins Bett gehn.

Henrietta entschuldigt sich, sagt, sie hat Magenweh.

Squeak und Harpo ihr kleines Mädchen kommt rüber, kuckt an Sofia hoch und sagt, mußt du gehn, Misofia?

Sofia sagt, jaha, zieht sie auf ihrn Schoß. Sofia is auf Bewährung, sagt sie. Muß sich gut benehmen.

Suzie Q. legt ihren Kopf an Sofias Brust. Arme Sofia, sagt sie, wie sie von Shug gehört hat. Arme Sofia.

Mary Agnes, Schatz, sagt Harpo, kuck mal, wie Suzie Q. Sofia mag.

Jaha, sagt Squeak, Kinder wissen was gut is, wenn sies sehen. Sie und Sofia lächeln sich an.

Geh nur singen, sagt Sofia. Ich schau nach der hier, bis du zurückkommst.

Tust du das? sagt Squeak.

Jaha, sagt Sofia.

Und schau auch nach Harpo, sagt Squeak. Bitte, Ma'am.

Amen

Liebe Nettie,

Weißt Du, wo ein Mann dabei is, gibts doch immer Ärger. Also, auf dem Weg nach Memphis, da wars, wie wenn Grady überall im Auto wär. Egal, wie wir gewechselt haben, er wollt partu neben Squeak sitzen.

Wie Shug und ich geschlafen haben und er fuhr, hat er Squeak alles über das Leben in Nord-Memphis, Tennessee, erzählt. Ich hab kaum schlafen können, wie er da so rumtönte von Klubs und Kleidern und neunundvierzig Biersorten. Soviel Gerede von was zu Trinken hat er gemacht, daß ich pinkeln mußte. Da mußten wir eine Straße finden, die zwischen Büsche führte, daß wir uns erleichtern konnten.

Mr. --- hat versucht, so zu tun, wie wenn ihm egal is, daß ich geh.

Du kommst schon zurück, sagt er. Das is nix da im Norden für jemand wie du. Shug hat Talent, sagt er. Die kann singen. Die hat Feuer, sagt er. Die kann mit jedem reden. Shug sieht nach was aus, sagt er. Die kann sich hinstellen, und die Leute kucken. Und du, was hast du? Du bist häßlich. Du bist dürr. Du hast ne komische Figur. Du hast doch Schiß, vor Leuten den Mund aufzumachen. Das einzige, zu was du in Memphis taugst, is zu Shug ihrem Dienstmädchen. Ihr das Dreckwasser raustragen und vielleicht noch Kochen. Und so gut kochst du auch wieder nich. Und das Haus hier is nich mehr ordentlich sauber gewesen, seit meine erste Frau gestorben is. Und bestimmt is keiner verrückt oder beschränkt genug, daß er dich heiraten will. Was willst du bloß machen? Dich auf einem Hof verdingen? Er lacht. Vielleicht, daß dich einer beim Eisenbahnbauen anheuert.

Sind noch mehr Briefe gekommen? frag ich.

Er sagt, was?

Du hast mich gut gehört, sag ich. Sind noch mehr Briefe von Nettie gekommen?

Und wenn welche gekommen sind, sagt er, ich würd sie dir nich geben. Ihr zwei seid von der gleichen Sorte, sagt er. Versucht ein Mann, mal bißchen nett zu sein, dann springt ihr ihm gleich ins Gesicht.

Ich verfluch dich, sag ich.

Was soll das heißen? sagt er.

Ich sag, so lang, bis du mir recht tust, soll alles auseinanderbröckeln, wenn dus anlangst.

Er lacht. Wer glaubst denn du, daß du bist? sagt er. Du kannst doch keinen verfluchen. Du bist schwarz, du bist arm, du bist häßlich, du bist eine Frau. Verdammt noch mal, sagt er, du bist nix, überhaupt nix!

So lang, bis du mir recht tust, sag ich, soll dir alles mißlingen, auch wenn du nur davon träumst. Ich gebs ihm orntlich, grad, wie mirs kommt. Und es kommt mir wie von den Bäumen runter.

Wer hat denn so was je gehört, sagt Mr. - - -. Dir hab ich wohl den Arsch noch nich genug poliert.

Jeden Schlag, den du mir verpaßt hast, wirst du doppelt spüren, sag ich. Dann sag ich, jetzt hörst du besser auf mit Reden, weil alles, was ich dir sag, das hab ich nich von mir allein. Wenn ich den Mund auftu, da strömt die Luft rein und macht Wörter.

Teufel auch, sagt er, ich hätt dich einsperren sollen. Dich nur zum Arbeiten rauslassen.

Das Loch, was du für mich ausdenkst, da wirst du selbst drin modern, sag ich.

Shug kommt her, wo wir reden. Sie wirft nur einen Blick auf mein Gesicht und sagt, Celie! Dann dreht sie sich zu Mr. - - -. Hör auf, Albert, sagt sie. Sag nix mehr. Du machst dirs nur selbst noch schwerer.

Der werd ichs zeigen! sagt Mr. --- und will auf mich stürzen. Ein Staubteufel fliegt die Veranda rauf und zwischen uns und macht mir den Mund voll Dreck. Der Dreck sagt, alles, was du mir tust, kriegst du zurück.

Dann merk ich, daß Shug mich schüttelt. Celie, sagt sie. Und ich komm zu mir.

Ich bin arm, ich bin schwarz, vielleicht bin ich häßlich und kann nich kochen, sagt eine Stimme zu allem, was zuhört. Aber ich bin da.

Amen, sagt Shug. Amen, amen.

Liebe Nettie,

und wie es in Memphis is? Shug ihr Haus is groß und rosa und sieht aus wie so ne Art Scheune. Außer daß da, wo man das Heu hintun würde, Schlafzimmer und Klos sind und ein großer Ballsaal, da arbeitet sie manchmal mit ihrer Band. Sie hat eine Masse Gelände ums Haus rum und einen Haufen Denkmäler und einen Springbrunnen draußen vor. Sie hat Steinfiguren von Leuten, von denen hab ich noch nie was gehört, und ich hoff, daß ich die nie seh. Sie hat einen ganzen Haufen Elefanten und überall Tauben. Paar groß, paar klein, manche im Brunnen, manche unter den Bäumen. Tauben und Elefanten. Und im ganzen Haus. Die Vorhänge haben Elefanten drauf und die Decken auf den Betten Tauben.

Shug hat mir ein großes Schlafzimmer nach hinten raus gegeben, von wo man auf den Hof und die Büsche unten beim Bach kuckt. Ich weiß, daß du an die Morgensonne gewöhnt bist, sagt sie.

Ihr Zimmer is grad gegenüber von meinem, im Schatten. Sie arbeitet bis spät, schläft spät, steht spät auf. Keine Tauben oder Elefanten auf ihren Schlafzimmermöbeln, aber paar Statuen, übers Zimmer verstreut. Sie schläft in Seide und Satin, sogar das Bettzeug. Und das Bett is rund!

Ich hab mir ein rundes Haus bauen wollen, sagt Shug, aber alle haben so getan, wie wenn das rückständig wär. Man kann keine

Fenster in ein rundes Haus setzen, haben die gesagt. Ich hab mir trotzdem meine Pläne gemacht. Eines Tages ... sagt sie und zeigt mir das Papier.

Es is ein großes, rundes, rosa Haus, sieht aus wie so eine Art Frucht. Es hat Fenster und Türen und eine Menge Bäume drum rum. Aus was isses denn gemacht? frag ich.

Lehm, sagt sie. Aber Beton geht auch. Ich denk mir, man könnt für jeden Teil die Formen machen, den Beton reingießen, hart werden lassen, die Form wegschlagen, die Teile irgendwie zusammenkleben, und dann hätt man das Haus.

Na ja, mir gefällt das hier, was du hast, sag ich. Das da sieht bißchen klein aus.

Es is nich schlecht, sagt Shug. Ich komm mir nur komisch vor, wenn ich in was Viereckigem wohn. Wenn ich selbst viereckig wär, könnt ichs besser vertragen, sagt sie.

Wir reden viel über Häuser. Wie sie gebaut sind, was für ein Holz die Leute nehmen. Reden drüber, wie man das Äußere um das Haus rum zu was machen kann, was man benützt. Ich setz mich auf das Bett und fang an, eine Art Ring aus Holz um ihr Betonhaus zu malen. Da kannst du dich draufsetzen, sag ich, wenn du keine Lust mehr hast, im Haus drin zu sein.

Ja, sagt sie, komm, wir machen eine Plane drüber. Sie nimmt den Stift und legt den Holzring in den Schatten.

Da kommen Blumenkästen hin, sagt sie und malt ein paar.

Mit Geranien drin, sag ich und mal ein paar.

Und ein paar Steinelefanten hierhin, sagt sie.

Und so ein, zwei Tauben hierhin.

Und wie wissen wir, daß du auch hier wohnst? fragt sie.

Enten! sag ich.

Wie wir fertig sind, sieht unser Haus aus, als könnt es schwimmen oder fliegen.

Keiner kocht wie Shug, wenn sie kocht.

Sie steht früh am Morgen auf und geht auf den Markt. Kauft nur ganz frische Sachen. Dann kommt sie heim und sitzt auf der Hintertreppe und summt und pult Erbsen aus oder putzt Kohl oder Fisch oder was sie sonst gekauft hat. Dann bringt sie ihre ganzen Töpfe auf einmal in Aktion und dreht das Radio an. Um eins is alles fertig, und sie ruft uns zum Essen. Schinken und Gemüse und Hähnchen und Maisfladen. Kutteln, schwarzäugige Erbsen und Pökelfleisch. Eingelegte Gumboschoten und Wassermelonenschale. Karamelpudding und Brombeerkuchen.

Wir essen und essen und trinken ein bißchen süßen Wein und Bier auch.

Dann gehn Shug und ich rüber in ihr Zimmer, uns lang ausstrekken, und hören Musik, bis das ganze Essen sich setzen kann. Es is kühl und dunkel in ihrem Zimmer. Ihr Bett is weich und schön. Wir liegen da, mit den Armen umeinander. Manchmal liest Shug die Zeitung vor. Die Nachrichten klingen immer verrückter. Leute, die sich aufregen und kämpfen und mit Fingern auf andre Leute zeigen und kein bißchen den Frieden suchen. Die Leute sind nich gescheit, sagt Shug. Verrückter gehts nich. Nix, was so verrückt gebaut is, hält. Hör doch, sagt sie. Da machen sie einen Damm, daß sie einen Indianerstamm überschwemmen können, der seit ewig da wohnt. Und kuck dir das an, da machen sie einen Film von dem Mann, der die ganzen Frauen umgebracht hat. Der gleiche Mann, der den Killer spielt, spielt auch den Priester. Und kuck dir die Schuhe an, die sie jetzt machen, sagt sie. Versuch mal, eine Meile in einem Paar zu laufen, sagt sie. Da hinkst du den ganzen Weg heim. Und da siehst du, was sie mit dem Mann machen wollen, der das Paar aus China totgeschlagen hat. Nix, gar nix.

Ja, sag ich, aber paar Sachen sind auch schön.

Stimmt, sagt Shug und dreht die Seite um. Mr. und Mrs. Hamilton Hufflemeyer beehren sich, die Heirat ihrer Tochter June Sue anzuzeigen. Die Morrisens aus der Endover Road veranstalten ein geselliges Beisammensein für die Episkopalkirche. Mrs. Herbert Edenfail hat letzte Woche die Adirondacks besucht, um ihre leidende Mutter zu sehen, die frühere Mrs. Geoffrey Hood.

Die ganzen Gesichter sehen ja ganz schön glücklich aus, sagt Shug. Breit und fleischig. Augen, klar und unschuldig, wie wenn sie die andern Gauner da auf der Vorderseite nich kennen. Aber das sind genau die gleichen, sagt sie.

Aber dann bald, wenn sie ein großes Essen gekocht und einen Wirbel ums Hausputzen gemacht hat, geht Shug wieder an die Arbeit. Das heißt, sie denkt überhaupt nich dran, was sie ißt.

Denkt überhaupt nich dran, wo sie schläft. Dann is sie wochenlang an einem Stück unterwegs, kommt heim mit trüben Augen, fauligem Mundgeruch, mit Übergewicht und total schmierig. Kaum mal einen Ort zum Anhalten und Waschen, besonders die Haare, gibts unterwegs.

Laß mich doch mitgehn, sag ich. Ich kann dir die Kleider bügeln und die Haare machen. Es wär wie in alten Zeiten, wie du bei Harpo gesungen hast.

Sie sagt nä. Sie kann tun, wie wenn sie sich nich langweilt vor einem Publikum von Fremden, wo viele davon weiß sind, aber sie hätt nich die Nerven, vor mir zu schauspielern.

Außerdem, sagt sie. Du bist nich mein Dienstmädchen. Ich hab dich nich her nach Memphis gebracht, daß du das bist. Ich hab dich hergebracht, daß ich dich lieben kann und dir helfen, auf eigene Füße zu kommen.

Und jetzt is sie unterwegs für zwei Wochen, und ich und Grady und Squeak klappern im Haus rum und kucken, daß wir mit unserm Kram zurechtkommen. Squeak is bei einer Menge Klubs gewesen, und Grady hat sie hingebracht. Und dann macht er scheints bißchen Landwirtschaft ums Haus rum.

Ich sitz im Eßzimmer und näh eine Hose nach der andern. Ich hab schon Hosen in jeder Farbe und Größe unter der Sonne. Seit wir zu Haus angefangen haben mit dem Hosennähen, kann ich nich mehr aufhören. Ich nehm andren Stoff, ich veränder das Muster, ich veränder den Bund. Ich veränder die Tasche. Ich veränder den Saum, ich veränder die Beinweite. Ich näh so viele Hosen, daß Shug mich aufzieht. Ich wußt nich, was ich da in Gang gesetzt hab, sagt sie und lacht. Hosen über ihren ganzen Stühlen, überall vorm Geschirrschrank. Zeitungsschnittmuster und Stoff auf dem ganzen Tisch und auf dem Boden. Sie kommt heim, küßt mich, steigt über das ganze Wirrwarr drüber. Sagt, bevor sie wieder geht, wieviel Geld, glaubst du, brauchst du diese Woche?

Und dann hab ich eines Tages die perfekte Hose genäht. Für meine Sugar natürlich. Sie is aus weichem, dunkelblauem Jersey mit winzigen Fleckchen in Rot. Aber, was so gut dran is, die is total bequem. Weil Shug unterwegs eine Masse ißt und trinkt, bläht sich ihr Bauch. Da kann man die Hose weiter machen, ohne daß es der Form was schadet. Weil sie ihr Zeug immer einpacken muß und gegen das Knittern kämpfen, is die Hose hier weich und knautscht fast gar nich, und die kleinen Figürchen im Stoff sehen immer munter und lustig aus. Und am Knöchel is sie weit und rund, und wenn sie da drin singen will und sie wie so ne Art langes Kleid tragen, dann kann sie das auch. Und außerdem noch, wenn Shug die anzieht, da gehn dir die Augen über.

Miss Celie, sagt sie, du bist ein echtes Wunder zum Staunen. Ich kuck nach unten. Sie rennt durchs Haus und kuckt sich in allen Spiegeln an. Egal, wie sie kuckt, sie sieht toll aus. Ihr wißt doch, wie das is, wenn man nix zu tun hat, sag ich, wie sie bei Grady und Squeak von ihren Hosen schwärmt. Ich sitz da und denk, wie ich Geld verdienen kann, und kaum daß ichs merk, bin ich schon an der nächsten Hose.

Aber jetzt sieht Squeak ein Paar, und das gefällt ihr. O Miss Celie, sagt sie. Kann ich die anprobieren?

Sie zieht eine an, mit Farben wie der Sonnenuntergang. Orange, mit so bißchen gräulich gefleckt. Sie kommt wieder und sieht ganz toll aus. Grady kuckt sie an, wie wenn er sie fressen will.

Shug befingert die Stoffstücke, die ich über allem hängen hab. Alles is weich, fließend, üppig und fängt das Licht. Das is was andres wie der steife Armeemist, wo wir mit angefangen haben, sagt sie. Du solltest ein besondres Paar machen zum Jack Zeigen und Dankschönsagen.

Wieso sagt sie das. Die nächste Woche renn ich in den Läden rum und geb noch mehr von Shug ihrem Geld aus. Ich sitz da und kuck raus auf den Hof und versuch, in meinem Kopf zu sehen, wie eine Hose für Jack sein muß. Jack is groß und nett und redet kaum was. Mag Kinder. Achtet seine Frau Odessa und Odessa ihre Amazonenschwestern. Wenns was gibt, was sie machen will, is er immer da. Redet aber nie viel dabei. Das is das Wichtigste. Und dann is mir im Sinn, wie er mich mal angefaßt hat. Hat sich angefühlt, wie wenn seine Finger Augen haben. Hat sich angefühlt, wie wenn er mich ganz und gar kennt, dabei hat er nur meinen Arm angerührt, oben bei der Schulter.

Ich fang an mit der Hose für Jack. Sie muß kamelfarbig sein. Und weich und stark. Und sie muß große Taschen haben, wo er viele Kindersachen drin haben kann. Marmeln und Schnur und Pennies und Steine. Und waschen muß man sie können, und sie muß an den Beinen enger anliegen wie Shug ihre, daß er rennen kann, wenn er ein Kind schnell vor was wegziehen muß. Und sie muß so sein, daß er sich drin zurücklehnen kann, wenn er vorm Feuer Odessa im Arm hat. Und …

Ich träum und träum und träum von Jacks Hose. Und schneid zu und näh. Und bin fertig. Und schick sie weg.

Das nächste, was ich hör, is, Odessa will eine.

Dann will Shug noch zwei Paar, genau wie die erste. Dann wollen alle von ihrer Band eine. Dann kommen Bestellungen von überall, wo Shug singt. Bald kann ich mich nich mehr retten.

Einen Tag, wie Shug heimkommt, sag ich, weißt du, ich mach das ja unheimlich gern, aber jetzt muß ich bald raus und Geld verdienen. Das hält mich ja scheints nur ab.

Sie lacht. Dann machen wir ein paar Anzeigen in die Zeitung, sagt sie. Und dann gehn wir mit deinen Preisen ein orntliches Stück hoch. Und dann machen wir gleich weiter und geben dir das Eßzimmer hier als Fabrik und holen noch ein paar Frauen her zum Zuschneiden und Nähen, und du kannst dich gemütlich zurücklehnen und entwerfen. Du verdienst deinen Lebensunterhalt doch schon, Celie, sagt sie. Mädchen, du bist auf dem richtigen Weg.

Nettie, ich mach Dir eine Hose gegen die Hitze in Afrika. Weich, weiß, dünn. Bund mit Gummizug. Dann is Dir nie mehr heiß und wie falsch angezogen. Ich hab vor, alles mit der Hand zu machen. Jeder Stich, den ich näh, is ein Kuß.

Amen
Deine Schwester Celie
Hosen für Menschen GmbH
Sugar Avery Drive
Memphis, Tennessee

Liebe Nettie,

ich bin so glücklich. Ich hab Liebe, ich hab Arbeit, ich hab Geld und Freunde und Zeit. Und du lebst noch und kommst bald heim. Mit unsern Kindern.

Jerene und Darlene kommen jetzt, mir im Geschäft helfen. Die sind Zwillinge. Warn nie verheiratet. Nähen wahnsinnig gern.

Plus, daß Darlene probiert, mir richtig Sprechen beizubringen. Sie sagt, ALS WIE is nich so toll. Klingt nach Landpomeranze. Wenn du ALS WIE sagst, wo die meisten als sagen, sagt sie, da glauben die Leute, du bist doof. Die Farbigen denken, du bist ein Bauerntrampel, und die Weißen lachen sich eins.

Is mir egal, sag ich. Ich bin glücklich.

Aber sie sagt, ich wär noch glücklicher, wenn ich sprech, wie sie spricht. Mich kann nix glücklicher machen, als wie daß ich dich wiederseh, denk ich, aber sagen tu ich nix. Jedesmal, wo ich was sag, wie ichs sag, verbesserts sie, bis ichs anders sag. Bald kommt mirs so vor, wie wenn ich nich mehr denken kann. Mein Kopf läuft hinter einem Gedanken her, wird durcheinander, läuft zurück und macht sich dann ganz klein.

Bist du sicher, daß es das wert is, frag ich.

Jaja, sagt sie. Bringt mir einen Haufen Bücher. Lauter weiße Leute drin, die reden von Äpfeln und Hunden.

Was soll ich mit Hunden? denk ich.

Darlene probierts weiter. Denk doch mal, wie Shug sich freut, wenn du gebildet bist, sagt sie. Dann brauch sie sich nich scheniern, dich wo mit hinzunehmen.

Shug scheniert sich überhaupt nich, sag ich. Aber sie glaubt nich, daß das die Wahrheit ist. Sugar, sagt sie, wie Shug an einem Tag heimkommt, denkst du nich, daß es schön wär, wenn Celie anständig sprechen könnt?

Shug sagt, wegen mir kann sie Zeichensprache sprechen. Sie macht sich eine schöne Tasse Kräutertee und redet einfach von ihren Haaren und vom heiß Ölen.

Aber ich laß Darlene ruhig weiterackern. Manchmal denk ich an die Äpfel und Hunde, manchmal nich. Mir kommts vor, wie wenn bloß ein Idiot gern so reden würd, daß es ihm im Kopf komisch vorkommt. Aber sie is lieb und kann gut nähen, und wir brauchen was zum Durchhecheln bei der Arbeit.

Ich mach grad die Hose für Sofia. Ein Bein is lila, ein Bein rot. Ich hab geträumt, daß Sofia so eine Hose angehabt hat, wie sie einmal über den Mond gesprungen is.

Amen

Deine Schwester Celie

Liebe Nettie,

wie ich zu Harpo und Sofia ihrem Haus runtergelaufen bin, wars wie in alten Zeiten. Außer daß das Haus neu is, unter dem Juke-Box-Schuppen, und daß es viel größer is wie vorher. Aber ich fühl mich auch anders. Seh anders aus. Ich hab eine dunkelblaue Hose an und ein weißes Seidenhemd, sauber und orntlich sieht das aus. Kleine, rote, flache Slipper und eine Blume im Haar. Ich bin an Mr. - - - seinem Haus und ihm selbst auf der Veranda vorbeigegangen, und er hat nich gewußt, wer ich bin.

Grad, wie ich die Hand heb zum Klopfen, hör ich ein Krachen. Klingt wie ein Stuhl, der umfliegt. Dann hör ich Streit.

Harpo sagt, wer in aller Welt hat schon mal was von Frauen als Sargträger gehört. Mehr will ich ja gar nich sagen.

Gut, sagt Sofia, jetzt hast dus ja gesagt. Dann kannst du jetzt den Mund halten.

Ich weiß, daß sie deine Mutter is, sagt Harpo. Aber trotzdem. Hilfst du uns jetzt oder nich? sagt Sofia.

Wie sieht denn das bloß aus? sagt Harpo. Ein Sarg und drunter drei große, dicke Frauen, wo aussehn, wie wenn sie an den Kochtopf gehörn.

Drei von unsern Brüdern sind doch auch dabei, auf der andern Seite, sagt Sofia. Die sehn dann wohl aus wie frisch vom Feld.

Aber die Leute sind dran gewöhnt, daß Männer so was machen. Frauen sind schwächer, sagt er. Oder die Leute denken, sie sind schwächer, und sagen, sie sind schwächer. Frauen solln sich schonen.

Heulen meinetwegen. Nich in die Hände spucken und zupakken.

In die Hände spucken und zupacken, sagt Sofia. Die Frau is tot! Ich kann heulen und mich schonen *und* einen Sarg hochheben. Und ob du uns jetzt hilfst oder nich mit dem Essen und den Stühlen und dem Leichenschmaus danach, genau das tu ich.

Es wird ganz still. Nach einer Weile sagt Harpo ganz leis zu Sofia, warum bist du bloß so, hm? Warum glaubst du immer, du mußt deinen eignen Kopf durchsetzen? Ich hab deine Mama mal gefragt, wie du im Knast warst.

Was hat sie gesagt? fragt Sofia.

Sie hat gesagt, deine Art is genausogut wie jedem andern seine. Und außerdem is es deine.

Sofia lacht.

Ich weiß, ich komm ungelegen, aber ich klopf trotzdem.

Oh, Miss Celie, sagt Sofia und reißt das Fliegengitter auf. Siehst du mal gut aus. Sieht sie nich gut aus, Harpo? Harpo starrt mich an, wie wenn er mich noch nie gesehn hätt.

Sofia drückt mich ganz fest und gibt mir einen Kuß auf die Backe. Wo is denn Miss Shug? fragt sie.

Die is unterwegs, sag ich. Aber es hat ihr so leid getan, wie sie gehört hat, daß deine Mama von euch gegangen is.

Na, sagt Sofia, Mama hat jedenfalls immer den guten Kampf gekämpft. Wenns so was gibt wie die himmlische Herrlichkeit, dann is sie jetzt mitten drin.

Wie gehts dir, Harpo? frag ich. Immer noch am Essen?

Er und Sofia lachen.

Mary Agnes hat wohl nich mitkommen können, sagt Sofia. Sie war grad vor einem Monat hier. Du solltst sie und Suzie Q. sehn!

Nä, sag ich. Jetzt hat sie ja endlich regelmäßig Arbeit. Singt in ein paar Klubs in der Stadt. Die Leute mögen sie unheimlich.

Suzie Q. is so stolz auf sie, sagt sie. Findet toll, wie sie singt. Findet ihr Parfum toll. Findet ihre Kleider toll. Findet es toll, Hüte und Schuhe von ihr anzuziehn.

Wie gehts ihr in der Schule, frag ich.

Ach gut, sagt Sofia. Messerscharfer Verstand. Wie sie drüber weg war und nich mehr sauer, daß ihre Mutter sie allein gelassen hat, und wie sie rausgekriegt hat, daß ich Henriettas richtige Mama bin, ging alles gut. Sie liebt Henrietta heiß und innig.

Und wie gehts Henrietta?

Bös is sie, sagt Sofia. So n kleines Gesicht und immer wie Gewitter. Vielleicht wächst sichs aus. Ihr Daddy hat vierzig Jahre gebraucht, bis er gelernt hat, nett zu sein. Er ist zu seiner eignen Mutter immer gemein gewesen.

Seht ihr ihn oft? frag ich.

Vielleicht so oft wie Mary Agnes, sagt Sofia.

Mary Agnes is nich, wie sie war, sagt Harpo.

Wie meinst du das? frag ich.

Ich weiß nich, sagt er. Sie is unstet. Sie redet, wie wenn sie betrunken is. Und wenn sie sich umdreht, siehts immer aus, wie wenn sie Grady sucht.

Die rauchen beide Mengen Haschisch, sag ich.

Haschisch? sagt Harpo. Was soll denn das sein?

Es macht, daß du dich gut fühlst. Es macht, daß du Visionen siehst. Es macht, daß die Liebe zu dir runterkommt. Aber wenn du zuviel rauchst, wirst du schwachsinnig. Durcheinander. Dann brauchst du immer jemand zum Festhalten. Grady baut es in seinem Hof an, sag ich.

Da hab ich nie was von gehört, sagt Sofia. Das wächst in der Erde?

Wie Unkraut, sag ich. Grady hat einen halben Morgen damit voll.

Wie groß wird das? fragt Harpo.

Groß, sag ich. Weit über meinen Kopf. Und dicht.

Und welchen Teil raucht man?

Die Blätter, sag ich.

Und die rauchen das alles? fragt er.

Ich lach. Nä, das meiste verkauft er.

Hast dus probiert? fragt er.

Jaha, sag ich. Er rollts in Zigaretten und verkauft sie für zehn Cent. Gibt schlechten Atem, sag ich, aber wollt ihr mal eine probieren?

Nich, wenn man von bekloppt wird, sagt Sofia. Es is grad schwer genug, sich durchzuboxen, ohne daß man ein Idiot is.

Ich mag Whiskey, sag ich. Du mußt nur der Stärkere bleiben. Ein kleines Gläschen hier und da hat noch keinem geschadet, aber wenn du nix mehr anfängst, ohne daß du die Flasche brauchst, hockst du in der Patsche.

Rauchst du das viel, Miss Celie, fragt Harpo.

Seh ich aus wie ein Idiot? frag ich. Ich rauchs, wenn ich mit Gott sprechen will. Ich rauchs, wenn ich lieben will. Aber seit kürzlich hab ich das Gefühl, daß ich und Gott uns ganz gut lieben. Ob ich jetzt Haschisch rauch oder nich.

Miss Celie, sagt Sofia. Schockiert.

Na, Mädchen, sag ich zu Sofia, Gott weiß schon, wie ichs mein.

Wir sitzen um den Küchentisch und stecken uns eine an. Ich zeig ihnen, wie sie die Luft einziehen müssen. Harpo würgt. Sofia erstickt fast.

Nach ner Weile sagt Sofia. Das is komisch. Das Summen hab ich noch nie gehört.

Was für Summen? fragt Harpo.

Hör doch, sagt sie.

Wir sind ganz still und horchen. Und da hören wirs wirklich, ammmmmmmmmmmm.

Wo kommt das her, fragt Sofia. Sie steht auf und geht vor die Tür kucken. Nix is da. Das Geräusch wird lauter. Ammmmmmmm. Harpo geht aus dem Fenster kucken. Nix da draußen, sagt er.

Das Summen macht ammmmmmmmm.

Ich glaub, ich weiß, was es is, sag ich.

Sie sagen, was?

Ich sag, alles.

Jaha, sagen sie. Das gibt einen Sinn.

Na, sagt Harpo bei der Beerdigung, da kommen die Amazonen.

Ihre Brüder sind doch auch dabei, flüster ich zurück. Und was sagst du zu denen?

Ich weiß nich, sagt er. Die drei sind immer auf der Seite von ihren verrückten Schwestern gewesen. Da hat sie bisher nix weggebracht. Ich frag mich, was die Frauen von denen mitmachen müssen.

Alle marschieren so fest herein, daß die Kirche bebt, und setzen Sofia ihre Mutter vor der Kanzel ab.

Die Leute weinen und wedeln sich Luft zu und kucken nach ihren Kindern, aber auf Sofia und ihre Schwestern starren tun sie nich. Sie tun, wie wenns so is, wies immer is. Ich mag die Leute.

Amen

Liebe Nettie,

das erste, was mir an Mr. --- auffällt, is, wie sauber er is. Seine Haut glänzt. Sein Haar is zurückgekämmt.

Wie er am Sarg vorbeigeht und Sofia ihrer Mutter letztes Lebewohl sagt, bleibt er stehen, flüstert ihr was zu. Auf dem Weg an seinen Platz zurück kuckt er zu mir rüber. Ich nehm meinen Fächer hoch und kuck in die andre Richtung.

Wir gehn zurück zu Harpo seinem Haus nach der Beerdigung.

Ich weiß, du wirsts nich glben, Miss Celie, sagt Sofia, aber Mr. --- tut, wie wenn er fromm werden will.

So ein Teufel, wie der is, sag ich, da wirds wohl beim Wollen bleiben.

Er geht nich in die Kirche oder so, aber er is nich mehr so fix mit dem Lästern. Und hart arbeiten tut er auch.

Was? sag ich. Mr. --- und arbeiten?

Doch, das tut er. Er is draußen auf dem Feld von Sonnenaufgang bis Sonnenuntergang. Und putzt sein Haus wie eine Frau.

Kocht sogar, sagt Harpo. Und wäscht sogar ab, wenn er fertig is.

Nä, sag ich, ihr seid wohl noch high.

Aber er redet nich viel und sieht nich viel Leute, sagt Sofia.

Klingt mir wie der reinbrechende Wahnsinn, sag ich.

In dem Moment kommt Mr. --- her.

Wie gehts, Celie, sagt er.

Gut, sag ich. Ich kuck ihm in die Augen und seh, daß er Angst vor mir hat. Na gut, denk ich, soll er spüren, was ich gespürt hab.

Is Shug diesmal nich mitgekommen? sagt er.

Nä, sag ich. Sie muß arbeiten. Tut ihr aber leid wegen Sofia ihrer Mutter.

Allen tut das leid, sagt er. Wer Sofia auf die Welt gebracht hat, hat schon was gebracht.

Ich sag nix.

Aber schön war die Beerdigung, sagt er.

Ganz bestimmt, sag ich.

Und so viele Enkel, sagt er. Na ja, zwölf Kinder und alle so eifrig am Vermehren. Da reicht die Familie, daß die Kirche voll wird.

Ja, sag ich. Da hast du recht.

Wie lang bleibst du, sagt er.

Vielleicht ne Woche, sag ich.

Hast du gewußt, daß Harpo und Sofia ihr kleines Mädchen so krank is? sagt er.

Nä, hab ich nich, sag ich. Ich zeig auf Henrietta, mitten zwischen den Leuten. Da is sie ja, da drüben, sag ich. Die sieht doch prima aus.

Ja, aussehn tut sie prima, sagt er, aber sie hat so eine Blutkrankheit. Da klumpt sich das Blut in den Adern zusammen, da wirds ihr hundeelend. Ich glaub nich, daß sies durchsteht, sagt er.

Ach du grundgütiger Himmel, sag ich.

Genau, sagt er. Und für Sofia is das vielleicht ein Kreuz. Die muß immer noch bei ihrm weißen Ziehkind anpacken. Wo da die Mutter jetzt tot is. Und selber is sie auch nich so gut beinander. Plus, daß Henrietta ein harter Brocken is, egal, ob jetzt gesund oder krank.

Ja, die is schon eine Nervensäge, sag, ich. Dann muß ich an einen von Nettie ihren Briefen denken, über die Krankheiten von den Kindern in Afrika. Kommt mir vor, wie wenn sie was von Blutklümpchen geschrieben hat. Ich versuch, mich zu erinnern, was sie gesagt hat, was die Afrikaner tun, aber es fällt mir nich ein. Daß ich hier mit Mr. --- red, is so ein Schock, daß ich nix denken kann. Nich mal, was ich noch sagen soll.

Mr. --- steht da und wartet, daß ich was sag, und kuckt zu seinem Haus rauf. Am Schluß sagt er guten Abend und geht weg.

Sofia sagt, wie ich weggegangen bin, hat Mr. --- wie in einem Saustall gelebt. Hat sich so im Haus eingeschlossen, daß es gestunken hat. Hat keinen reinlassen wollen, bis Harpo mit Gewalt rein is. Der hat geputzt und was zum Essen hergeschafft. Hat seinen Daddy gebadet. Mr. --- is zu schwach zum Wehren gewesen. Und schon so weit, daß es ihm egal war.

Er hat nich schlafen können sagt sie. Nachts hat er gedacht, daß er Schläge an der Tür hört. Und was im Kamin klappern. Und das Schlimmste war, daß er seinem eignen Herz hat zuhören müssen. Solang es hell war, gings ja noch, aber sowie die Nacht gekommen is, hat es verrückt gespielt. Hat so laut geschlagen, daß die Wände gewackelt haben. Wie Trommeln hat es geklungen. Harpo is in der Nacht oft raufgegangen, bei ihm schlafen, sagt Sofia. Mr. --- is in der Ecke von seinem Bett zusammengekauert gewesen. Die Augen auf die Möbel geheftet, hat gekuckt, ob sie auf ihn zukommen. Du weißt ja, wie klein er is. Und wie mächtig und dick Harpo. Na ja, einmal bin ich nachts rauf, weil ich Harpo was sagen wollt, und da sind die beiden auf dem Bett gelegen und haben fest geschlafen, und Harpo hat seinen Daddy in den Armen gehabt.

Nach dem hab ich wieder ein Gefühl für Harpo gehabt, sagt Sofia. Und dann haben wir bald angefangen mit der Arbeit am neuen Haus. Sie lacht. Aber hab ich gesagt, daß es leicht war? Gott würd mich strafen für so eine Lüge.

Und wie kams, daß ers dann gepackt hat? frag ich.

Ach, sagt sie, Harpo hat ihn dazu gebracht, daß er dir die restlichen Briefe von deiner Schwester schickt. Direkt danach gings ihm besser. Du weißt doch, daß Bosheit einen umbringt, sagt sie.

Amen

Liebste Celie,

ich habe gehofft, daß ich jetzt schon zu Hause wäre. Dir ins Gesicht sehen würde und sagen, Celie, bist Du es wirklich? Ich habe versucht, mir vorzustellen, was die Jahre Dir an Pfunden und Falten gebracht haben – oder wie Du die Haare hast. Aus einem mageren, harten kleinen Etwas bin ich ziemlich rundlich geworden. Und mein Haar ist schon zum Teil grau! Aber Samuel sagt, er liebt mich auch rundlich und grau. Überrascht Dich das?

Wir haben im letzten Herbst in England geheiratet, wo wir versucht haben, von den Kirchen und der Missionsgesellschaft Unterstützung für die Olinka zu bekommen.

Solange sie konnten, beachteten die Olinka die Straße und die weißen Straßenbauer, die ankamen, einfach nicht. Aber schließlich mußten sie sie doch wahrnehmen, denn das erste, was die Bauarbeiter den Leuten sagten, war, daß sie woanders hinziehen müßten. Die Bauleute wollten das Dorf zum Hauptquartier für die Gummiplantage machen. Es ist Meilen im Umkreis der einzige Ort mit einem beständigen Vorrat von frischem Wasser.

Mit Gewalt und unter Protesten siedelte man die Olinka, zusammen mit ihren Missionaren, auf einem öden Landstrich an, der sechs Monate im Jahr kein Wasser hat. Während der Zeit müssen sie Wasser von den Pflanzern kaufen. Während der Regenzeit fließt ein Fluß, und sie versuchen, in die Felsen in der Nähe Löcher zu graben, um Zisternen anzulegen. Bisher sammeln sie Wasser in leeren Ölfässern, die die Bauleute mitgebracht haben.

Aber das Entsetzlichste, was geschah, hatte mit dem Dachblatt zu tun, das die Leute hier, ich hab Dir das sicher geschrieben, wie einen Gott anbeten und das sie benützen, um ihre Hütten zu dekken. Also, die Pflanzer stellten auf diesem Stück Ödland Arbeiterbaracken auf. Eine für die Männer und eine für die Frauen und Kinder. Weil aber die Olinka schworen, sie würden in keinem Gebäude leben wollen, das nicht mit ihrem Gott, dem Dachblatt, gedeckt sei, ließen die Bauleute die Baracken ungedeckt. Dann pflügten sie weiter das Olinka-Dorf und alles drum herum im Umkreis von Meilen um. Einschließlich der letzten paar Stengel Dachblatt.

Nach fast unerträglichen Wochen in der heißen Sonne weckte uns eines Morgens das Geräusch eines großen Lastwagens, der in das Barackenlager hereinfuhr. Er war voller Wellblechplatten. Celie, wir mußten für das Blech bezahlen! Und das erschöpfte die mageren Ersparnisse der Olinka und fraß fast das ganze Geld auf, das Samuel und ich gespart hatten für die Ausbildung der Kinder, wenn wir nach Hause zurückkommen.

Denn das planen wir schon Jahr für Jahr, seit Corrine gestorben ist, um dann festzustellen, daß wir uns nur immer tiefer in die Probleme der Olinka verstricken. Es gibt nichts Häßlicheres als Wellblech, Celie. Und während sie sich damit abmühten, aus diesem kalten, harten, glänzenden, häßlichen Metall Dächer zu machen, erhoben die Frauen ein ohrenbetäubendes Wehklagen, das meilenweit von den Höhlenwänden widerhallte. Das war der Tag, an dem die Olinka endlich ihre vorläufige Niederlage einsehen mußten.

Obwohl die Olinka nichts mehr von uns erwarten, als daß wir ihre Kinder unterrichten – weil sie sehen, wie machtlos wir und unser Gott sind –, haben Samuel und ich beschlossen, nach dieser letzten Ungeheuerlichkeit etwas zu unternehmen, auch wenn viele der Leute, mit denen wir uns eng verbunden fühlten, weggelaufen sind, um sich den Mbeles oder Waldleuten anzuschließen, die tief im Dschungel leben und sich weigern, für die Weißen zu arbeiten oder sich von ihnen beherrschen zu lassen.

Also machten wir uns auf, mit den Kindern, nach England. Es war eine unglaubliche Reise, Celie, nicht nur, weil wir fast alles über die übrige Welt vergessen hatten, solche Sachen wie Schiffe und Kohlenfeuer und Straßenlaternen und Haferflocken, sondern weil mit uns auf dem Schiff die weiße Missionarin war, von der wir vor Jahren gehört hatten. Sie hat sich jetzt von der Missionsarbeit zurückgezogen und fuhr zurück nach England, um dort zu leben. Sie hatte einen kleinen Afrikanerjungen dabei, den sie als ihren Enkel vorstellte!

Natürlich war es unmöglich, die Gegenwart einer alternden weißen Frau, die von einem kleinen schwarzen Kind begleitet wurde, zu übersehen. Das Schiff war hell entsetzt. Jeden Tag ging sie mit dem Kind allein übers Deck, und Gruppen von Weißen verfielen in Schweigen, wenn sie vorbeigingen.

Sie ist eine muntere, sehnige, blauäugige Frau mit Haaren wie Silber und trockenes Gras. Ein kurzes Kinn, und wenn sie redet, klingt es, als wenn sie gurgelt.

Ich geh auf die fünfundsechzig zu, erzählte sie uns, als wir einmal beim Abendessen an einem Tisch mit ihr saßen.

Bin den größten Teil meines Lebens in den Tropen gewesen. Aber, sagte sie, ein großer Krieg wird kommen. Größer als der, den sie angefangen haben, als ich wegging. Das wird England zu schaffen machen, aber ich nehm an, wir werden es überleben. Den anderen Krieg habe ich nicht mitbekommen, sagte sie. Bei diesem hier hab ich vor, dabei zu sein.

Samuel und ich hatten eigentlich nie an Krieg gedacht.

Tja, sagte sie, in ganz Afrika findet man doch schon die Anzeichen. In Indien auch, denke ich. Zuerst wird eine Straße dahin gebaut, wo man sein Hab und Gut hat. Dann werden einem die Bäume weggeholt, für Schiffe und Kapitänsmöbel. Dann wird einem das Land mit etwas bebaut, was man nicht essen kann. Dann wird man gezwungen, es zu bearbeiten. Und das passiert in ganz Afrika, sagte sie. In Burma vermutlich auch.

Aber Harold hier und ich, wir haben beschlossen, uns abzusetzen, stimmts, Harry? sagte sie und gab dem kleinen Jungen einen Zwieback. Das Kind sagte nichts, sondern kaute nur nachdenklich an seinem Zwieback. Adam und Olivia nahmen ihn kurz danach mit auf Entdeckungsreise zu den Rettungsbooten.

Die Geschichte von Doris – Doris Baines, so heißt die Frau – ist interessant. Aber ich will Dich nicht so damit langweilen, wie wir uns am Schluß gelangweilt haben.

Sie wurde in einem sehr wohlhabenden Haus in England geboren. Ihr Vater war Lord Soundso. Sie gaben oder besuchten andauernd Gesellschaften, die keinen Spaß machten. Außerdem wollte sie Bücher schreiben. Ihre Familie war dagegen. Absolut. Man hoffte, daß sie heiraten würde.

Ich und heiraten! hat sie gestöhnt. (Sie hat wirklich die komischsten Ideen.)

Sie haben alles getan, um mich herumzukriegen, sagte sie. Sie können sich das nicht vorstellen. Ich habe in meinem ganzen Leben nicht mehr so viele milchgemästete junge Männer gesehen wie damals, als ich so neunzehn, zwanzig war. Und einer langweiliger als der andere. Kann etwas noch langweiliger sein als ein Engländer aus der Oberschicht? Sie erinnern einen so verdammt an Pilze. Ja, und so schnatterte sie weiter, endlose Abendessen hindurch, denn der Kapitän wies uns danach immer denselben Tisch zu. Anscheinend kam ihr die Idee, Missionarin zu werden, eines Abends, als sie sich für eine weitere langweilige Verabredung fertigmachte, in der Badewanne lag und dachte, ein Kloster wäre noch besser als das Schloß, in dem sie lebte. Dort könnte sie denken, dort könnte sie schreiben. Dort würde sie ihr eigener Herr sein. Aber, Moment mal. Als Nonne würde sie doch nicht ihr eigener Herr sein. Gott würde ihr Herr sein. Oder die Jungfrau Maria. Und die Äbtissin. Usw. Usw. Ja, aber als Missionarin! Weit fort in der Wildnis Indiens, allein! Das schien ihr die reine Wonne.

Und so begann sie, ein frommes Interesse an den Heiden zu pflegen. Nasführte ihre Eltern. Nasführte die Missionsgesellschaft, die so von ihrer Sprachbegabung begeistert war, daß sie nach Afrika geschickt wurde (so ein Pech!), wo sie anfing, Romane über alles mögliche zu schreiben.

Mein Schriftstellername ist Jared Hunt, sagte sie. In England und sogar in Amerika bin ich ein überwältigender Erfolg. Reich, berühmt. Ein exzentrischer Einsiedler, der seine Zeit damit verbringt, Großwild zu jagen.

Ja, fuhr sie mehrere Abende später fort, wahrscheinlich glauben Sie, daß ich mich um die Heiden nicht viel gekümmert habe. Sie haben mir gefallen, so, wie sie waren. Und mich haben sie anscheinend auch ganz gerne gemocht. Ich hab ihnen ja im Grunde eine Menge helfen können. Ich war schließlich Schriftstellerin, und ich habe für sie Seite um Seite gefüllt. Über ihre Kultur, ihr Verhalten, ihre Bedürfnisse, all das. Sie können sich nicht denken, wie wichtig es ist, gut zu schreiben, wenn man damit Geld machen will. Ich habe ihre Sprache fehlerlos sprechen gelernt, und um die Missionarsschnüffler im Hauptquartier abzuschütteln, habe ich ganze Berichte darin abgefaßt. Ich habe die Schatzkammern der Familie um nahezu eine Million Pfund angezapft, bevor ich überhaupt etwas von den Missionsgesellschaften oder reichen alten Freunden der Familie bekam. Ich habe ein Krankenhaus gebaut und eine weiterführende Schule. Ein College. Ein Schwimmbad – den einzigen Luxus, den ich mir gegönnt habe, weil man beim Schwimmen im Fluß den Attacken von Blutegeln ausgesetzt ist.

Sie können sich nicht vorstellen, wie friedlich das war! sagte sie beim Frühstück, auf halbem Weg nach England. Innerhalb von einem Jahr lief alles, was die Heiden und mich anging, wie am Schnürchen. Ich habe ihnen gleich am Anfang gesagt, daß ihre Seelen nicht meine Angelegenheit seien, daß ich Bücher schreiben und nicht gestört werden wollte. Für dieses Vergnügen war ich bereit zu zahlen. Und nicht schlecht.

In einem Ausbruch von Dankbarkeit beschenkte mich der Häuptling eines Tages – zweifellos, weil er es nicht anders wußte – mit ein paar Frauen. Ich nehme an, es wurde allgemein nicht geglaubt, daß ich eine Frau bin. In ihren Köpfen schien einige Unsicherheit darüber zu herrschen, was ich nun eigentlich war. Jedenfalls bildete ich die beiden jungen Mädchen aus, so gut ich konnte. Schickte sie nach England, natürlich, um Medizin und Landwirtschaft zu studieren. Hieß sie daheim willkommen, als sie wiederkamen, gab sie zwei jungen Männern aus der Gegend zu Ehefrauen und trat in die glücklichste Phase meines Lebens ein, als Großmutter ihrer Kinder. Ich muß schon sagen, strahlte sie, ich bin eine eins a Großmama geworden. Das hab ich von den Akweanern gelernt. Sie schlagen ihre Kinder nie. Sie schließen sie nie irgendwo in der Hütte ein. In der Pubertät schnipseln sie zwar ziemlich blutig an ihnen rum. Aber Harrys Mutter, die Ärztin, wird das alles ändern. Stimmts, Harold?

Jedenfalls, sagte sie, werde ich, wenn ich nach England komme, ihren verfluchten Übergriffen ein Ende setzen. Ich werd ihnen erzählen, was sie mit ihrer verfluchten Straße und ihren verfluchten Gummiplantagen und ihren verfluchten sonnenverbrannten, aber immer noch verflucht langweiligen englischen Pflanzern und Ingenieuren tun sollen. Ich bin eine sehr wohlhabende Frau, und mir gehört das Dorf Akwee.

Wir hörten meistens in mehr oder weniger respektvollem Schweigen zu. Die Kinder waren sehr von dem kleinen Harold eingenommen, obwohl er in unserer Gegenwart nie ein Wort sagte. Er schien seine Großmutter zu mögen und an sie gewöhnt zu sein, aber ihre Wortgewalt bewirkt bei ihm eine Art nüchtern beobachtende Sprachlosigkeit.

Mit uns ist er ganz anders, sagte Adam, der ein großer Kinderfreund ist und der, mit einer halben Stunde Zeit, an jedes Kind herankommt. Adam macht Witze, er singt, er kaspert herum und weiß Spiele. Und er hat meistens ein sonniges Lächeln – und wunderschöne, gesunde, afrikanische Zähne.

Wie ich jetzt über sein sonniges Lächeln schreibe, fällt mir auf, daß er seit Beginn dieser Reise ungewöhnlich finster ist. Interessiert und gespannt, aber eigentlich nicht sonnig, außer wenn er mit dem jungen Harold zusammen ist.

Ich muß Olivia fragen, was mit ihm los ist. Sie ist ganz aufgeregt beim Gedanken, wieder nach England zu kommen. Ihre Mutter hat ihr immer von den strohgedeckten Hütten der Engländer erzählt und wie sie sich von ihnen an die Dachblatthütten der Olinka erinnert fühlte. Aber sie sind viereckig, sagte sie immer. Eher wie unsere Kirche und unsere Schule, nicht wie unsere Hütten, was Olivia sehr seltsam fand.

Als wir nach England kamen, trugen Samuel und ich dem Bischof des englischen Zweigs unserer Kirche die Klagen der Olinka vor. Es war ein jüngerer Mann mit Brille, der dasaß und einen Stapel von Samuels Jahresberichten durchblätterte. Anstatt auch nur auf die Olinka einzugehen, wollte der Bischof wissen, wie lange Corrines Tod her ist und warum ich nicht, als sie gestorben ist, zurück nach Amerika gegangen bin.

Ich verstand wirklich nicht, worauf er hinauswollte.

Der äußere Schein, Miss ---, sagte er. Der äußere Schein. Was müssen denn die Eigenborenen denken?

Worüber denn? fragte ich.

Na, na, sagte er.

Wir sind wie Bruder und Schwester zueinander, sagte Samuel.

Der Bischof grinste. Ja, wirklich.

Ich spürte, wie mein Gesicht heiß wurde.

Da kam dann noch mehr aus dieser Richtung, aber warum soll ich Dich damit belasten? Du weißt, wie manche Leute sind, und der Bischof war einer von denen. Samuel und ich gingen, ohne ein weiteres Wort über die Probleme der Olinka.

Samuel war so wütend, daß ich Angst bekam. Er sagte, das einzige, was wir tun könnten, wenn wir in Afrika bleiben wollten, wäre, zu den Mbeles zu gehen und alle Olinka dazu aufzufordern, das gleiche zu tun.

Und wenn sie das nicht wollen? fragte ich. Viele sind zu alt, um zurück in den Wald zu ziehen. Viele sind krank. Die Frauen haben kleine Kinder. Und dann sind da noch die Heranwachsenden, die Fahrräder wollen und britische Kleidung. Spiegel und glänzende Kochtöpfe. Sie wollen für die Weißen arbeiten, um diese Dinge zu bekommen.

Dinge! sagte er verächtlich. Diese verdammten *Dinge*!

Gut, aber wir haben jetzt einen Monat hier vor uns, sagte ich, laß uns doch das Beste daraus machen.

Weil wir so viel Geld für die Wellblechdächer und die Seereise ausgegeben hatten, war es ein Arme-Leute-Monat in England. Aber trotzdem war es sehr schön für uns. Wir fingen an, uns jetzt, ohne Corrine, als Familie zu fühlen. Und die Leute, denen wir auf der Straße begegneten, versäumten nie (wenn sie überhaupt mit uns sprachen) festzustellen, daß die Kinder genau wie wir beide aussähen. Die Kinder fingen an, das als natürlich hinzunehmen, und fingen an, allein loszugehen und sich anzusehen, was sie interessierte. Und überließen ihren Vater und mich unseren ruhigeren, gesetzteren Vergnügungen, zu denen viele lange Gespräche zählten.

Samuel ist natürlich in den Nordstaaten geboren und ist da auch aufgewachsen und ausgebildet worden. Er hat Corrine über seine Tante kennengelernt, die, mit Corrines Tante zusammen, in Belgisch-Kongo Missionarin gewesen war. Samuel ist oft mit seiner Tante Althea nach Atlanta gefahren, wo Corrines Tante Theodosia wohnte.

Diese beiden Damen haben die tollsten Dinge zusammen erlebt, sagte Samuel lachend. Sie wurden von Löwen angegriffen, von Elefanten verfolgt, von Regengüssen überschwemmt, von «Eingeborenen» bekriegt. Die Geschichten, die sie erzählten, waren einfach unglaublich. Da saßen die beiden auf einem mit Schondeckchen behängten Roßhaarsofa, zwei nette, adrette Damen in Rüschen und Spitzen, und erzählten bei einer Tasse Tee die umwerfendsten Geschichten.

Corrine und ich haben damals versucht, aus diesen Geschichten Comics zu machen. Wir haben dazu Titel erfunden wie: DREI MONATE IN DER HÄNGEMATTE oder HÜFTSCHMERZEN DES DUNKLEN KONTINENTS. Oder LANDKARTE AFRIKA: EIN FÜHRER ÜBER DIE GLEICHGÜLTIGKEIT DER EINGEBORENEN DEM WORT GOTTES GEGENÜBER.

Wir machten uns darüber lustig, aber wir waren fasziniert von ihren Abenteuern und davon, wie die alten Damen sie erzählten. Sie sahen so gesetzt aus, so adrett. Man konnte sich beim besten Willen nicht vorstellen, daß sie mit eigenen Händen im Busch Schulen gebaut hatten. Oder gegen Krokodile gekämpft. Oder sich mit unfreundlichen Afrikanern auseinandergesetzt hatten, die glaubten, sie könnten fliegen, weil sie Kleider anhatten mit Dingern, die wie Flügel aussahen.

Busch? sagte Corrine kichernd zu mir oder ich zu ihr. Und schon der Klang dieses Wortes versetzte uns in stille Hysterie, während wir beherrscht unsern Tee nippten. Natürlich war ihnen nicht klar, daß sie komisch waren, und für uns waren sie es doch so sehr. Und natürlich trug die damals vorherrschende Meinung über die Afrikaner noch zu unserer Belustigung bei. Die Afrikaner waren nicht nur Wilde, sondern sie waren tolpatschige, törichte Wilde, ganz ähnlich wie ihre tolpatschigen, törichten Brüder zu Hause. Aber wir vermieden sorgfältigst diese augenfällige Gedankenverbindung, um nicht zu sagen beflissen.

Corrines Mutter war eine hingebungsvolle Hausfrau und Mutter, die ihre abenteuerlustigere Schwester nicht mochte. Aber sie hielt Corrine nie von den Besuchen ab. Und als Corrine alt genug war, schickte sie sie aufs Spelman-Seminar, das auch Tante Theodosia besucht hatte. Das war eine sehr interessante Einrichtung. Sie wurde von zwei weißen Missionarinnen aus Neuengland gegründet, die immer die gleichen Kleider trugen. Am Anfang war das Seminar im Keller einer Kirche untergebracht, stieg aber bald in die Räume einer Kaserne auf. Im Lauf der Zeit gelang es den beiden Damen, von einigen der reichsten Männer in Amerika große Geldsummen zu bekommen, und das Seminar vergrößerte sich. Häuser, Bäume. Die Mädchen wurden in allem unterrichtet: Lesen, Schreiben, Rechnen, Nähen, Putzen, Kochen. Aber mehr als alles andere lernten sie, Gott und der farbigen Gemeinschaft zu dienen. Ihr offizieller Wahlspruch war: UNSERE GANZE SCHULE FÜR CHRISTUS. Aber ich fand immer, ihr inoffizieller Wahlspruch hätte sein sollen: UNSERE GEMEINSCHAFT ÜBERALL AUF DER WELT, denn kaum hatten die jungen Frauen das Spelman-Seminar absolviert, legten sie sofort irgendwo Hand an, wo sie etwas für ihr Volk tun konnten, egal, wo auf der Welt. Es war wirklich erstaunlich. Diese sehr höflichen und adretten jungen Frauen, von denen einige den Fuß noch nie aus ihren ländlichen Kleinstädten herausgesetzt hatten, außer um zum Seminar zu reisen, fanden es ganz natürlich, ihre Koffer für Indien, Afrika oder den Orient zu packen. Oder für Philadelphia oder New York.

Etwa sechzig Jahre vor der Gründung der Schule waren die Chirokee-Indianer, die in Georgia lebten, gezwungen worden, ihre Heimat zu verlassen und durch tiefen Schnee zu Umsiedlungslagern nach Oklahoma zu ziehen. Sie tarnten sich als Farbige und mischten sich im Lauf der Zeit mit uns. Viele dieser Mischlinge besuchten das Spelman. Einige erinnerten sich daran, wer sie eigentlich waren, aber die meisten nicht. Wenn sie überhaupt darüber nachdachten (es wurde immer schwerer, sich Indianer vorzustellen, weil es keine mehr gab), dann dachten sie, sie seien so hell oder rotbraun und glatthaarig wegen irgendwelcher weißen und nicht indianischen Vorfahren. Sogar Corrine dachte das, sagte er. Aber ich habe immer ihre Indianerhaftigkeit gespürt. Sie war so ruhig. So nachdenklich, und sie konnte sich selbst auslöschen, ihren Geist, mit einer Schnelligkeit, die einen bestürzte, wenn sie wußte, daß die Leute um sie herum ihn nicht würdigen konnten.

Es schien nicht schwer für Samuel zu sein, über Corrine zu reden, während wir in England waren. Es war auch nicht schwer für mich zuzuhören.

Es kommt mir so unwahrscheinlich vor, sagte er. Hier stehe ich, ein alternder Mann, dessen Träume davon, der Menschheit zu helfen, nichts anderes als das gewesen sind: Träume. Wie Corrine und ich als Kinder über uns selbst gelacht hätten! ZWANZIG JAHRE NARREN DES WESTENS ODER DIE MUND- UND DACHBLATT-KRANKHEIT: EINE ABHANDLUNG ÜBER SINN- UND ZWECKLOSES IN DEN TROPEN, usw., usw. Wir sind so total gescheitert, sagte er. Wir sind so komisch wie Althea und Theodosia geworden. Ich glaube, das Bewußtsein davon hat Corrines Krankheit genährt. Sie war viel intuitiver als ich. Ihre Gabe, Menschen zu verstehen, viel größer. Sie sagte immer, die Olinka grollten uns, aber ich wollte das nicht sehen. Aber sie tun es, weißt du.

Nein, sagte ich, es ist eigentlich kein Groll. Es ist eher Gleichgültigkeit. Manchmal habe ich das Gefühl, wir sind wie Fliegen auf der Haut von Elefanten.

Ich erinnere mich, fuhr Samuel fort, daß Tante Theodosia einmal, bevor Corrine und ich heirateten, einen ihrer Besuchstage hatte. Sie hatte jeden Donnerstag einen. Sie hatte eine ganze Reihe «ernsthafte junge Leute», wie sie sie nannte, eingeladen, und einer von ihnen war ein junger Gelehrter aus Harvard namens Edward. Ich glaube DuBoyce hieß er mit Familiennamen. Jedenfalls redete und redete Tante Theodosia über ihre Afrikaerlebnisse und kam gerade an den Punkt, wo König Leopold von Belgien ihr eine Auszeichnung verlieh. Nun ja, Edward, oder vielleicht hieß er auch Bill, war von der ungeduldigen Sorte. Man sah es an seinen Augen, man konnte es an der Art sehen, wie er seinen Körper bewegte. Er saß nie still. Als Tante Theodosia an die Stelle kam, wie überrascht und erfreut sie über diese Auszeichnung gewesen war – die ihre Dienste als vorbildliche Missionarin in der Kolonie des Königs würdigte –, fing DuBoyces Fuß an, schnell und unkontrolliert auf den Boden zu klopfen. Corrine und ich schauten uns beunruhigt an. Offensichtlich hatte dieser Mann die Erzählung schon einmal gehört und war nicht bereit, sie ein zweites Mal zu ertragen.

Madame, sagte er, als Tante Theodosia ihre Geschichte beendet hatte und ihre berühmte Medaille durchs Zimmer blitzen ließ, ist Ihnen bekannt, daß König Leopold Arbeitern die Hände hat abschlagen lassen, die nach Meinung seiner Plantagenaufseher ihr Liefersoll an Gummi nicht erfüllten? Anstatt diese Medaille wertzuschätzen, Madame, sollten Sie sie als Symbol Ihrer unwissentlichen Komplizenschaft mit diesem Despoten betrachten, der Tausende und Abertausende von Afrikanern zu Tode geschunden, brutal behandelt und endlich ausgerottet hat.

Tja, sagte Samuel, Schweigen legte sich über die Versammlung wie ein Gifthauch. Die arme Tante Theodosia! In allen von uns ist etwas, das eine Medaille möchte für das, was wir getan haben. Das gewürdigt werden möchte. Und die Afrikaner werfen nicht gerade mit Medaillen um sich. Sie scheinen sich kaum darum zu kümmern, ob es Missionare gibt oder nicht.

Sei nicht verbittert, sagte ich.

Wie soll ich nicht? sagte er.

Die Afrikaner haben uns nie gebeten zu kommen, weißt du. Es nützt nichts, ihnen die Schuld zu geben, wenn wir uns nicht willkommen fühlen.

Es ist schlimmer, als sich nicht willkommen fühlen, sagte Samuel. Die Afrikaner sehen uns gar nicht. Sie erkennen uns nicht einmal als die Brüder und Schwestern, die sie verkauft haben.

Ach, Samuel, sagte ich. Nicht.

Aber denk, er hatte angefangen zu weinen. Ach Nettie, sagte er, das ist doch der Kern der Sache, siehst du das denn nicht? Wir lieben sie. Wir probieren auf jede Weise, ihnen diese Liebe zu zeigen. Aber sie weisen uns zurück. Sie wollen nicht einmal hören, wie wir gelitten haben. Und wenn sie zuhören, sagen sie etwas Dummes. Warum sprecht ihr nicht unsere Sprache? fragen sie. Warum erinnert ihr euch nicht dran, wie es früher war? Warum seid ihr nicht glücklich in Amerika, wenn dort doch jeder ein Auto hat?

Celie, und da schien der Zeitpunkt gekommen, die Arme um ihn zu legen. Was ich tat. Und Worte, die lange in meinem Herzen begraben waren, stiegen zu meinen Lippen. Ich streichelte seinen lieben Kopf und sein Gesicht und sagte «Liebster» und «mein Schatz» zu ihm. Und dann, muß ich gestehen, liebe, liebe Celie, sind Mitgefühl und Leidenschaft mit uns durchgegangen.

Ich hoffe, Du bist nicht schockiert oder geneigt, mich hart zu verurteilen, wenn Du diese Nachricht vom ungezügelten Verhalten Deiner Schwester erhältst. Besonders, wenn ich Dir erzähle, was für eine ungetrübte Freude es war. Ich wurde von der Ekstase in Samuels Arme getragen.

Vielleicht hast Du schon erraten, daß ich ihn die ganze Zeit geliebt hatte; ich wußte es nur nicht. Ach, ich habe ihn als einen Bruder geliebt und ihn als Freund geachtet, aber, Celie, ich liebe ihn körperlich, *als Mann*! Ich liebe seinen Gang, seine Größe, seine Gestalt, seinen Geruch, die Krausheit seiner Haare. Ich liebe das Innere seiner Hände. Das Rosa innen an seinen Lippen. Ich liebe seine große Nase. Ich liebe seine Brauen. Ich liebe seine Füße. Und ich liebe seine guten Augen, in denen man die Verletzlichkeit und die Schönheit seiner Seele so offen lesen kann.

Die Kinder haben die Veränderung an uns sofort gemerkt. Ich glaube, mein Liebes, wir haben einfach gestrahlt.

Wir lieben uns herzlich, hat Samuel ihnen gesagt und hat den Arm um mich gelegt. Wir haben vor zu heiraten.

Aber bevor wir das tun, sagte ich, muß ich euch etwas über mein Leben erzählen und über Corrine und noch jemand. Und dann habe ich ihnen von Dir erzählt, Celie. Und über die Liebe ihrer Mutter Corrine zu ihnen. Und daß ich ihre Tante bin.

Aber wo ist diese andere Frau, deine Schwester? fragte Olivia.

Ich erklärte Deine Heirat mit Mr. ---, so gut ich konnte. Adam war sofort voller Unruhe. Er ist eine empfindsame Seele und hört das, was nicht ausgesprochen wird, genauso wie das, was man sagt.

Wir werden bald zurückgehen nach Amerika, sagte Samuel, um ihn zu beruhigen, und uns um sie kümmern.

Die Kinder waren Trauzeuge bei unserer einfachen kirchlichen Trauung in London. Und in dieser Nacht, nach dem Hochzeitsessen, als wir uns alle zum Schlafen fertigmachten, hat Olivia mir erzählt, was ihren Bruder so quält. Er sehnt sich nach Tashi.

Aber er ist auch böse auf sie, sagte sie, denn als wir wegfuhren, hatte sie vor, sich Schnitte im Gesicht machen zu lassen.

Das hatte ich nicht gewußt. Das Einritzen der Stammeszeichen in die Gesichter von jungen Frauen war eins der Dinge, deren Abschaffung wir unterstützt hatten.

Es ist eine Möglichkeit, wie die Olinka zeigen können, daß sie immer noch ihre eigene Art haben, sagte Olivia, auch wenn der weiße Mann ihnen alles andere genommen hat. Tashi wollte es eigentlich nicht tun, aber um ihrem Volk zu helfen, hat sie nachgegeben. Sie will sich auch den Frauwerdungsriten unterziehen, sagte sie.

O nein, sagte ich. Das ist doch so gefährlich! Und wenn sie sich eine Infektion holt?

Ich weiß schon, sagte Olivia. Ich habe ihr gesagt, daß in Amerika oder Europa kein Mensch sich was von seinem Körper abschneidet. Und dann hätte sie es auch mit elf Jahren machen lassen müssen, wenn sie es gewollt hätte. Sie ist jetzt zu alt dafür.

Na ja, Männer werden manchmal beschnitten, sagte ich, aber da wird nur ein bißchen Haut weggenommen.

Tashi hat sich noch darüber gefreut, daß man in Europa oder Amerika keine Initiationsriten hat, sagte Olivia. Das macht ihr die Sache noch kostbarer.

Ach so, sagte ich.

Sie und Adam haben sich fürchterlich gestritten. Schlimmer als je zuvor. Er hat sie nicht nur bißchen geneckt und sie im Dorf herumgejagt oder versucht, ihr Dachblattzweige ins Haar zu stekken. Er war so böse auf sie, daß er sie hätte schlagen mögen.

Es ist nur gut, daß er das nicht getan hat, sagte ich. Tashi hätte ihn kopfüber durch ihren Webstuhl befördert.

Ich bin froh, wenn wir wieder nach Hause fahren, sagte Olivia. Adam ist nicht der einzige, der sich nach Tashi sehnt.

Sie gab mir und ihrem Vater einen Gutenachtkuß. Adam kam kurz danach.

Mama Nettie, sagte er, als er auf dem Bett neben mir saß, wie weiß man das, wenn man jemanden wirklich liebt?

Manchmal weiß man es nicht, sagte ich.

Er ist ein wunderschöner junger Mann, Celie. Groß und breitschultrig, mit einer tiefen, nachdenklichen Stimme. Hab ich Dir erzählt, daß er Gedichte schreibt? Und gerne singt? Er ist ein Sohn, auf den man stolz sein kann.

Deine Dich liebende Schwester
Nettie

P. S. Dein Bruder Samuel läßt Dich auch herzlich grüßen.

Liebste Celie,

als wir nach Hause zurückkamen, schienen alle glücklich zu sein, uns wiederzusehen. Als wir erzählten, daß unsere Gesuche bei der Kirche und der Missionsgesellschaft keinen Erfolg gehabt hatten, waren sie enttäuscht. Sie wischten sich förmlich mit dem Schweiß das Lächeln von den Gesichtern und zogen niedergeschlagen zu ihren Baracken zurück. Wir gingen zu unserem Haus, einer Verbindung von Kirche, Wohnhaus und Schule, und fingen an, unsere Sachen auszupacken.

Die Kinder – ich merke eben, daß ich sie nicht mehr Kinder nennen sollte, sie sind erwachsen – machten sich auf die Suche nach Tashi; eine Stunde später kamen sie mit langen Gesichtern zurück. Sie hatten kein Zeichen von ihr entdecken können. Catherine, ihre Mutter, würde in einiger Entfernung vom Lager Gummibäume pflanzen, hatte man ihnen gesagt. Aber den ganzen Tag lang hatte keiner Tashi gesehen.

Olivia war sehr enttäuscht. Adam versuchte, unbeteiligt zu wirken, aber mir fiel auf, wie er geistesabwesend an der Haut um seine Fingernägel kaute.

Nach zwei Tagen war klar, daß Tashi sich absichtlich versteckte. Ihre Freunde sagten, während wir weg waren, hätte sie sich der Gesichtsnarbenzeremonie und dem Ritus der weiblichen Initiation unterzogen. Adam wurde bei dieser Nachricht aschgrau. Olivia war niedergeschlagen, aber um so mehr darauf aus, sie zu finden.

Erst am Sonntag sahen wir Tashi. Sie hatte beträchtlich abgenommen und schien teilnahmslos, müde und hatte stumpfe Augen. Ihr Gesicht war noch geschwollen von einem halben Dutzend kleiner, säuberlicher Einschnitte oben auf jeder Backe. Als sie Adam die Hand hinstreckte, weigerte er sich, sie zu nehmen. Er schaute nur auf ihre Narben, drehte auf der Ferse um und ging.

Olivia und sie umarmten sich. Aber es war eine stille, schwere Umarmung. Nichts von Ausgelassenheit oder Kichern, wie ich es von ihnen erwartet hätte.

Tashi schämt sich unglücklicherweise über die Narben in ihrem Gesicht und hebt kaum mehr den Kopf. Sie müssen auch weh tun, denn sie sehen entzündet und rot aus.

Aber das tun die Dorfleute den jungen Frauen und sogar Männern eben an. Schneiden das Erkennungszeichen ihres Volkes in die Gesichter ihrer Kinder. Die Kinder halten dieses Opfer für rückständig, für etwas aus der Generation ihrer Großeltern, und leisten oft Widerstand. Deshalb werden die Schnitte gewaltsam vorgenommen, unter gräßlichen Bedingungen. Wir halten antiseptische Mittel und Baumwollflecken bereit und einen Ort, wo die Kinder weinen und ihre Wunden pflegen können.

Jeden Tag drängt Adam uns, nach Hause zu fahren. Er kann es nicht mehr ertragen, so zu leben, wie wir das tun. Es gibt nicht einmal mehr Bäume in unserer Nähe, nur riesige Felsen und kleinere Steinbrocken. Und immer mehr seiner Kameraden laufen weg. Der wahre Grund ist natürlich, daß er seine widersprüchlichen Gefühle Tashi gegenüber nicht mehr ertragen kann; sie fängt, glaube ich, an, die Größe ihres Irrtums einzusehen.

Samuel und ich sind wahrhaftig glücklich, Celie. Und wir sind Gott so dankbar, daß wir es sind! Wir haben immer noch eine Schule für die kleinsten Kinder; die, die acht und drüber sind, arbeiten schon auf den Feldern. Um die Miete für die Baracken, die Landsteuern zu zahlen und Wasser, Holz und Lebensmittel kaufen zu können, müssen alle arbeiten. Also unterrichten wir die Kleinen, hüten die Säuglinge, kümmern uns um die Alten und Kranken und helfen den gebärenden Müttern. Unsere Tage sind ausgefüllter als je zuvor, unser Aufenthalt in England ist wie ein Traum. Aber alles sieht viel heller aus, weil ich eine liebende Seele habe, mit der ich es teilen kann.

Deine Schwester
Nettie

Liebste Nettie,

der Mann, den wir als Pa gekannt haben, is tot.

Wieso sagst du immer noch Pa zu ihm? hat Shug mich neulich gefragt.

Aber jetzt isses zu spät, daß ich Alphonso zu ihm sag. Ich weiß nich mal mehr, daß Ma ihn bei dem Namen gerufen hat. Sie hat immer gesagt, euer Pa. Ich nehm an, damit wir es eher glauben.

Jedenfalls hat seine kleine Frau, die Daisy, mich mitten in der Nacht angerufen.

Miss Celie, hat sie gesagt, ich hab eine schlimme Nachricht. Alphonso is tot.

Wer? frag ich.

Alphonso, sagt sie. Ihr Stiefvater.

Wie is er denn gestorben? frag ich. Wenn ich an tot denk, dann denk ich an überfahren, vom Blitz getroffen oder schleichende Krankheiten. Aber sie sagt, nä, er is im Schlaf gestorben. Na ja, nich ganz im Schlaf, sagt sie. Wir sind bißchen im Bett zusammengewesen, bevor wir eingeschlafen sind.

Da haben Sie mein herzlichstes Beileid, sag ich.

Ja, Ma'am, sagt sie, und ich hab gedacht, das Haus hier gehört mir, scheints gehört es aber Ihnen und Ihrer Schwester Nettie.

Was, sag ich.

Ihr Stiefvater is schon mehr wie eine Woche tot, sagt sie. Wie wir gestern in die Stadt sind, daß wir das Testament hören, hats mich fast umgehauen. Ihrm richtigen Daddy hat das Haus und das Land und der Laden gehört. Der hats Ihrer Mama vermacht. Wo Ihre Mama gestorben is, isses an Sie und Ihre Schwester Nettie gekommen. Ich weiß nich, wieso Alphonso Ihnen das nie gesagt hat.

Na, sag ich, alles, was von dem kommt, will ich gar nich.

Ich hör, wie Daisy die Luft einzieht. Und was is mit Ihrer Schwester Nettie, sagt sie. Glauben Sie denn, daß die das auch denkt?

Da wach ich bißchen mehr auf. Wie dann Shug sich rüberdreht und fragt, wer es is, blick ich so langsam klarer.

Sei doch kein Dummkopf, sagt Shug und stupst mich mit ihrem Fuß an. Jetzt kriegste dein eignes Haus. Dein Daddy und deine Mama habens dir vermacht. Dein Hund von nem Stiefvater is nur so n Schwaden von Gestank drin gewesen.

Aber ich hab doch noch nie ein Haus gehabt, sag ich. Wenn ich nur dran denk, daß ich ein eignes Haus hab, krieg ich schon Angst. Plus, daß das Haus, wo ich krieg, noch größer is wie Shug ihrs und noch mehr Land drum rum hat. Und ein Laden is auch noch dabei.

Mein Gott, sag ich zu Shug. Ich und Nettie, wir haben jetzt einen Textilienladen. Was solln wir da bloß drin verkaufen?

Wie wärs denn mit Hosen? sagt sie.

Also legen wir den Hörer auf und rasen wieder runter, heim, daß wir den Besitz ankucken können.

Vielleicht eine Meile, bevor wir zur Stadt kommen, fahren wir am Eingang vom Friedhof für Farbige vorbei. Shug hat fest geschlafen, aber in mir hat was gesagt, daß ich reinfahren soll. Schon ziemlich gleich seh ich was, wie so einen kleinen Wolkenkratzer, und ich halt an und lauf hin. Und tatsächlich, da is Alphonso sein Name drauf. Ne Masse andres Zeug is auch noch draufgestanden. Mitglied von so und von so. Führender Geschäftsmann und Landwirt. Aufrichtiger Ehemann und Vater. Gut zu den Armen und Hilflosen. Er is schon zwei Wochen tot, aber auf seinem Grab sind immer noch frische Blumen.

Shug steigt aus dem Auto und stellt sich neben mich.

Dann gähnt sie laut und streckt sich. Das Arschloch is immer noch tot, sagt sie.

Daisy tut, wie wenn sie sich freut, daß sie uns sieht, aber das tut sie nich. Sie hat zwei Kinder und sieht aus, wie wenn sie mit dem nächsten schwanger is. Aber sie hat schöne Kleider und ein Auto, und Alphonso hat ihr sein ganzes Geld vermacht. Und ich glaub, sie hat noch ihrer ganzen Familie in die Startlöcher geholfen in der Zeit, wo sie mit Alphonso zusammengelebt hat.

Sie sagt, Celie, das alte Haus, was Sie kennen, is abgerissen worden, daß Alphonso das hier bauen konnte. Er hat einen Architekten von Atlanta gehabt, und die Kacheln hier kommen direkt von New York. Wir sind in der Küche gestanden. Aber er hat überall Kacheln hingemacht. In der Küche, im Klo, auf der Hinterveranda. Überall, um die Kamine rum im hinteren und vordern Salon. Aber das Haus gehört eben zum Grundstück, klar, sagt sie. Natürlich hab ich die Möbel genommen, weil, Alphonso hat sie speziell für mich gekauft.

Is mir recht, sag ich. Ich kanns noch kaum glauben, daß ich ein Haus hab. Kaum daß Daisy mir die Schlüssel gegeben hat, renn ich schon wie blöd von einem Zimmer ins andre. Kuck doch mal hier, sag ich zu Shug. Kuck doch mal da! Sie kuckt und sie grinst. Sie drückt mich immer, wos grad geht, und ich halt still.

Dir gehts nich schlecht, Miss Celie, sagt sie. Gott weiß schon, wo du wohnst.

Dann nimmt sie ein paar Zedernstäbchen aus ihrer Tasche und

zündet sie an und gibt mir eins. Wir fangen ganz oben im Haus, auf dem Speicher, an, und dann räuchern wir überall bis runter zum Keller und treiben alles Böse raus und machen Platz für das Gute.

Oh, Nettie, wir haben ein Haus! Ein Haus, groß genug für uns und unsre Kinder, für Deinen Mann und für Shug. Jetzt kannst Du heimkommen, jetzt hast Du ein Heim, wo Du herkommen kannst!

Deine Dich liebende Schwester
Celie

Liebe Nettie,

mein Herz is gebrochen.

Shug liebt jemand anders.

Vielleicht, wenn ich im letzten Sommer in Memphis geblieben wär, wärs nich passiert. Aber ich hab den ganzen Sommer das Haus hergerichtet. Ich hab gedacht, wenn du jetzt bald kommst, will ich, daß es fertig ist. Und es is so schön jetzt und gemütlich. Und ich hab eine nette Frau gefunden, die wohnt drin und hält es in Ordnung. Dann bin ich heim zu Shug.

Miss Celie, sagt sie, wie wärs, wenn wir chinesisch essen gehn und feiern, daß du heimgekommen bist?

Ich mag chinesisches Essen unheimlich. Also ziehn wir los ins Restaurant. Ich bin so aufgeregt, weil ich wieder daheim bin, daß ich gar nich merk, wie kribblig sie is. Sie is stattlich, aber voll Anmut, sogar wenn sie sauer is. Aber ich merk, daß sie mit ihren Stäbchen nich recht klarkommt. Sie wirft ihr Wasserglas um. Und irgendwie fällt ihr Frühlingsröllchen total auseinander. Aber ich denk, sie freut sich eben, daß sie mich sieht. Also pluster ich mich und setz mich in Positur und füll mich voll mit Wontonsuppe und gebratenem Reis.

Am Schluß kommen die Glücksplätzchen. Ich mag Glücksplätzchen unheimlich. Die sind so süß. Und ich les gleich meinen Spruch. Er heißt: Weil du bist, wer du bist, ist die Zukunft voller Licht und Glück.

Ich lach. Geb ihn Shug rüber. Sie kuckt drauf und lächelt.

Ich bin mit der ganzen Welt zufrieden.

Shug zieht ihren Zettel ganz langsam raus, wie wenn sie Angst hat, was draufsteht.

Und? sag ich und kuck ihr zu, wie sies liest. Was steht drauf? Sie kuckt runter auf den Zettel, hoch zu mir. Sagt, ich hab mich in einen Neunzehnjährigen verknallt.

Laß sehen, sag ich und lach. Und les laut vor. Ein verbrannter Finger denkt an das Feuer, steht drauf.

Ich versuch, dir was zu sagen, sagt Shug.

Was denn zu sagen? Ich bin so schwer von Begriff, daß es immer noch nich klingelt. Einmal isses ewig her, daß ich an Jungs gedacht hab, und an Männer hab ich schon gar nie gedacht.

Letztes Jahr, sagt Shug, hab ich einen Neuen für die Band angeheuert. Fast hätte ichs nich getan, weil er nix spielt wie Flöte. Und wer hat schon mal was von Bluesflöte gehört. Ich jedenfalls nich. Schon die Idee klingt verrückt. So n Glück kann aber nur ich haben, daß Bluesflöte das einzige is, was dem Blues bisher gefehlt hat, und den Augenblick, wie ich Germaine hab spielen hören, da war das Tatsache für mich.

Germaine? frag ich.

Genau, sagt sie, Germaine. Weiß nich, wer dem so n flittigen Namen gegeben hat, aber passen tut er.

Dann fängt sie an, so richtig von dem Knaben zu schwärmen.

Wie wenn dem seine tollen Seiten was sind, was ich zum Sterben gern hör.

Oh, sagt sie. Klein is er. So süß. Hat schöne Arschbacken. So richtig Bantu, weißte. Sie is so dran gewöhnt, daß sie mir immer alles erzählt, daß sie schnattert und schnattert und jede Minute aufgeregter wird und verliebter aussieht. Wie sie endlich mit seinen netten kleinen Tanzfüßchen fertig is und wieder oben bei seinen honigbraunen Locken anfängt, is mir hundeelend.

Jetzt mal halt, sag ich. Shug, willste mich umbringen?

Sie hört mitten in ihren Lobeshymnen auf. Sie kriegt Tränen in die Augen, und ihr Gesicht verknittert. O Gott, Celie, sagt sie, das tut mir leid. Ich hab das nur irgend jemand erzählen müssen, und du bist der Jemand, dem ich immer alles erzähl.

Na, sag ich, wenn Wörter einen umbringen könnten, würd man mich jetzt mit Blaulicht in die Klinik fahren.

Sie tut die Hände vors Gesicht und fängt mit Weinen an. Celie, sagt sie, durch die Finger durch, ich lieb dich doch noch.

Aber ich sitz nur da und kuck sie an. Es is, wie wenn meine ganze Wontonsuppe zu Eis geworden is.

Wieso biste nur so außer dir? fragt sie, wie wir heimkommen. Wegen Grady bist du doch auch nie außer dir gewesen, oder? Und der war mein Mann.

Grady hat nie Funken in deine Augen gebracht, denk ich. Aber ich sag nix. Ich bin zu weit weg.

Klar, sagt sie, Grady is stinklangweilig, Jesus. Und wenn du mit Reden über Frauen und Hasch fertig bist, biste fertig mit Grady. Aber trotzdem, sagt sie.

Ich sag nix.

Sie probiert zu lachen. Ich war so froh, wie er so für Mary Agnes Feuer gefangen hat, daß ich kaum wußt, was ich tun sollte, sagt sie. Hab keine Ahnung, wer dem beigebracht hat, was man im Schlafzimmer macht, muß aber wohl ein Möbelverkäufer gewesen sein.

Ich sag nix. Stille, Kühle. Das Nichts. Es kommt schnell. Haste gesehen, wie die zwei nach Panama abgereist sind, hab ich nich eine einzige Träne vergossen. Aber wirklich, sagt sie, wies mit denen jetzt wohl in Panama steht?

Arme Mary Agnes, denk ich. Wie hätt einer ahnen können, daß der alte, langweilige Grady mit einer Haschplantage in Panama endet?

Türlich machen die reichlich Pinkes, sagt Shug, und Mary Agnes sticht alle da unten mit ihren Kleidern aus, so wie sies in ihren Briefen schreibt. Und Grady läßt sie jedenfalls singen. Die paar Brocken von ihren Songs, wo sie noch im Kopf hat. Aber ehrlich, sagt sie, Panama! Wo is n das überhaupt? Is das da unten bei Kuba rum? Wir sollten nach Kuba, weißt du, Miss Celie? Ne Masse Glücksspiele und ein lustiges Leben. Ein Haufen Farbige, sehn aus wie Mary Agnes. Andre richtig schwarz wie wir. Aber alles in der gleichen Familie. Wenn da einer den Weißen spielen will, kennt gleich alle Welt seine Großmutter.

Ich sag nix. Ich bete, daß ich sterb. Nur daß ich nie mehr was sagen muß.

Na gut, sagt Shug. Angefangen hats, wie du fort warst, daheim. Du hast mir gefehlt, Celie. Du weißt doch, daß ich heißes Blut hab.

Ich bin aufgestanden und hab von dem Papier geholt, was ich zum Musterschneiden brauch. Ich hab ihr was aufgeschrieben. Es hieß: Halt den Mund.

Aber, Celie, sagt sie. Ich muß dir das doch erklären. Kuck mal, sagt sie. Ich werd alt. Ich bin fett. Keiner denkt, daß ich noch gut ausseh, außer du. Oder das hab ich gedacht. Er is neunzehn. Ein Baby. Wie lang kann das dauern?

Er is ein Mann, schreib ich auf das Papier.

Ja, sagt sie, stimmt. Ich weiß auch, was du von den Männern denkst. Aber ich denk da anders. Ich wär doch nie so dumm, daß ich einen von denen ernst nehm, sagt sie. Aber mit manchen machts einfach Spaß.

Verschon mich, schreib ich.

Celie, sagt sie. Ich will ja nich mehr wie ein halbes Jahr Zeit. Grad ein halbes Jahr für mein letztes Abenteuerchen. Ich brauch das, Celie. Ich bin zu schwach, als daß ich es seinlassen könnt. Wenn du mir nur ein halbes Jahr gibst, Celie, dann setz ich alles dran, daß unser Leben zusammen wieder so wird, wies war.

Wohl kaum, schreib ich.

Celie, sagt sie, liebst du mich denn? Sie is jetzt auf den Knien, und Tränen fallen nach allen Seiten. Mein Herz tut so weh, daß ichs kaum glauben kann. Wie kann das nur weiterschlagen, bei dem Gefühl? Aber ich bin eine Frau. Ich lieb dich, sag ich. Egal, was passiert, egal, was du tust, ich lieb dich. Sie wimmert bißchen und legt ihren Kopf an meinen Stuhl.

Danke, sagt sie.

Aber ich kann hier nich bleiben, sag ich.

Aber Celie, sagt sie, wie kannst du mich allein lassen? Du bist doch meine Freundin. Ich bin verliebt in das Kind da, und ich hab eine Affenangst. Ich bin dreimal so alt. Dreimal so dick. Und dreimal so schwarz. Sie probiert ein bißchen zu lachen. Ganz bestimmt tut der mir mehr weh wie ich dir. Laß mich nich allein, bitte.

Grad in dem Moment klingelt es an der Tür. Shug wischt sich das Gesicht ab und geht hin, sieht, wers is, und bleibt gleich draußen. Bald drauf hör ich ein Auto wegfahren. Ich bin nach oben ins Bett. Aber der Schlaf wollt nich kommen in der Nacht.

Bete für mich
Deine Schwester Celie

Liebe Nettie,

das einzige, was mich am Leben hält, is Henrietta zuschaun, wie die um ihr Leben kämpft. Mann, kann die kämpfen. Jedesmal bei einem Anfall schreit sie, daß bald die Toten aufwachen.

Wir tun, was du gesagt hast, was die Leute in Afrika tun. Wir geben ihr jeden Tag Yams zum Essen. Unser Pech nur, daß sie Yams nich mag, und sie nimmt nich grad ein Blatt vor den Mund. Meilenweit hierrum suchen alle nach Yamgerichten, die nich nach Yam schmecken. Wir kriegen tellerweise Yameier, Yamkutteln, Yamziegenfleisch. Mein Gott, die Leute machen Suppe aus allem auf der Welt außer Schuhsohlen, daß sie den Yamgeschmack wegkriegen. Aber Henrietta behauptet immer noch, daß sie sie schmeckt, und schmeißt alles glatt aus dem Fenster. Wir sagen, daß sie bald drei Monate lang keine Yams mehr essen muß, aber sie sagt, ihr würds nich so vorkommen, wie wenn der Tag überhaupt näherrückt. Inzwischen sind ihre Gelenke ganz geschwollen, sie is heiß zum Verbrennen, sie sagt, ihr Kopf fühlt sich an wie voll mit kleinen weißen Männern mit Hämmern.

Manchmal treff ich Mr.---, wenn er Henrietta besucht. Er denkt sich auch seine kleinen trickreichen Rezeptchen aus. Einmal hat er die Yams in Erdnußbutter versteckt. Wir sitzen am Feuer mit Harpo und Sofia und spielen ein oder zwei Runden Whist, und Suzie Q. und Henrietta hören dabei Radio. Manchmal fährt er mich heim in seinem Auto. Er wohnt immer noch in dem gleichen Häuschen. Er is schon so lang da drin, daß es ganz nach ihm aussieht. Immer zwei grade Stühle auf der Veranda, zur Wand gedreht. Das Verandageländer mit Blumenkästen drauf. Er hats jetzt aber immer schön gestrichen, frisch und weiß. Und rat mal, was er sammelt, nur, weils ihm gefällt? Er sammelt Muscheln. Alle Arten. Schnecken und alle möglichen Muscheln vom Meer.

Genaugenommen hat er mich mit denen wieder in sein Haus gekriegt. Er hat Sofia erzählt von einer neuen Muschel, wo man das Meer rauschen hört, wenn man sie ans Ohr hält. Wir sind rauf, um sie anzukucken. Sie war groß und schwer und gesprenkelt wie ein Huhn, und wirklich, es war, wie wenn man die Wellen oder was gegen das Ohr schlagen hört. Von uns hat noch nie einer den Ozean gesehen, aber Mr.--- hat in Büchern drüber gelesen. Er bestellt auch Muscheln aus Büchern, und überall liegen welche.

Er sagt nicht soviel, wenn man sie ankuckt, aber er hält jede in der Hand, wie wenn sie grade frisch angekommen is.

Shug hat mal eine Muschel gehabt, sagt er. Is schon lange her. Wie wir uns kennengelernt haben. Großes, weißes Ding, wie so ein Fächer. Mag sie Muscheln immer noch gern? fragt er.

Nä, sag ich, jetzt mag sie Elefanten.

Er wartet bißchen, legt alle Muscheln wieder an den Platz.

Dann fragt er mich, magst du irgendwas besonders?

Ich mag Vögel, sag ich.

Weißt du, sagt er. Du hast mich immer an einen Vogel erinnert. Ganz am Anfang, wie du zu mir gekommen bist. Was warst du dünn, mein Gott, sagt er. Und wenn das kleinste bißchen passiert is, hast du ausgesehen, wie wenn du gleich wegfliegen willst.

Das hast du gesehen, sag ich.

Ja, hab ich, sagt er, war nur zu blöd, als daß ichs mir zu Herzen genommen hab.

Na ja, sag ich, wir habens überlebt.

Wir sind immer noch Mann und Frau, weißt du, sagt er.

Nä, sag ich, das sind wir nie gewesen.

Weißt du, sagt er, du siehst richtig gut aus, seit du oben in Memphis gewesen bist.

Ja, sag ich, Shug hat gut für mich gesorgt.

Von was hast du denn gelebt da oben? sagt er.

Hosen nähen, sag ich.

Er sagt, is mir aufgefallen, daß jeder in der Familie fast Hosen anhat, die du gemacht hast. Aber heißt das, daß du ein Geschäft draus gemacht hast?

Ja, genau, sag ich. Aber eigentlich hab ich schon hier, in deinem Haus, angefangen. Damit ich dich nich umbringen mußte.

Er kuckt runter auf den Boden.

Shug hat mir geholfen beim allerersten Paar, sag ich. Und dann fang ich wie so ein Idiot mit Weinen an.

Er sagt, Celie, sag mir die Wahrheit. Du magst mich nich, weil ich ein Mann bin?

Ich putz mir die Nase. Zieh denen die Hosen aus, sag ich, dann sehen die Männer aus wie Frösche. Egal, wie du sie küßt, jedenfalls ich, Frösche sind sie und bleiben sie.

Aha, sagt er.

Wie ich heimgekommen bin, war mir so mies, daß ich nix tun konnte wie schlafen gehen. Ich hab probiert, bißchen was an den neuen Hosen zu machen, die ich für schwangere Frauen machen will, aber schon wie ich dran gedacht hab, wie jemand schwanger wird, hätt ich am liebsten heulen mögen.

Deine Schwester
Celie

Liebe Nettie,

die einzige Post, die Mr. --- mir je direkt in die Hand gegeben hat, is ein Telegramm vom Amerikanischen Verteidigungsministerium. Da steht drin, das Schiff, auf dem Du und die Kinder und Dein Mann Afrika verlassen habt, is von deutschen Minen vor der Küste von einem Ort mit Namen Gibraltar versenkt worden. Sie vermuten, daß Ihr alle ertrunken seid. Und dann, am gleichen Tag, sind alle Briefe, die ich Dir in den Jahren geschrieben hab, ungeöffnet zurückgekommen.

Ich sitz hier in diesem Riesenhaus ganz allein und versuch zu nähen, aber was soll das Nähen bloß nützen? Was soll denn irgendwas nützen? Am Leben sein kommt mir langsam vor wie eine entsetzliche Anstrengung.

Deine Schwester
Celie

Liebste Celie,

Tashi und ihre Mutter sind weggelaufen. Sie sind fort, um zu den Mbeles zu stoßen. Samuel und die Kinder und ich haben gerade gestern darüber gesprochen, und uns wurde klar, daß wir nicht einmal sicher wissen, ob es die Mbeles überhaupt gibt. Alles, was wir wissen, ist, daß sie tief im Wald leben sollen, daß sie Überläufer aufnehmen und daß sie die Plantagen des weißen Mannes überfallen und planen, ihn selbst zu vernichten – oder zumindest von diesem Kontinent zu vertreiben.

Adam und Olivia sind todtraurig, weil sie Tashi lieben und sie vermissen und weil noch keiner, der zu den Mbeles stoßen wollte, je zurückgekommen ist. Wir versuchen, sie hier im Lager zu beschäftigen, und weil es in dieser Saison so viele Malariafälle gibt, ist eine Menge für sie zu tun. Indem sie die gesamte Yamernte der Olinka unterpflügten und sie durch Lebensmittel in Büchsen und Pulverform ersetzten, haben die Pflanzer zerstört, was widerstandsfähig gegen Malaria macht. Natürlich wußten sie das nicht, sie wollten ja nur das Land für ihr Gummi, aber die Olinka essen schon seit Tausenden von Jahren Yams, um sich vor der Malaria zu schützen und chronische Blutkrankheiten zu bekämpfen. Ohne ausreichende Yamvorräte werden die Menschen – oder die, die noch übrig sind – krank, und erschreckend viele sterben.

Um Dir die Wahrheit zu sagen: Ich fürchte um unsere eigene Gesundheit und vor allem die der Kinder. Aber Samuel glaubt, daß wir wahrscheinlich durchhalten werden, da wir schon in den ersten Jahren hier Malariaanfälle hatten.

Und wie geht es Dir, liebste Schwester? Fast dreißig Jahre sind vergangen, ohne daß wir ein Wort gewechselt haben. Es kann sogar sein, daß Du gar nicht mehr lebst. Je näher die Zeit für unsere Heimreise kommt, um so endloser stellen Adam und Olivia Fragen über Dich, von denen ich nur wenige beantworten kann. Manchmal erzähle ich ihnen, daß Tashi mich an Dich erinnert. Und weil es für sie keinen gibt, der besser als Tashi ist, glühen sie vor Begeisterung. Aber wirst Du immer noch Tashis ehrliche und offene Art haben, wenn wir uns wiedersehen, frage ich mich. Oder haben die Jahre des Kinderkriegens und der Beschimpfungen durch Mr. - - - sie kaputtgemacht? Das sind Gedanken, die ich nicht vor den Kindern verfolge, sondern nur mit meinem geliebten Gefährten Samuel, der mir rät, mich nicht zu sorgen, auf Gott zu bauen und an die Widerstandskräfte in der Seele meiner Schwester zu vertrauen.

Gott ist anders für uns, nach all diesen Jahren in Afrika. Mehr Geist als zuvor und mehr innerlich. Die meisten Leute glauben, er muß wie jemand oder etwas aussehen – wie ein Dachblatt oder

Christus –, aber wir nicht. Und nicht daran gebunden zu sein, wie Gott aussieht, macht uns frei.

Wenn wir nach Amerika zurückkommen, müssen wir lange Gespräche darüber führen, Celie. Und vielleicht werden Samuel und ich eine neue Kirche in unsrer Gemeinde gründen, in der es überhaupt keine Idole gibt und in der der Geist jedes Menschen ermutigt wird, Gott direkt zu suchen, und sein Glaube, daß dies möglich ist, von uns, als Menschen, die auch glauben, gestärkt wird.

Hier kann man nicht viel zu seiner Unterhaltung tun, wie Du Dir vorstellen kannst. Wir lesen die Zeitungen und Illustrierten von zu Hause und spielen zahllose afrikanische Spiele mit den Kindern. Üben mit den afrikanischen Kindern Teile aus Shakespeares Stücken – Adam war immer sehr gut als Hamlet mit dem Sein-oder-Nichtsein-Monolog. Corrine hatte eine feste Vorstellung davon, was die Kinder lernen sollten, und hat dafür gesorgt, daß jedes wichtige Buch, das in den Zeitungen angekündigt wurde, in ihre Bibliothek kam. Sie wissen viel, und ich glaube, sie werden die amerikanische Gesellschaft nicht als großen Schock empfinden, mit Ausnahme des Hasses für die Schwarzen, der aber auch in den Nachrichten sehr deutlich wird. Aber ich mache mir Sorgen wegen ihrer sehr afrikanischen Meinungsunabhängigkeit und Direktheit und auch ihrer extremen Ichbezogenheit. Und wir werden arm sein, Celie, und es wird bestimmt Jahre dauern, bis wir überhaupt ein Heim haben. Wie werden sie die Feindseligkeit von außen ertragen können, wo sie hier aufgewachsen sind? Wenn ich sie mir in Amerika vorstelle, sehe ich sie als viel jünger, als sie mir hier erscheinen. Viel naiver. Das Schlimmste, was wir hier ertragen mußten, war Gleichgültigkeit und eine gewisse, verständliche Flachheit der persönlichen Beziehungen – unser Verhältnis zu Catherine und Tashi ausgenommen. Schließlich wissen die Olinka, daß wir gehen können, sie aber bleiben müssen. Und natürlich hat nichts davon mit unsrer Hautfarbe zu tun. Und –

Liebste Celie,

gestern abend habe ich zu schreiben aufgehört, weil Olivia hereinkam, um mir zu sagen, daß Adam weg ist. Er kann nur auf die Suche nach Tashi gegangen sein.

Bete für seine Sicherheit,
Deine Schwester Nettie

Liebste Nettie,

manchmal denk ich, Shug liebt mich bestimmt nie mehr. Ich steh da und kuck mein nacktes Ich im Spiegel an. Was soll sie denn lieben, frag ich mich. Mein Haar is kurz und krisslig, weil ich es nich mehr entkrause. Einmal hat Shug gesagt, sie mags so, das bräucht ich nich. Meine Haut is dunkel. Meine Nase halt eine Nase. Meine Lippen einfach nur Lippen. Mein Körper der Körper von einer Frau, die sich mit dem Alter verändert. Nix Besondres dran für jemand zum Lieben. Nix mit honigfarbigen Locken. Nix süß. Nix jung und frisch. Mein Herz muß aber wohl jung und frisch sein, das fühlt sich so verflixt blutig an. Ich red viel mit mir, wie ich da so vor dem Spiegel steh. Celie, sag ich, das Glück war in deinem Fall eben nur ein Hirngespinst. Bloß, weil du vor Shug nie eins erlebt hast, hast du gedacht, es wär Zeit, welches zu haben, und daß es halten würd. Hast sogar gedacht, du hättest die Bäume auf deiner Seite. Die ganze Erde. Die Sterne. Aber kuck dich doch an. Wie Shug weg is, hat das Glück dich im Stich gelassen.

Ab und zu krieg ich eine Postkarte von Shug. Sie und Germaine sind in New York, in Kalifornien. Mary Agnes und Grady in Panama besuchen.

Mr. --- is wohl noch der einzige, der mein Gefühl versteht. Ich weiß, daß du mich hassen mußt, weil ich dich von Nettie weggehalten hab, sagt er. Und jetzt is sie tot.

Aber es is nich so, daß ich ihn hassen muß, Nettie. Und ich glaub nich, daß Du tot bist. Wie kannst Du tot sein, wenn ich Dich noch spür? Vielleicht, daß Du Dich in was andres verwandelt hast, wie Gott, und ich jetzt anders mit Dir reden muß, aber für mich bist Du nich tot, Nettie. Und wirsts nie sein. Manchmal, wenn ich es satt hab, mit mir selbst zu reden, red ich mit Dir. Ich probier sogar, unsre Kinder zu erreichen.

Mr. - - - kanns immer noch nich glauben, daß ich Kinder hab. Wo sollst du denn Kinder herhaben? fragt er.

Von meinem Stiefvater, sag ich.

Willst du sagen, er hat die ganze Zeit gewußt, daß er der war, wo dich verdorben hat? fragt er.

Ich sag: Genau.

Mr. - - - schüttelt den Kopf.

Ich weiß, daß Du Dich wundern muß, daß ich ihn nicht hasse, nach all dem Bösen, was er getan hat. Da gibts zwei Gründe dafür. Erst mal, weil er Shug liebt. Und dann, weil Shug ihn geliebt hat. Plus, daß er scheints probiert, sich zu bessern. Ich mein nich bloß, daß er arbeitet und daß er seinen Dreck wegmacht und daß er so langsam einen Sinn für Sachen kriegt, die Gott geschaffen hat, wie er mal lustig aufgelegt war. Ich mein, daß er jetzt wirklich zuhört, wenn man mit ihm redet, und einmal hat er mitten in der Unterhaltung, die wir hatten, so aus dem Blauen gesagt, Celie, ich bin zufrieden, das ist das erste Mal in meinem Leben, daß ich wie ein natürlicher Mensch auf der Erde rumlauf. Und das is was ganz Neues.

Sofia und Harpo versuchen ständig, mich mit irgendwelchen Männern zu verkuppeln. Sie wissen, daß ich Shug liebe, aber sie glauben, daß Frauen nur zufällig lieben und jeden, der grad zur Hand is. Jedesmal, wenn ich zu Harpo rübergeh, kriecht mir so ein mickriger Versicherungsvertreter fast ins Gesicht. Mr. - - - muß kommen und mich retten. Er sagt zu dem Mann, diese Dame is meine Frau. Der Mann verschwindet zur Tür raus.

Wir sitzen da, trinken was. Reden von unsrer Zeit mit Shug. Reden von damals, wie sie krank heimgekommen is. Das kleine krumme Lied, was sie gesungen hat. Die ganzen schönen Abende unten bei Harpo.

Du hast doch sogar schon damals genäht, sagt er. Ich weiß noch die hübschen kleinen Kleidchen, die Shug immer angehabt hat. Ja, sag ich, Shug hat eben gewußt, wie man ein Kleid trägt. Weißt du noch den Abend, wie Shug Mary Agnes die Zähne ausgeschlagen hat, fragt er.

Wer könnte das vergessen, sag ich.

Wir sagen nix von Sofia ihren Problemen. Da können wir noch nich drüber lachen. Plus, daß Sofia immer noch Ärger mit der Familie hat. Oder Ärger mit Miss Eleanor Jane.

Ihr habt ja keine Ahnung, was ich mit dem Mädchen durchgemacht hab. Wißt ihr noch, wie sie ständig zu mir gerannt kam, wie sie daheim Probleme hatte? Am Schluß is sie dann sogar noch gerannt gekommen, auch wenn was Gutes passiert is. Kaum daß sie sich den Mann geangelt hatte, wo sie dann geheiratet hat, is sie zu mir gekommen. O Sofia, sagt sie, du mußt Stanley Earl kennenlernen! Und bevor ich ein Wort sagen konnte, steht Stanley Earl schon mitten in meinem Wohnzimmer.

Wie gehts, Sofia, sagt er und grinst und streckt seine Hand her. Miss Eleanor Jane hat mir so viel von Ihnen erzählt. Ich frag mich, ob sie ihm wohl erzählt hat, daß ich bei denen unterm Dach schlafen hab müssen, sagt Sofia. Fragen tu ich aber nich. Ich bin schön höflich und freundlich. Henrietta dreht im hintern Zimmer das Radio auf. Ich muß fast schreien, daß sie mich verstehn. Sie stehn rum und kucken die Bilder von den Kindern an der Wand an und sagen, wie gut meinen Jungs die Uniform steht.

Wo sind die denn im Einsatz? will Stanley Earl wissen.

Die sind noch im Wehrdienst hier in Georgia, sag ich. Aber bald müssen sie nach Übersee.

Er fragt mich, ob ich weiß, wo sie dann stationiert sind. Frankreich, Deutschland oder Pazifik.

Ich hab keine Ahnung, wo das alles is, drum sag ich, nä. Er sagt, er würd gern kämpfen, muß aber daheim bleiben und seinem Vater seine Baumwollmaschinen in Gang halten.

Die Truppen brauchen eben was zum Anziehen, sagt er, wenn sie in Europa kämpfen. Was ein Pech, daß es nich in Afrika is. Er lacht. Miss Eleanor Jane lächelt. Henrietta dreht auf, so laut wies geht. Sie hat so eine richtig trübe Weißen-Musik drin, die klingt, ich weiß gar nich, wie. Stanley Earl schnipst mit den Fingern und tapst mit einem von seinen orntlich großen Füßen. Er hat einen langen Kopf, der grade raufgeht und so kurzes Haar, daß es kraus aussieht. Seine Augen sind richtig tiefblau und regen sich nich. Großer Gott, denk ich.

Sofia hat mich mehr oder weniger aufgezogen, sagt Miss Eleanor Jane. Weiß nich, was wir ohne sie getan hätten.

Tja, sagt Stanley Earl, hier wird doch jeder von Farbigen aufgezogen, drum wird ja auch was aus uns. Er zwinkert mir zu und sagt, na, mein Zuckerpüppchen, zu Miss Eleanor Jane, Zeit, daß wir Leine ziehn.

Sie springt hoch, wie wenn einer sie mit ner Nadel gepiekt hätt. Wie gehts denn Henrietta? fragt sie. Dann flüstert sie, ich hab was mitgebracht mit Yams drin, die sind so gut versteckt, daß sie es nie ahnt. Sie rennt raus zum Auto und kommt mit einem Thunfischauflauf wieder.

Also, sagt Sofia, eins muß man der Miss Eleanor Jane schon lassen, der ihr Essen kannste Henrietta fast immer untermogeln. Und das is schon eine Menge wert für mich. Natürlich sag ich Henrietta nie, wo es herkommt. Wenn ich das tun würde, schwupps wärs aus dem Fenster. Oder sie würd es rauskotzen, wie wenn ihr übel davon is.

Aber jetzt is, glaub ich, für Sofia und Miss Eleanor Jane auch das Ende gekommen. Und es hat nix mit Henrietta zu tun gehabt, obwohl die Miss Eleanor Jane haßt wie die Pest. Es is Miss Eleanor Jane selber gewesen und dieses Baby, das sie partu kriegen mußte. Jedesmal, wenn Sofia sich umgedreht hat, hat Miss Eleanor Jane ihr den Reynolds Stanley Earl vors Gesicht gehalten. Er is so ein kleines weißes Etwas mit kaum Haaren, sieht aus, wie wenn er zur Marine will.

Is klein Reynolds nich süß, sagt Miss Eleanor Jane zu Sofia. Daddy findet ihn einfach lieb, sagt sie. Der findet das so schön, daß er einen Enkel hat, der nach ihm heißt und ihm so ähnlich sieht.

Sofia sagt nix, steht nur da und bügelt Kleider von Suzie Q. und Henrietta.

Und so gescheit, sagt Eleanor Jane. Daddy sagt, er hat noch nie so ein gescheites Baby gesehn. Stanley Earl seine Mama sagt, er is gescheiter, wie Stanley Earl in seinem Alter war. Sofia sagt immer noch nix.

Endlich merkt Eleanor Jane was. Und Du weißt ja, wie manche von dem Weißvolk sind, die lassen einen einfach nich in Frieden. Wenn die nur wollen, dann quetschen die einen Segen aus dir raus, und wenn er dich umbringt.

Sofia is ja so still heut morgen, sagt Miss Eleanor Jane, wie wenn sies nur zu Reynolds Stanley sagt. Er starrt sie aus seinen riesigen, offnen Bolleraugen an.

Findst du ihn nich süß? fragt sie noch mal.

Jedenfalls ganz schön dick, sagt Sofia und dreht das Kleid um, an dem sie grad bügelt.

Und süß is er auch, sagt Miss Eleanor Jane.

Pummeliger gehts wohl nich mehr, sagt Sofia. Und riesig is er.

Aber süß is er auch, sagt Eleanor Jane. Und so gescheit. Sie prescht los und küßt ihn an die Seite vom Kopf. Er reibt sich den Kopf und sagt Jiii.

Is das nich das gescheiteste Kind, was du je gesehn hast? fragt sie Sofia.

Er hat einen hübsch großen Kopf drauf, sagt Sofia. Manche Leute legen ja viel Wert auf die Größe von einem Kopf. So schrecklich viel Haar is auch nich drauf. Da wird ers im Sommer doch schön kühl haben. Sie faltet das Stück, das sie gebügelt hat, zusammen und legts auf einen Stuhl.

So ein süßes, gescheites, herziges, unschuldiges kleines Jungchen, sagt Miss Eleanor Jane. Findest du ihn nich einfach lieb? fragt sie Sofia blank raus.

Sofia seufzt. Stellt ihr Bügeleisen ab. Starrt Miss Eleanor Jane und Reynolds Stanley an. Die ganze Zeit sitzen Henrietta und ich in der Ecke und spielen Pitty Pat. Henrietta tut, wie wenn Miss Eleanor Jane gar nich auf der Welt is, aber beide hören wir, wie das klingt, wie Sofia das Bügeleisen hinstellt. Da is viel Altes und Neues in dem Klang drin.

Nein, Ma'am, sagt Sofia. Ich find Reynolds Stanley Earl nich einfach lieb. So. Das isses doch, was du versuchst rauszukriegen, seit er geboren is. Und jetzt weißt du es.

Ich und Henrietta kucken hoch. Miss Eleanor Jane hat grad ganz fix Reynolds Stanley auf den Boden gesetzt, und da krabbelt er jetzt rum und schmeißt Zeug über den Haufen. Zieht schnurstracks auf Sofia ihren Stapel mit gebügelten Kleidern zu und zerrt ihn runter auf seinen Kopf. Sofia sammelt die Kleider auf, streicht sie glatt, steht am Bügelbrett, mit der Hand auf dem Bügeleisen. Sofia is die Art Frau, bei der was sie in der Hand hat, egal, was, aussieht wie eine Waffe.

Eleanor Jane fängt an zu heulen. Sie hat Sofia immer gern gehabt. Wenn sie nich gewesen wär, hätte Sofia das Leben im Haus von ihrem Daddy auch nie ertragen. Na und? Sofia is ja nich freiwillig bei denen gewesen. Hat ja nich freiwillig ihre eignen Kinder im Stich gelassen.

Zu spät für die Tränen, Miss Eleanor Jane, sagt Sofia. Jetzt können wir bloß noch lachen. Kuck ihn doch an, sagt sie. Und sie lacht wirklich. Der kann noch nich mal laufen, und schon is er in meinem Haus und bringt alles durcheinander. Hab ich drum gebeten, daß er kommt? Liegt mir was dran, ob er süß is oder nich? Spielt das eine Rolle, was ich denk, dafür, wie er aufwächst und mich später behandelt?

Du magst ihn bloß nich, weil er aussieht wie Daddy, sagt Miss Eleanor Jane.

Du magst ihn nich, weil er aussieht wie Daddy, sagt Sofia. Ich hab überhaupt kein Gefühl für ihn. Ich lieb ihn nich. Ich hasse ihn nich. Ich wollt nur, er dürft nich ständig hier rumlaufen und den Leuten ihre Sachen durcheinanderwerfen.

Ständig! Ständig! sagt Miss Eleanor Jane. Sofia, er is doch nur ein Kind! Noch nich mal ein Jahr alt. Er is hier höchstens fünf- oder sechsmal gewesen.

Mir kommts vor, wie wenn er ewig hier is, sagt Sofia.

Das versteh ich nich, sagt Miss Eleanor Jane. Die ganzen andern farbigen Frauen, die ich kenne, haben Kinder so gern. Das is unnatürlich, wie du das fühlst.

Ich hab Kinder gern, sagt Sofia. Aber die ganzen farbigen Frauen, wo sagen, daß sie deine gern haben, lügen doch. Die lieben Reynolds Stanley kein bißchen mehr wie ich. Aber wenn du so schlecht erzogen bist, daß du sie fragst, was sollen die denn anders sagen? Manche Farbigen haben doch solchen Schiß vor dem Weißvolk, daß sie sogar sagen, sie mögen die Baumwollfabrik gern.

Aber er is doch noch ein kleines Kind! sagt Miss Eleanor Jane, wie wenn was sie da sagt alles erklären würde.

Was willst du von mir? sagt Sofia. Ich mag dich, weil du als einzigste von den ganzen Leuten in deinem Daddy seinem Haus bißchen menschlich und freundlich warst. Aber andrerseits bin ich auch als einzigste von den ganzen Leuten in deinem Daddy seinem Haus bißchen menschlich und freundlich zu dir gewesen. Freundlichkeit is alles, was ich dir anbieten kann. Deinen Verwandten hab ich nix andres anzubieten, wie sie mir anbieten. Nix hab ich denen anzubieten.

Reynolds Stanley is inzwischen drüben auf Henrietta ihrer Matratze, und es sieht aus, wie wenn er ihren Fuß vergewaltigen will. Am Schluß fängt er an, ihr ins Bein zu beißen, und Henrietta langt aufs Fensterbrett und gibt ihm einen Zwieback.

Ich hab das Gefühl, du bist der einzige Mensch, der mich mag, sagt Miss Eleanor Jane. Mama mag nur den Junior, sagt sie. Weil Daddy in Wirklichkeit nur ihn mag.

Na, sagt Sofia. Du hast doch jetzt deinen eignen Mann, der dich liebt.

Scheints liebt der nix andres wie seine Baumwollfabrik, sagt sie. Um zehn Uhr nachts is er immer noch unten bei der Arbeit. Und wenn er nich arbeitet, dann spielt er Poker mit den Jungs. Mein Bruder sieht viel mehr von Stanley Earl wie ich.

Vielleicht solltest du ihn verlassen, sagt Sofia. Du hast doch Verwandtschaft in Atlanta, geh doch zu denen. Such dir eine Arbeit.

Miss Eleanor Jane wirft das Haar zurück, tut, wie wenn sie das gar nich hört, so eine kühne Idee is das.

Ich hab doch meine eignen Sorgen, sagt Sofia, und wenn Reynolds Stanley erwachsen is, dann wird er einer von denen.

Das wird er bestimmt nich, sagt Miss Eleanor Jane. Ich bin seine Mama, und ich laß nich zu, daß er gemein zu Farbigen is.

Du und welche Armee? sagt Sofia. Das erste Wort, wo der spricht, das lernt der bestimmt nich von dir.

Willst du damit sagen, daß ich es nich mal schaffe, meinen eignen Sohn zu lieben? sagt Miss Eleanor Jane.

Nein, sagt Sofia. Das will ich nich sagen. Ich will sagen, daß *ich* es nich schaffe, deinen eignen Sohn zu lieben. Du kannst ihn lieben, soviel du willst. Aber mach dich bereit, auch die Folgen zu tragen. Das is die Art, wie die Farbigen leben.

Klein Reynolds Stanley is jetzt voll auf Henrietta ihrem Gesicht und schlabbert und saugt. Probiert, ihr einen Kuß zu geben. Jeden Moment, denk ich, haut sie ihn dumm und dämlich. Aber sie liegt ganz still, wie er sie so untersucht. Ab und zu tut er, wie wenn er ihr in den Augapfel kucken will. Dann hockt er sich mit einem Bums ihr auf die Brust und grinst. Er nimmt eine von ihren Spielkarten und will sie damit füttern.

Sofia kommt rüber und hebt ihn weg.

Mir macht das nix, sagt Henrietta. Er kitzelt mich.

Mir macht das was, sagt Sofia.

Tja, sagt Miss Eleanor Jane zu dem Baby und hebt es auf, wir sind hier nich erwünscht. Sie sagt das ganz traurig, so, wie wenn sie keinen Platz mehr hat, wo sie hin kann.

Danke für alles, was du für uns getan hast, sagt Sofia. Sie selbst sieht auch nich so gut aus, und das Wasser steht ihr in den Augen. Wie Miss Eleanor Jane und Reynolds Stanley weg sind, sagt sie, das sind so die Zeiten, wo ich merk, daß wir die Welt nich gemacht haben. Und die ganzen Farbigen, wenn die so daherreden von wegen alle Menschen lieben, die haben einfach nich richtig aufgepaßt bei dem, was sie glauben, daß sie sagen.

Ja, und was gibts sonst noch Neues?

Also, Deine Schwester ist zu verrückt, als daß sie sich umbringt. Die meiste Zeit fühl ich mich beschissen, aber ich hab mich schon öfters in meinem Leben beschissen gefühlt, und was is passiert? Ich hab eine liebe Schwester gehabt mit Namen Nettie. Ich hab noch eine andre liebe Freundin gehabt mit Namen Shug. Ich hab ein paar liebe Kinder gehabt, die sind in Afrika aufgewachsen und haben gesungen und Verse geschrieben. Die ersten zwei Monate war es die Hölle, erzähl ich der Welt. Aber jetzt is Shug ihr halbes Jahr gekommen und gegangen, und sie is nich zurückgekommen. Und ich probier, meinem Herz beizubringen, daß es sich nich wünscht, was es nich haben kann.

Außerdem hat sie mir so viele schöne Jahre gemacht. Plus, daß sie jetzt neue Sachen in ihrem neuen Leben lernt. Sie und Germaine sind jetzt grad bei einem von ihren Kindern.

Liebe Celie, hat sie geschrieben, ich und Germaine sind in Tucson, Arizona, gelandet, wo eins von meinen Kindern wohnt. Die andern zwei leben, und es is was aus ihnen geworden, aber sie haben mich nicht sehn wollen. Jemand hat ihnen erzählt, ich führ ein schlechtes Leben. Der hier sagt, er will seine Mama sehen, egal, was. Er wohnt in einem kleinen Haus, sieht aus wie aus Lehm, wie die es hier draußen haben, und es heißt Adobe, und so weißt Du, daß ich mich richtig zu Hause fühl (lächel). Er is auch Lehrer und arbeitet im Indianerreservat. Sie nennen ihn den schwarzen weißen Mann. Sie haben auch ein Wort, das bedeutet das, und das macht ihm richtig was aus. Aber auch wenn er versucht, ihnen zu sagen, wie das für ihn is, dann is ihnen das scheints egal. Die sind schon so weit, daß nix mehr, was Fremde sagen, eine Rolle spielt. Einen, der kein Indianer ist, können sie nich brauchen. Mir tut das leid, daß ihm das soviel ausmacht, aber so is das Leben.

Germaine, der hat die Idee gehabt, daß ich nach meinen Kindern kucke. Er hat nur gesagt, wenn ich wüßte, wie es meinen Kindern geht, dann würds mir wahrscheinlich in meinem eigenen Leben bessergehn.

Der Sohn hier, bei dem wir sind, heißt James. Seine Frau heißt Cora Mae. Die haben zwei Kinder, die heißen Davis und Cantrell. Er sagt, er hat immer gedacht, etwas is komisch an seiner Mama (meiner Mama), weil sie und der große Daddy so alt und streng waren und so festgefahren. Aber trotzdem, sagt er, hat er viel Liebe für sie empfunden.

Ja, mein Sohn, sag ich zu ihm. Die hatten viel Liebe zum Verschenken. Aber ich hab Liebe gebraucht *und* daß man mich versteht. Und daran fehlts ihnen ein bißchen.

Sie sind ja jetzt tot, sagt er. Schon neun oder zehn Jahre. Haben uns alle so weit weg wie möglich zur Ausbildung geschickt.

Weißt Du, ich hab eigentlich nie an Mama und Daddy gedacht. Du weißt ja, wie mich so was kaltläßt. Aber jetzt, wo sie tot sind und ich seh, daß aus meinen Kindern was geworden ist, denk ich richtig gern an sie. Vielleicht kann ich ein paar Blumen bei ihnen aufs Grab tun, wenn ich zurückkomm.

O ja, sie schreibt mir jetzt bald jede Woche. Lange Briefe, voll mit dem Neusten und Sachen, wo sie denkt, daß sie die vergessen hatte. Plus Sachen über die Wüste und die Indianer und die Rocky Mountains. Ich wollt, ich könnte mit ihr rumreisen, Gott sei Dank, daß sies wenigstens kann. Manchmal bin ich sauer auf sie. Hab das Gefühl, ich könnt ihr die Haare vom Kopf reißen, aber dann denk ich wieder, Shug hat auch ein Recht drauf zu leben. Sie hat ein Recht drauf, die Welt anzukucken in der Gesellschaft, die sie sich dazu aussucht. Nur weil ich sie liebhabe, nimmt ihr das noch lang nich das Recht dazu.

Das einzigste, was mich plagt, is, daß sie nie was von Zurückkommen schreibt. Und sie fehlt mir. Mir fehlt ihre Freundschaft so sehr, daß ich, auch wenn sie mit Germaine im Schlepptau ankommen würde, dann würd ich alle beide mit offenen Armen aufnehmen, und wenn ich dabei draufgehn tät. Wer bin ich denn, daß ich ihr befehlen kann, wen sie lieben soll? Mein Amt is nur, daß *ich* sie echt und wahr liebe.

Mr. --- hat mich neulich gefragt, was ich denn an Shug so sehr mag. Er sagt, er mag ihren Stil. Er sagt, ums ehrlich zu sagen, Shug benimmt sich männlicher wie die meisten Männer. Ich mein, sie is aufrichtig und ehrlich. Sagt, was sie denkt, und den letzten beißen die Hunde, sagt er. Shug, weißt du, die kämpft. Genau wie Sofia. Für die gibts nix, wie ihr Leben leben und sie selbst sein, egal, was is.

Mr. --- denkt, das sind alles Sachen, die Männer machen. Aber Harpo is nich so, sag ich zu ihm. Und du bist auch nich so. Was Shug hat, is fraulich, so kommts mir vor. Besonders, wo doch sie und Sofia die sind, dies haben.

Sofia und Shug sind nich wie Männer, sagt er. Aber wie Frauen sind sie auch nich.

Du meinst, die sind nich wie du oder ich.

Die haben ihre Art, sagt er. Und die is anders.

Was mir am besten an Shug gefällt, sag ich, is, wo sie überall durch is. Wenn du in Shug ihre Augen kuckst, dann weißt du, daß sie wirklich da war, wo sie gewesen is, daß sie gesehen hat, was sie gesehen hat, und daß sie getan hat, was sie getan hat. Und jetzt weiß sie es.

Das is die Wahrheit, sagt Mr. ---.

Und wenn du ihr nich aus dem Weg gehst, dann sagt sie dir die Meinung.

Amen, sagt er. Und dann sagt er was, da bin ich richtig platt, so klug und vernünftig is das. Wenns drum geht, was die Leute mit ihrem Körper zusammen anfangen, sagt er, da kann jeder genauso Spekulationen anstellen wie ich. Aber wenns um die Liebe geht, da brauch ich keine Spekulationen. Ich hab geliebt, und ich bin geliebt worden. Und ich kann Gott nur danken, daß er mir so viel Grips gegeben hat, daß ich weiß, daß man die Liebe nicht halten kann, nur weil einer stöhnt und seufzt. Mich wunderts nich, daß du Shug Avery liebst, sagt er. Ich hab Shug Avery mein Leben lang geliebt.

Dir is wohl ein Licht aufgegangen? sag ich.

Kein Licht, sagt er. Nur Erfahrung. Weißt du, es bleibt nich aus, daß jeder früher oder später bißchen was mitkriegt. Dazu brauchst du nur weiterleben. Und bei mir hats ganz schön schwer angefangen, damals, wie ich Shug erzählt hab, daß es wahr is, daß ich dich geschlagen hab, weil du du warst und nich sie.

Ich habs ihr gesagt, sag ich.

Ich weiß, sagt er, und ich kanns dir nich verargen. Wenn ein Esel den Leuten erzählen könnt, wie er behandelt wird, dann würd ers tun. Aber, weißt du, manche Frauen hätten das doch liebend gern gehört, daß ein Mann sagt, er schlägt seine Frau, weil die nich die andre is. Mit Shug wars mal so wegen Annie Julia. Wir haben uns wie die Irren wegen meiner ersten Frau in die Haare gekriegt. Und die hats nie jemand gesagt. Und sie hätt auch keinen gehabt zum Sagen. Wie ihre Leute sie mit mir verheiratet hatten, haben die getan, wie wenn sie sie einen Brunnen geschmissen hätten. Oder von der Erdoberfläche runter. Ich hab sie nich wollen. Ich wollte Shug. Aber mein Daddy hat das Sagen gehabt. Er hat mir die Frau gegeben, die er für mich hat haben wollen.

Aber Shug hat für dich den Mund aufgemacht, Celie, sagt er. Sie hat gesagt, Albert, du behandelst jemand schlecht, den ich gern hab. Du bist für mich erledigt. Ich konnts kaum glauben, sagt er. Dabei warn wir doch da drin immer noch so scharf aufeinander wie zwei Pistolen. Tschuldige, sagt er. Aber das warn wir. Ich hab versucht, sie auszulachen. Aber sie hat gemeint, was sie gesagt hat.

Ich hab versucht, sie damit hochzunehmen. Du liebst doch nich die doofe alte Celie, hab ich gesagt. Die is doch häßlich und dürr und kann dir nich das Wasser reichen. Die kann doch nich mal vögeln.

Wieso ich denn so was sagen würd. Von dem, was sie mir erzählt hat, sagt Shug, hat sie gar keinen Grund zum Vögeln. Du hopst doch auf sie drauf und wieder runter wie ein Karnickel. Und, sagt sie, Celie sagt, du bist nich mal immer sauber. Und sie rümpft die Nase.

Ich hätt dich umbringen können, sagt Mr. - - -, und ich hab dich ein paarmal durchgewalkt. Ich hab nich kapiert, wieso Shug und du euch so gut verstanden habt, und es hat mich ganz wild gemacht. Wie sie so gemein und häßlich zu dir war, das hab ich kapiert. Aber wie ich mich dann umkuck und ihr zwei euch immer die Haare gemacht habt, da hat es angefangen, mich umzutreiben.

Sie mag dich immer noch, sag ich.

Jaja, sagt er, sie mag mich, wie wenn ich ihr Bruder wär.

Was is denn da so schlimm dran, frag ich. Lieben denn ihre Brüder sie nich?

Die Narren, die, sagt er. Die sind immer noch so blöd, wie ich mal war.

Na ja, sag ich, wir müssen ja alle irgendwo anfangen, wenn wir uns bessern wollen, und unser eignes Ich haben wir jedenfalls in der Hand.

Mir tut das wirklich leid, daß sie dich allein gelassen hat, Celie. Ich weiß, wies mir war, wie sie mich verlassen hat.

Dann hat der alte Teufelskerl mir den Arm um die Schulter gelegt und is ganz still mit mir auf der Veranda gestanden. Und nach einer ganzen Weile hab ich meinen steifen Hals an seine Schulter gelegt. Da stehn wir jetzt, hab ich gedacht, zwei alte Narren, die die Liebe übriggelassen hat, und leisten einander Gesellschaft unter den Sternen.

Bei andern Malen hat er was über die Kinder wissen wollen. Ich hab ihm erzählt, daß Du geschrieben hast, daß beide lange Gewänder tragen, wie so eine Art Kleider. Das war an dem Tag, wo er mich besucht hat, wie ich grad am Nähen war, und mich gefragt hat, was denn so Besonderes an meinen Hosen dran is. Jeder kann die anziehn, sag ich.

Männer und Frauen sollen aber nich das gleiche anhaben, sagt er. Die Männer sollen die Hosen anhaben.

So, sag ich. Das müßtest du mal den Männern in Afrika erzählen.

Was sagst du? fragt er. Das war das erste Mal, daß er überhaupt dran gedacht hat, was Afrikaner tun.

Die Leute in Afrika ziehn an, was in der Hitze bequem is, sag ich. Klar, die Missionare haben ihre eigne Meinung über Kleider. Aber wenn man sie läßt, ziehn die Afrikaner manchmal ganz wenig an oder ganz viel, hör ich von Nettie. Jedenfalls mögen die Männer und die Frauen schöne Kleider gern.

Gewänder hast du vorhin gesagt, sagt er.

Gewänder, Kleider. Jedenfalls keine Hosen.

Na so was aber auch, sagt er.

Und die Männer nähen in Afrika auch, sag ich.

Tun sie das? sagt er.

Jaha, sag ich, die sind nich so hinterm Mond wie die Männer hier.

Wie ich klein war, sagt er, hab ich immer mit Mama nähen wollen, weil sie das ständig getan hat. Aber alle haben mich ausgelacht. Aber, weißt du, es hat mir gefallen.

Na, jetzt lacht keiner über dich, sag ich. Komm, hilf mir mal die Taschen reinnähen.

Aber ich weiß nich, wie, sagt er.

Ich zeigs dir, sag ich. Und das hab ich gemacht.

Jetzt sitzen wir da und nähen und reden und rauchen Pfeife. Stell dir vor, sag ich zu ihm, die Leute in Afrika, wo Nettie und die Kinder sind, glauben, daß die Weißen die Kinder von den Schwarzen sind.

Nä wirklich, sagt er, wie wenn es ihn interessiert, aber sein Kopf eigentlich bei der Farbe von seinem nächsten Faden is. Die haben Adam gleich einen neuen Namen gegeben, kaum daß er angekommen war. Sie haben gesagt, die weißen Missionare, bevor Nettie und die gekommen sind, hätten ihnen alles von Adam erzählt, so, wie die Weißen das sehen und wissen. Aber sie wüßten selbst, von sich aus, wer Adam wär. Und schon viel länger.

Und wer war er? fragt Mr.---.

Der erste Mann, der weiß war. Nich der erste Mann. Sie sagen, keiner is so verrückt, daß er glaubt, er kann sagen, wer der erste Mensch war. Aber den ersten weißen Mann hat jeder bemerkt, weil der weiß war.

Mr.--- runzelt die Stirn, kuckt die verschiedenen Farben von Faden an, die wir haben. Fädelt ein, leckt den Finger, macht einen Knoten.

Sie sagen, vor Adam wären alle schwarz gewesen. Dann hätte eines Tages eine Frau, die sie dann gleich umgebracht haben, dieses Baby ohne Farbe gekriegt. Zuerst haben sie gedacht, es wär von etwas, was sie gegessen hat. Aber dann hat noch eine eins gekriegt, und eine Frau hat angefangen, Zwillinge zu kriegen. Da haben die Leute angefangen, weiße Babies und Zwillinge umzubringen. Dann war Adam also nich mal der erste weiße Mann. Er war nur der erste, den die Leute nich umgebracht haben.

Mr.--- hat mich richtig nachdenklich angekuckt. Er sieht gar nich so schlecht aus, weißt Du, wenn mans genau nimmt. Und jetzt siehts ja langsam so aus, wie wenn er auch eine ganze Menge Gefühl hinter seinem Gesicht hat.

Na ja, du weißt ja, daß die Schwarzen bis heute Albinos kriegen können, wie man da sagt. Aber von Weißen, die was Schwarzes haben, ohne daß irgendein Schwarzer was mit denen getrieben hat, hört man nix. Und in Afrika waren keine Weißen, damals, wie das alles passiert is.

So haben diese Olinka von den weißen Missionaren von Adam und Eva gehört, und sie haben gehört, wie die Schlange Eva verführt hat und wie Gott sie aus dem Garten Eden vertrieben hat. Und sie waren richtig gespannt, wie sie das gehört haben, weil sie, nachdem sie die weißen Olinka-Kinder aus dem Dorf gejagt hatten, eigentlich nie mehr dran gedacht haben. Nettie sagt, bei den Afrikanern wär aus dem Auge aus dem Sinn. Und noch was andres, was sie nich mögen, sie wollen nix in der Nähe, was anders aussieht oder was anderes tut. Sie wollen, daß alle genau gleich sind. Dann weiß man ja, daß es mit den Weißen nich lang gutgehen konnte. Sie hat geschrieben, ihr kommts so vor, wie wenn die Afrikaner die weißen Olinka wegen ihrem Aussehen rausgeworfen haben. Den Rest von uns, alle die, die Sklaven geworden sind, haben sie rausgeworfen, dafür, wie sie sich benommen haben. Scheints konnten wirs einfach nich recht machen, egal, wie wirs versucht haben. Na, du weißt ja, wie Nigger sind. Die lassen sich doch von keinem was sagen, auch heut noch. Die lassen sich nich regieren. Jeder Nigger, den du siehst, hat ein Königreich in seinem Kopf.

Aber denk mal, wies weiterging, sag ich zu Mr. - - -. Wie die Missionare zu der Stelle kommen, wo Adam und Eva nackt sind, da prusteten die Olinka bald los. Besonders, wie die Missionare sie dazu bringen wollten, Kleider anzuziehen deswegen. Sie haben versucht, den Missionaren zu erklären, daß *sie* Adam und Eva aus dem Dorf getrieben hätten, weil die nackt waren. Ihr Wort für nackt ist weiß. Aber weil sie selbst mit Farbe bedeckt sind, sind sie nich nackt. Sie haben gesagt, jeder, der einen Weißen ankuckt, sieht doch gleich, daß der nackt is, aber Schwarze können nie nackt sein, weil sie nich weiß sein können.

Genau, sagt Mr. - - -. Aber recht haben sie nich gehabt.

Nä, sag ich. Adam und Eva sind der Beweis. Was die getan haben, diese Olinka, war, daß sie die eigenen Kinder rausgeworfen haben, bloß, weil die bißchen anders waren.

Ich wette, die machen das heute noch, sagt Mr. - - -.

Ach, von dem her, was Nettie sagt, müssen die Afrikaner ja schlimm sein. Und du weißt doch, daß in der Bibel steht, der Apfel fällt nich weit vom Stamm. Und noch was, sag ich. Rat mal, von wem sie behaupten, daß er die Schlange is?

Sicher von uns, sagt Mr. - - -.

Richtig, sag ich. Die Weißen haben das in die Welt gesetzt. Die waren so sauer, daß sie beschlossen haben, daß sie uns zertreten wollen, wo sie uns finden, so, wie sie es mit den Schlangen machen.

Glaubst du? fragt Mr. - - -.

Das sagen jedenfalls diese Olinka-Leute. Aber sie sagen, genau, wie sie die Geschichte kennen, bevor die weißen Kinder angefangen haben zu kommen, so kennen sie auch die Zukunft, wenn mal die größten von denen weg sind. Sie sagen, sie kennen diese Kinder ja genau und daß die sich gegenseitig umbringen werden, weil sie immer noch so sauer sind, weil man sie nich will. Die werden auch noch eine Masse andre Leute umbringen, die bißchen Farbe haben. Die werden so viel von der Erde und von den Farbigen umbringen, daß alle sie hassen, genauso, wie sie uns heute hassen. Und manche von den Olinka-Leuten glauben, daß das Leben einfach ewig so weitergeht. Und alle Million Jahre oder so wird mit der Erde irgendwas passieren, und die Leute werden ihr Aussehen ändern. Vielleicht fängt den Leuten eines Tages ein zweiter Kopf zu wachsen an, wer weiß, und dann schicken die Leute mit einem Kopf sie alle woandershin. Aber manche von ihnen denken nich so. Die denken, wenn die größten von dem Weißvolk nich mehr auf der Erde sind, dann gibts nur einen Weg, damit aufzuhören, immer jemand zur Schlange zu machen, und der is: Jeder erkennt jeden andern als ein Kind von Gott an oder als Kinder von einer Mutter, egal, wie sie aussehen und wie sie sich benehmen. Und rat mal, was noch mit der Schlange is?

Was? fragt er.

Diese Olinka-Leute beten sie an. Sie sagen, wer weiß, vielleicht is das eine Verwandte. Auf jeden Fall isses aber das schlauste, sauberste, glatteste Ding, was sie je gesehen haben.

Die Leute müssen ja echt einen Haufen Zeit haben zum Dasitzen und Denken, sagt Mr. - - -.

Nettie sagt, die sind wirklich gut im Denken, sag ich. Aber sie denken so viel in Spannen von Jahrtausenden, daß es ihnen hart wird, selbst durch ein einziges durchzukommen.

Und wie haben die dann Adam genannt?

Etwas, das klingt wie Omatangu, sag ich. Das heißt: ein unnackter Mann, irgendwo in der Nähe von dem ersten, den Gott gemacht hat, der gewußt hat, was er war. Eine ganze Masse Menschen, die vor dem ersten Mensch gekommen sind, waren Männer, aber keiner von denen hat es gewußt. Du weißt ja, wie lang es bei manchen Männern braucht, bis sie was merken, sag ich.

Hat bei mir lang genug gebraucht, bis ich gemerkt hab, daß du so gute Gesellschaft bist, sagt er. Und er lacht.

Er is nich Shug, aber so langsam is er jemand, mit dem ich reden kann. Und egal, wie sehr das Telegramm sagt, Ihr müßt ertrunken sein, ich krieg immer noch Briefe von Dir.

Deine Schwester
Celie

Liebe Celie,

nach zwei und einem halben Monat sind Adam und Tashi zurückgekommen! Adam holte Tashi und ihre Mutter und ein paar andere Leute aus unserem Lager ein, als sie sich dem Ort näherten, wo die weiße Missionarin gelebt hatte, aber Tashi wollte nichts von Umkehren wissen und Catherine auch nicht, und deshalb ging Adam mit zum Schlupfwinkel der Mbeles.

Oh, sagt er, das ist ein ganz außergewöhnlicher Ort!

Weißt Du, Celie, in Afrika gibt es eine riesige Vertiefung in der Erde, die heißt der Große Grabenbruch, aber das ist auf der anderen Seite des Kontinents. Laut Adam gibt es aber auch noch einen kleinen Graben auf unserer Seite, mehrere tausend Morgen groß und sogar noch tiefer als der große Graben, der eine Grundfläche von Millionen von Morgen hat. Es ist ein Gebiet, das so tief in die Erde eingeschnitten ist, daß man es, wie Adam glaubt, eigentlich nur aus der Luft sehen kann, und auch von dort würde es nur wie ein dichtbewachsener Cañon aussehen. Ja, und in diesem dichtbewachsenen Cañon leben tausend Leute aus Dutzenden von afrikanischen Stämmen und sogar ein Farbiger, das schwört Adam, aus Alabama! Es gibt Farmen. Es gibt eine Schule. Ein Krankenhaus. Einen Tempel. Und es gibt dort männliche und weibliche Krieger, die in der Tat zu Sabotageeinsätzen gegen die weißen Plantagen ausziehen.

Aber all dies erschien wohl in ihren Erzählungen erstaunlicher, als es ihnen in Wirklichkeit erschienen war, wenn ich Adam und Tashi richtig beurteile. All ihre Aufmerksamkeit scheint sich vollkommen aufeinander gerichtet zu haben.

Ich wollte, Du hättest sie sehen können, als sie ins Lager stolperten. Schmutzig wie die Schweine, Haare unvorstellbar wirr. Müde. Erschöpft. Stinkend. Weiß Gott. Aber immer noch streitend. Bloß, weil ich mit dir zurückgekommen bin, glaub ja nicht, daß ich ja sag zum Heiraten, sagt Tashi.

O doch, das tust du, sagt Adam hitzig, aber halb gähnend. Du hast es deiner Mutter versprochen. Ich hab es deiner Mutter versprochen.

In Amerika mag mich ja doch keiner, sagt Tashi.

Ich mag dich, sagt Adam.

Olivia rannte und schloß Tashi in die Arme. Rannte, um Essen zu richten und ein Bad.

Gestern abend, nachdem Tashi und Adam fast den ganzen Tag geschlafen hatten, hielten wir Familienrat. Da so viele von unseren Leuten zu den Mbeles gegangen seien und die Pflanzer anfingen, mohammedanische Arbeiter aus dem Norden herzuholen, und weil es einfach an der Zeit für uns sei, würden wir, so teilten wir ihnen mit, innerhalb von ein paar Wochen nach Hause reisen. Adam gab seinen Wunsch, Tashi zu heiraten, bekannt.

Tashi gab ihre Weigerung, sich heiraten zu lassen, bekannt. Und dann nannte sie, in ihrer ehrlichen, direkten Art, die Gründe. An erster Stelle, daß wegen ihrer Narbenzeichen auf den Backen die Amerikaner sie als Wilde verachten würden und sie und ihre Kinder, wenn sie und Adam welche bekämen, meiden würden. Daß sie die Illustrierten gesehen hätte, die wir von zu Hause bekämen, und daß ihr völlig klar sei, daß Schwarze in Wirklichkeit schwarzhäutige Schwarze wie sie nicht bewundern würden, und besonders schwarzhäutige schwarze Frauen nicht. Sie bleichen ihr Gesicht, sagte sie. Sie braten ihr Haar. Sie versuchen, nackt auszusehen. Außerdem, fuhr sie fort, fürchte ich, daß Adam von einer von diesen nackt aussehenden Frauen verwirrt werden wird und mich verlassen wird. Und dann habe ich kein Land, keine Leute, keine Mutter und keinen Mann und keinen Bruder.

Du hast aber eine Schwester, sagte Olivia.

Dann sprach Adam. Er bat Tashi, seine anfängliche dumme Reaktion auf das Hautritzen zu verzeihen. Und ihm den Widerwillen, den er der weiblichen Initiationszeremonie gegenüber gefühlt hatte, zu verzeihen. Er versicherte Tashi, daß er nur sie liebe und daß sie in Amerika Land, Leute, Eltern, Schwester, Mann und Bruder und Geliebten haben würde und daß alles, was ihr in Amerika zustoßen würde, auch sein Schicksal und seine Zukunft sei.

Ach, Celie.

Und so kam unser Junge am nächsten Tag mit genau den gleichen Narben wie Tashi auf den Backen zu uns.

Und sie sind so glücklich. So glücklich, Celie. Tashi und Adam Omatangu.

Samuel hat sie getraut, natürlich, und alle Leute, die noch im Lager übrig sind, kamen, um ihnen Glück und Dachblätter in Hülle und Fülle für alle Zeiten zu wünschen. Olivia war Brautjungfer, und ein Freund von Adam, ein Mann, der zu alt war, um zu den Mbeles zu gehen – war Adams Brautführer. Sofort nach der Hochzeit verließen wir das Lager in einem Lastwagen, der uns zu einem Boot in der schmalen Bucht brachte, die hinaus aufs Meer führt.

In ein paar Wochen werden wir alle zu Hause sein.

Deine Dich liebende Schwester
Nettie

Liebe Nettie,

Mr. --- spricht in letzter Zeit viel mit Shug am Telefon. Er sagt, sowie er ihr erzählt hat, daß meine Schwester und ihre Familie vermißt werden, sind sie und Germaine schnurstracks zum Außenministerium gezogen, um rauszufinden, was passiert is. Er sagt, Shug hat gesagt, es bringt sie fast um, wenn sie denkt, daß ich hier unten sitz und nich weiß, was los is. Aber im Außenministerium tut sich nix. Nix im Verteidigungsministerium. Es is ein großer Krieg. Passiert so viel. Ein verlorenes Schiff is da gar nix, nehm ich an. Plus, daß Farbige für die Leute da gar nich zählen.

Also, sie wissens eben nich und habens nie gewußt. Werdens auch nie wissen. Ja und? Ich weiß, daß Du auf dem Heimweg bist, und vielleicht kommst Du hier nich an, bis ich neunzig bin, aber eines Tages krieg ich Dein Gesicht noch zu sehen.

Inzwischen hab ich Sofia zum Bedienen in unserm Laden angestellt. Den Weißen, den Alphonso drin hatte, hab ich behalten, aber ich hab Sofia dazugetan, daß sie die Farbigen bedient, weil die noch nie in einem Laden jemand gehabt haben, der sie bedient, und weil nie jemand in einem Laden nett zu ihnen is. Sofia is auch richtig gut beim Verkaufen, weil sie so tut, wie wenns ihr egal is, ob einer kauft oder nich. Kein Nasengerümpf. Und wenn man sich dann doch entschließt, was zu kaufen, dann wechselt sie vielleicht noch ein paar freundliche Worte mit einem. Plus, daß sie den Weißen einschüchtert. Zu den ganzen andern Farbigen sagt er immer Tantchen oder so was. Wie er das zum erstenmal bei Sofia probiert hat, hat sie gefragt, mit welchem Farbigen denn die Mama von seiner Schwester verheiratet is.

Ich hab Harpo gefragt, obs ihm was ausmacht, daß Sofia arbeitet.

Wieso solls mir was ausmachen? sagt er. Scheints is sie doch glücklich dabei. Und was daheim ansteht, das kann ich ja machen. Außerdem hat Sofia mir eine Hilfe besorgt, wenn Henrietta was Besonderes zu essen braucht oder wenns ihr schlechter geht.

Genau, sagt Sofia. Miss Eleanor Jane kuckt nach Henrietta und hat versprochen, daß sie ihr jeden zweiten Tag was kocht, was sie auch ißt. Du weißt ja, die Küchen von den Weißen sind voll mit Maschinen. Die rührt da so Sachen aus Yams zusammen, die würdste nich für möglich halten. Letzte Woche hat sie doch tatsächlich Yameis gemacht.

Wie is das denn? frag ich. Ich hab gedacht, ihr zwei wärt fertig miteinander.

Na ja, sagt Sofia. Ihr hats jetzt endlich gedämmert, daß sie mal ihre Mama fragt, wieso ich eigentlich zu denen zum Arbeiten gekommen bin.

Ich glaub ja nich, daß es hält, sagt Harpo. Du weißt, wie die sind.

Wissen ihre Verwandten das? frag ich.

Die wissen das wohl, sagt Sofia. Und zerfetzen sich das Maul, genau, wie mans geahnt hat. Wo gibts denn so was, daß eine Weiße für Nigger schuftet, toben die. Sie sagt zu ihnen, wo gibts denn so was, daß jemand wie Sofia für Weißenpack schuftet.

Bringt sie Reynolds Stanley mit? frag ich.

Henrietta sagt, ihr machts nix.

Also, sagt Harpo, ich bin ja felsenfest überzeugt, wenn der ihre Mannsleute dagegen sind, daß sie hilft, dann geht sie.

Laß sie doch gehn, sagt Sofia. Is ja nich mein Seelenheil, wo sie sich für abrackert. Und wenn sie nich lernt, daß sie der Meinung von andern allein die Stirn bieten muß, dann bringt sies nich mal zum richtig Leben.

Na, jedenfalls hast du mich ja noch, sagt Harpo. Und mir gefällt jedes Wort, was du je gesagt hast. Er kommt her und küßt sie, wo ihre Nase genäht worden is.

Sofia wirft den Kopf zurück. Jeder lernt irgendwas im Leben, sagt sie. Und sie lachen.

Wo wirs grad vom Lernen haben, Mr. --- hat einmal gesagt, wie wir draußen auf der Veranda genäht haben, ich hab das erste Mal was gelernt an den Tagen, wie ich da allein auf meiner Veranda gesessen bin und übers Geländer rausgestarrt hab.

Nur elend. Nix wie elend wars mir. Und ich hab nich kapiert, wieso wir ein Leben haben, wo alles, was es uns meistens bringt, doch nur is, daß es uns schlechtgeht. Das einzige, was ich je in meinem Leben gewollt hab, is Shug Avery, sagt er. Und einmal war alles, was sie in ihrem Leben gewollt hat, da war ich das. Tja, wir konnten uns nich kriegen, sagt er. Ich hab Annie Julia gehabt. Dann dich. Diese ganzen Nichtsnutze von Kindern. Sie hat Grady gehabt und wer weiß, wen noch. Und trotzdem, sie is scheints besser dabei weggekommen wie ich. Eine Masse Leute lieben Shug, aber keiner wie Shug liebt mich.

Es is schwer, Shug nich zu lieben, sag ich. Sie weiß, wie man jemand zurückliebt.

Ich hab versucht, was zu tun wegen meinen Kindern, wie du weg von mir bist. Aber da war es schon zu spät. Bub is zwei Wochen bei mir gewesen, hat mein ganzes Geld gestohlen, is betrunken auf der Veranda gelegen. Meine Mädchen stecken so drin in ihren Ehesachen und ihrer Kirche, die können kaum mit einem reden. Wenn die den Mund aufmachen, da kommt nur Bitten und Flehen raus. Hat mir fast mein betrübtes Herz gebrochen.

Wenn du weißt, daß dein Herz betrübt is, sag ich, dann isses doch gar nich so verdorben, wie du glaubst.

Jedenfalls, sagt er, du weißt ja, wie das is. Fragst du dich eine Sache, dann führt das zu fünfzehn anderen. Ich hab angefangen mit Fragen, wieso wir Liebe brauchen. Wieso wir leiden müssen. Wieso wir schwarz sind. Wieso wir Männer und Frauen sind. Wo die Kinder wirklich herkommen. Ich hab nich lang gebraucht, bis ich gemerkt hab, daß ich kaum irgendwas gewußt hab. Und daß, wenn du dich fragst, wieso du schwarz bist oder ein Mann oder eine Frau oder ein Busch, daß das überhaupt nix bedeutet, wenn du nich fragst, wieso du überhaupt hier bist, Punktum.

Und was denkst du? frag ich.

Ich denk, wir sind hier, daß wir uns wundern, das denk ich. Uns wundern. Uns fragen. Und daß man beim sich Wundern über die großen Sachen und beim Fragen nach den großen Sachen was über die kleinen lernt, fast zufällig. Aber du weißt nie mehr über die großen Sachen wie ganz am Anfang. Je mehr ich mich wundere, sagt er, um so mehr lieb ich auch.

Und die Leute fangen bestimmt an, dich zurückzulieben, sag ich.

Ja wirklich, sagt er, ganz überrascht. Harpo liebt mich scheints. Sofia und die Kinder. Ich glaub sogar, die olle Henrietta liebt mich ein kleines bißchen, aber das is, weil sie weiß, daß sie für mich ein genauso großes Wunder is wie der Mann im Mond.

Mr. - - - is eifrig dabei, ein Muster für ein Hemd zu machen, was Leute zu meinen Hosen anziehen können.

Da müssen Taschen drauf, sagt er. Und weite Ärmel dran. Und auf keinen Fall soll man da eine Krawatte dazu anziehn. Leute mit Krawatten an sehn aus, wie wenn sie gelyncht werden.

Und dann, grad, wie ich weiß, daß ich auch ohne Shug zufrieden leben kann, grad, wie Mr. --- mich gefragt hat, ob ich ihn noch mal heirate und diesmal im Geist wie im Fleisch, und grad, wie ich gesagt hab, nä, ich mag immer noch keine Frösche, aber wir können doch Freunde sein, da schreibt Shug, daß sie heimkommt.

Na. Is das das Leben oder nich?

Ich bin ganz ruhig.

Wenn sie kommt, bin ich glücklich. Wenn nich, bin ich zufrieden. Und dann kommts mir, genau das isses wahrscheinlich, was ich hab lernen sollen.

O Celie, sagt sie, wie sie aus dem Auto steigt, in Kleidern wie eine Sternschnuppe, du hast mir mehr gefehlt wie meine eigne Mama.

Wir drücken uns.

Komm doch rein, sag ich.

Ach, sieht das Haus schön aus, sagt sie, wie wir in ihr Zimmer kommen. Du weißt ja, daß ich Rosa so mag.

Kommen auch noch paar Elefanten und Schildkröten für dich, sag ich.

Wo is n dein Zimmer? fragt sie.

Den Gang runter, sag ich.

Komm, wir kucken es an, sagt sie.

So, da isses, sag ich, wie wir in der Tür stehn. Alles in meinem Zimmer is lila und rot außer dem Boden, der is knallgelb. Sie geht stracks zu dem kleinen lila Frosch, der auf meinem Kaminsims hockt.

Was is das? fragt sie.

Och, sag ich, so n kleines Ding, hat Albert für mich geschnitzt.

Sie kuckt mich eine Sekunde komisch an, ich kuck sie an. Dann lachen wir.

Wo is Germaine abgeblieben? frag ich.

Im College, sagt sie. Wilberforce. Kann doch das ganze Talent nich verkommen lassen. Wir sind durch, ganz durch, sagt sie. Er is jetzt wie Familie. Wie ein Sohn. Oder vielleicht Enkel. Was habt ihr denn gemacht, du und Albert?

Nich viel, sag ich.

Sie sagt, ich kenn Albert, und ich wett, er hat irgendwas gemacht, so gut, wie du aussiehst.

Wir haben genäht, sag ich. Bißchen rumgeredet.

Was heißt rum? fragt sie.

Das darf doch nich wahr sein, denk ich. Shug is eifersüchtig. Ich bin drauf und dran, was zu erfinden, nur, um sie zu ärgern. Aber ich tus nich.

Wir haben über dich geredet, sag ich. Wie sehr wir dich lieben. Sie lächelt, kommt und legt ihren Kopf an meine Brust. Läßt einen tiefen Seufzer raus.

Deine Schwester
Celie

Lieber Gott. Liebe Sterne, liebe Bäume, lieber Himmel, liebe Menschen. Liebes Alles. Lieber Gott.

Danke, daß Du meine Schwester Nettie und unsere Kinder heimgebracht hast.

Wer kommt denn bloß da drüben, fragt Albert und kuckt die Straße rauf. Wir sehn den Staub nur so hochwirbeln.

Ich und er und Shug sitzen draußen auf der Veranda, nach dem Essen. Reden. Reden nich. Schaukeln. Scheuchen Fliegen. Shug sagt so, daß sie nich mehr für Publikum singen will – gut, vielleicht den einen oder andern Abend bei Harpo. Sie denkt, daß sie sich vielleicht zur Ruhe setzt. Albert sagt, er will, daß sie sein neues Hemd anprobiert. Ich red über Henrietta. Sofia. Meinen Garten und den Laden. Wie so allgemein alles läuft. Bin so drin im Nähen, daß ich einfach nur so ein paar Flicken zusammenstichle, mal sehn, was sich draus machen läßt. Das Wetter is kühl für Ende Juni, und mit Albert und Shug auf der Veranda sitzen is so richtig schön. Nächste Woche is Vierter Juli, und wir machen Pläne für ein großes Familienfest draußen, hier bei meinem Haus. Hoffentlich hält das kühle Wetter.

Könnt der Postbote sein. Außer daß er bißchen schnell fährt.

Könnt Sofia sein, sagt Shug. Die fährt ja wie eine Verrückte.

Könnt Harpo sein, sagt Albert. Aber er isses nich.

Jetzt hält das Auto unter den Bäumen im Hof, und die ganzen Leute steigen aus, angezogen wie in alter Zeit.

Ein großer, weißhaariger Mann mit einem weißen Kragen, der

nach hinten gedreht is, eine kleine, runde Frau mit grauem Haar, in Zöpfen geflochten und kreuzweis über den Kopf gelegt. Ein großer junger Mann und zwei robuste junge Frauen. Der weißhaarige Mann sagt was zu dem Fahrer vom Auto, und das Auto fährt weg. Da stehn sie alle am Rand von der Einfahrt, mit Schachteln und Taschen und allem möglichen Zeug ringsum.

Mein Herz is hochgestiegen und is in meinem Mund, und ich kann mich nich rühren.

Das is Nettie, sagt Albert und steht auf.

Die ganzen Leute unten bei der Einfahrt kucken zu uns hoch. Sie kucken das Haus an. Den Hof. Shug und Albert ihre Autos. Sie kucken zurück auf die Felder. Dann fangen sie an, ganz langsam den Weg zum Haus raufzukommen.

Ich hab solche Angst, daß ich nich weiß, was ich tun soll. Ich hab das Gefühl, mein Hirn steht still. Ich versuch zu sprechen, nix kommt raus. Versuch aufzustehen, fall fast hin. Shug langt runter und hilft mir mit der Hand. Albert drückt mir den Arm.

Wie Netties Fuß auf der Veranda aufkommt, sterb ich fast. Ich steh schwankend da zwischen Albert und Shug. Nettie steht schwankend da zwischen Samuel und, ich denk, das muß Adam sein. Dann fangen wir beide an, zu stöhnen und zu weinen. Wir torkeln aufeinander zu, wir wirs getan haben, wie wir kleine Kinder waren. Dann fühlen wir uns so schwach, wie wir uns berühren, daß wir uns umwerfen. Aber was macht das? Wir sitzen und liegen da auf der Veranda in den Armen voneinander.

Nach einer Weile sagt sie: Celie.

Ich sag: Nettie.

Ein bißchen mehr Zeit vergeht. Wir kucken rum, auf eine Menge Knie von Leuten. Das ist mein Mann Samuel, sagt sie und zeigt hoch. Das sind unsre Kinder Olivia und Adam, und das ist Adams Frau Tashi, sagt sie.

Ich zeig hoch zu meinen Leuten. Das is Shug und Albert, sag ich. Alle sagen, sehr erfreut. Dann fangen Shug und Albert an, alle einen nach dem andern zu drücken.

Ich und Nettie stehen schließlich von der Veranda auf, und ich drück meine Kinder. Und ich drück Tashi. Dann drück ich Samuel.

Wieso haben wir immer am Vierten Juli Familienfest, sagt Henrietta, ihren Mund ganz vorgeschoben, voll Anklage. Da isses so heiß.

Da sind die Weißen beschäftigt mit dem Feiern von ihrer Unabhängigkeit von England am Vierten Juli, sagt Harpo, drum brauchen die meisten Schwarzen nich arbeiten. Wir können den ganzen Tag uns gegenseitig feiern.

Ach, Harpo, sagt Mary Agnes und nippt von der Limonade, ich hab ja gar nich gewußt, daß du dich mit Geschichte auskennst. Sie und Sofia schnippeln zusammen am Kartoffelsalat. Mary Agnes is heimgekommen, weil sie Suzie Q. abholen will. Sie hat Grady verlassen, is zurück nach Memphis gezogen und wohnt bei ihrer Schwester und ihrer Ma. Die passen dann auf Suzie Q. auf, wenn sie arbeiten geht. Sie hat eine Menge neue Lieder, sagt sie, und is noch nich zu kaputt, daß sie sie singen kann.

Nach einer Weile, wo ich mit Grady zusammen war, hab ich nich mehr denken können, sagt sie. Plus, daß er kein guter Einfluß is für ein Kind. Ich türlich auch nich damals, sagt sie. Wo ich soviel Hasch geraucht hab.

Alle bekucken und bewundern Tashi. Die Leute kucken ihre und Adam seine Narben an, wie wenn das ihr Geschäft wär. Sagen, sie hätten nie gedacht, afrikanische Damen könnten so toll aussehn. Die geben ein hübsches Paar zusammen ab. Reden bißchen komisch, aber wir gewöhnen uns dran.

Was mögen eure Leute da in Afrika am liebsten essen? fragen wir.

Sie wird so bißchen rot und sagt *Barbecue*.

Alle lachen und stecken ihr noch ein Stückchen zu.

Ich komm mir bißchen seltsam vor mit den Kindern. Einmal sind sie ja größer geworden. Und dann seh ich, daß sie denken, daß ich und Nettie und Shug und Albert und Samuel und Harpo und Sofia und Jack und Odessa ihnen richtig alt vorkommen und wie wenn wir nicht mehr so richtig wissen, was läuft. Aber ich glaub, wir kommen uns gar nich alt vor. Und wir sind so glücklich. Eigentlich glaub ich, so jung sind wir noch nie gewesen.

Amen

Nachwort zum Film

«Haben Sie schon einmal daran gedacht, auf den Mars zu fliegen?» fragt die Frau des Bürgermeisters den örtlichen Kolonialwarenhändler. Der ist einigermaßen überrascht, was nicht verwundert, hatte doch ein amerikanischer Provinzler am Anfang der dreißiger Jahre von fernen Planeten kaum eine genauere Vorstellung als von E. T.s, den extraterrestrischen Lebewesen einer ebenso fernen Kinozukunft. In «Die Farbe Lila» birgt die Frage einen Hinweis auf den Regisseur. Steven Spielberg, der 1982 mit dem High-Tech-Märchen «E. T.» den bis dahin erfolgreichsten Film aller Zeiten gedreht hatte, verfilmt 1985 den Briefroman der Pulitzer-Preisträgerin Alice Walker. Ein ‹weißer› Regisseur für den Bestseller einer ‹schwarzen› Autorin, ein Mann für die Adaption eines Buchs, in dem es um die Unterdrückung von Frauen geht, ein Tricktechnik-Maniac für eine realistische Geschichte – die Verwunderung war beträchtlich, die Spielberg mit diesem Projekt auslöste. Steven Spielberg und Alice Walker, das war wie Mickey Mouse und Anna Karenina – inkompatibel und darum ideal für eine Hollywood-Legende. «Die Farbe Lila» war Spielbergs erster «ernster» Film. Seit seinem Erfolg mit «Schindlers Liste» 1993 wird diese Facette der Spielberg-Filmographie weniger bespöttelt als zuvor.

Doch 1985 betrat Spielberg mit «Die Farbe Lila» Neuland, und das sieht man dem Film an. Der Anspruch einer möglichst buchstabengetreuen Umsetzung lastet auf dieser Verfilmung wie Senkblei. Die klassischen Hollywood-Klischees, die Spielberg manchmal virtuos einsetzt, lassen die Überzahl der Figuren, die starre chronologische Struktur, die immergleichen Perspektiven und die langen Off-Texte noch unbeholfener hervortreten. Dieser Widerspruch überschattet den Film schon in der ersten Szene: Zwei Mädchen springen durch ein lila Blumenmeer, bis sie von der herrischen Stimme ihres Vaters zurückgerufen werden. Der erste Satz des Vaters: «Du hast die häßlichste Lache, die es auf Erden gibt», charakterisiert einen Kinoschurken von Format. Doch das Motiv dieses Bildes – das Kinderglück, das der Vater jäh unterbricht – wird nicht weiter verfolgt. Schon mit der nächsten Szene hastet Spielberg den vom Roman vorgegebenen Ereignissen nach. Ein Zeitsprung verlegt die Handlung in eine kalte Winternacht. Im Kerzenschein entbindet Nettie ihre vom gemeinsamen Vater geschwängerte Schwester Celie von einer Tochter. Die wird ihr, wie zuvor schon ein Sohn, unmittelbar nach der Geburt weggenommen.

Die Fülle der Ereignisse verlangt dem Film ein gewisses Tempo ab, gilt es doch rund dreißig Jahre aus einem Frauenleben in etwas mehr als zwei Stunden wiederzugeben. Der furchtbaren Kindheit folgt nach einem Handel zwischen Vater und Bräutigam eine nicht minder schlimme Ehe. Der Witwer Albert sucht für den Haushalt und die Erziehung seiner Kinder eine neue Frau. Als billige Arbeitskraft und Sexualobjekt mißbraucht, wehrt sich Celie auch nicht, als Alberts Geliebte Shug einzieht. Zwischen den Frauen entsteht eine Freundschaft, die Celie über den Schmerz tröstet, nicht mehr mit ihrer Schwester Nettie zusammenzuleben. Jahre vergehen. Als Celies Stiefsohn Harpo heiratet, kommt mit Sofia eine resolute, selbstbewußte Frau in die Familie. Albert, Shug, Harpo, Sofia, Nettie nebst Partnern, Kindern, Chefs und Nachbarn haben Platz in der Welt, von der Celie erzählt und die das Filmbild, einem Fotoalbum nicht unähnlich, festhält – wahllos Wichtiges neben Zufälligem plazierend. So wird Celies Ausbruch aus ihrem Ehegefängnis weniger als grundsätzlicher Bruch mit ihrem bisherigen Leben geschildert, sondern ereignet sich nach dem Fund der ihr vorenthaltenen Briefe von ihrer Schwester beinahe beiläufig – und dann ging Celie. Das Festhalten an der Chronologie verhindert die Zuspitzung, und es bedarf einer langen Rede vor der um die sonntägliche Tafel versammelten Familie, um die Bedeutung ihrer Entscheidung vermitteln zu können. Celies Tischrede ist der lange Anlauf zu einem Happy-End, das glücklicher nicht sein kann. Der Vater stirbt, Celie erbt und erfährt, daß er ihr Stiefvater war, ihren Schwangerschaften also kein Inzest voranging, und ihre Schwester kehrt mit Celies verloren geglaubten Kindern aus Afrika zurück. Das Schlußbild vereint die über dreißig Jahre getrennten Geschwister in einem wogenden lila Feld.

Dem Plot des Walker-Romans liefert sich Spielberg bedingungslos aus. Vergessen sind die genauen Gesellschaftsbilder, die seine frühen Arbeiten auszeichneten, und weit entfernt sind die übermütigen Spielereien von Filmen wie «E. T.», die in ihren guten Momenten eine ganz eigene epische Kraft entwickeln. In Spielbergs «Die Farbe Lila» kann auch die aufwendige Ausstattung nicht darüber wegtäuschen, daß wesentliche Elemente des Landlebens fehlen. Man muß schon sehr genau hinsehen, um mehr von diesen afroamerikanischen Farmern zu erfahren. Während sonntags die älteren in der Kirche der Predigt zuhören und Gospels singen, trinken die jüngeren bei Jazz und Blues in Harpos abgelegener Kneipe. Dem hier angedeuteten Konflikt wird nicht weiter nachgegangen. Spielberg lenkt den Blick immer wieder auf Celies Familie. Alberts Herrschaft gleicht der Wiederholung eines Herr-Sklave-Verhältnisses, mit Albert als Herrn und Celie und den Kindern als Sklaven, die Albert, so will es die Romanvorlage, mit «Mr.» ansprechen müssen. Eine nähere Erklärung für dieses Verhalten wird im Film nicht gegeben. Dieser Albert bleibt rätselhaft. Die von Spielberg in den Kleinkosmos der Großfamilie verlagerten Konflikte bleiben Ereignisse einer individuellen Familientragödie. Daß die dargestellte schwarze Gemeinschaft Teil einer großen, weitgehend rassistischen Gesellschaft ist, wird nur am Rande angedeutet. Sofia, die den weißen Bürgermeister, der sie beleidigt hat, mit einem korrekt geschlagenen Uppercut zu Boden schickt, wird dafür zu einer jahrelangen Gefängnisstrafe verurteilt und kehrt als gebrochene Frau zurück. Nach der Haft muß sie bei der verhaßten, hysterischen Bürgermeistersfrau als Dienstmädchen fungieren, eine Erniedrigung, mit der die selbstbewußte Frau schwer zurechtkommt. Abr der Eindruck von der Gesellschaft, in der diese Menschen leben, bleibt diffus. Die Einzelbeobachtungen fügen sich nicht zu einem einheitlichen Bild.

Die Kraft der Bilder

Dabei ist Spielberg ein Meister pathetischer Bilder. Celies Ankunft bei Alberts Familie endet in einer Einstellung, die vorwegnimmt, was der jungen Frau widerfahren wird. Von einem Stein der Kinder getroffen, taumelt Celie zu Boden. Auf einem akkurat geweißten Begrenzungsstein bleibt ihr blutiger Handabdruck zurück. Sauberer Anschein und blutige Gewalttätigkeit, zwischen diesen Polen wird sie ihr Leben in Zukunft führen.

Nettie bringt ihrer älteren Schwester Lesen und Schreiben bei, und Spielberg steigert diese Episode zu einem übermütigen Spiel. Mit unzähligen Zetteln staffiert Nettie den Arbeitsplatz der Schwester aus. Besen, Bürste, Eimer, Tisch, Decke und Fenster, Zettel überall, die den Gegenstand benennen, mit dem Celie gerade hantiert. Celie kann sich buchstäblich einen Begriff von ihrem Los machen. Die Zettel mit den krakeligen Buchstaben werden zum Schlüssel einer anderen, geschriebenen Welt.

Celies Unterdrückung macht Spielberg an einem regelmäßig wiederkehrenden Ritual deutlich. Mit einem Handtuch um den Hals erwartet Albert Celie, die ihn rasieren soll. Sein «Wenn du mich schneidest, töte ich dich» steht als Drohung über der Szene, während Celie mit der scharfen Klinge an seinem Hals entlangstreicht. Jetzt könnte sie ihm die Kehle durchschneiden. Das Ritual ist der Höhepunkt einer Dressur, die Albert genießt. Es ist *das* Symbol ihrer Unterdrückung. Kurz vor Celies Ausbruch muß sie Albert noch einmal rasieren, und diesmal schwebt er wirklich in Gefahr. In Gedanken bei ihrer Schwester, den unterschlagenen Briefen, der Afrika-Schilderung von Nettie, befreit sich Celie von Alberts Unterdrückung – und ritzt ihm nur die Wange.

Die optische Klammer, das Bild des Feldes mit den lila Blumen, das für die unbeschwerten Augenblicke der Kindheit und die Liebe zu ihrer Schwester steht, bezeichnet Spielberg mit einem Kinderspiel. Der Abzählreim, den das immer schnellere Klatschen der Schwesternhände gliedert, kulminiert in der Textzeile «Unsere Herzen eint ein Band». Das Gefühl von Freiheit und Leichtigkeit, die das sommerliche Feld auslöst, bekommt so spielerisch eine konkrete Aussage – Celie und Nettie sind unzertrennlich, allen Intrigen Alberts zum Trotz.

Gestörte Ökonomie

Doch Spielberg vertraut nicht auf die pathetische Kraft dieser Bilder. Schnell ordnet er solche Szenen der Handlung unter, die er routiniert abhakt. Manchmal ist es sogar die eigene Perfektion, die dem Regisseur im Weg steht. Celies erste Begegnung mit Shug spitzt er zu, bis sie zur puren Slapstick-Sequenz wird. Albert, ganz sorgender Liebhaber, will seiner verkaterten Geliebten das Frühstück selbst zubereiten. Erst scheitert er an Celies perfekt eingerichteter Küche, in der er nichts findet und sich dauernd stößt. Dann versucht er den Herd, den er nicht auf die gewünschte Temperatur bringen kann, mit Kerosin zu befeuern. Celie sieht den Kanister, ahnt Alberts Gedanken und verschwindet aus der Küche. Kurz darauf schafft Albert mit von der Kerosin-Verpuffung qualmenden Kleidern das Frühstück an Shugs Bett. Seine Mühe wird nicht belohnt. Das Tablett fliegt in hohem Bogen aus dem Zimmer. Die Episode, so perfekt auch ihr Timing ist, macht keinen Sinn, weil sie wenig zur Erhellung der Charaktere beiträgt, die Handlung nicht vorantreibt und auch atmosphärisch nichts Neues bringt. Die kurzweilige Arabeske soll den Beginn der Freundschaft von Celie und Shug markieren, widerspricht aber jeder Ökonomie und erinnert an den Humor aus Spielbergs erfolgreichem Indiana-Jones-Sequel.

Solche Episoden stören den Erzählrhythmus des Films, den Spielberg als weit ausgreifende Chronik eines Frauenschicksals angelegt hat. Ob einzelne Einstellungen, die eine Situation zu einem ausdrucksstarken Bild verdichten, oder ganze Sequenzen, die kleinen Kabinettstücken gleichen, die für sich stehen können – die einzelnen Bestandteile seines Films sind perfekt, doch sie funktionieren nicht zusammen, der Erzählfluß wird immer wieder unterbrochen. Knapp zehn Jahre nach seiner Premiere wirkt «Die Farbe Lila» merkwürdig uneinheitlich. Den Augenblicken, in denen Spielbergs unbestrittene Meisterschaft aufblitzt, stehen unbeholfene Szenen gegenüber, die nur durch ihren bühnentechnischen Aufwand auffallen. Was ist passiert, wie kann es zu einem derart widersprüchlichen Bild kommen?

Die Macht der Vorbilder

«Die Farbe Lila» ist wesentlich von der Musik geprägt. Quincy Jones, der hier erstmals auch als Filmproduzent beteiligt war, ist ihr Komponist. Bekannt geworden als Mitglied der Orchester von Oscar Pettiford, Lionel Hampton und Dizzie Gillespie, war Jones Ende der fünfziger Jahre der erste schwarze Künstler, der als Vizepräsident einer großen Plattenfirma (Mercury) Karriere machte. Als Musiker und Arrangeur arbeitete er für Sammy Davis jr., Sarah Vaughan und Frank Sinatra, schrieb Filmmusiken und veröffentlichte zahlreiche überaus erfolgreiche Platten. Mit Michael Jacksons «Thriller»-Album produzierte Jones die meistverkaufte Schallplatte der Welt. Für Spielbergs Selbstzweifel, ob er als Weißer denn überhaupt diesen Stoff verfilmen könnte, hatte Jones die schlagende Antwort parat: «Du mußtest doch auch nicht vom Mars kommen, um E. T. zu drehen, oder?» Mit seinem Bonmot trifft Jones das Problem genau. Bestand der Erfahrungshintergrund von «E. T.» aus einer lebendigen Mixtur von Eindrücken aus Disneys Kindermärchen, Cormans pappigen Horrorfilmen und Michelangelos Fresko «Die Erschaffung Adams», sucht Spielberg in «Die Farbe Lila» den Schulterschluß mit den großen Hollywood-Melodramen, wenn nicht mit dem größten, mit «Vom Winde verweht». Die Musik von Quincy Jones erledigt diese Aufgabe mit Bravour. Sie raunt und jubelt, ist allgegenwärtig. Streichersätze pressen dem Publikum Emotionen ab. Mit aller Opulenz untermalt die Filmmusik die Bilder und meidet den Kontrapunkt. Die authentische Musik, die Jones und Spielberg zulassen, wenn Schellackplatten auf das Grammophon gelegt werden oder Shug in der Kneipe ihren Blues für Celie singt, wirkt in dem getragenen Schwulst der Jones-Arrangements wie Frischluft, und genau die fehlt diesem Film ansonsten.

Mit der Musik entpuppt sich «Die Farbe Lila» als ‹schwarze› Variante traditioneller Hollywood-Melodramen, in denen afroamerikanische Schauspieler lediglich in den immergleichen Stereotypen als Negermama, Chauffeur, Diener oder singender und steppender Spaßvogel auftraten. Hier ist es umgekehrt. Nur das Bürgermeisterehepaar und der Ladenbesitzer werden von weißen Darstellern gespielt, und bei ihren Auftritten chargieren sie als bloße Karikaturen. Aber wie auch die zahlreichen Versuche, weiße Hollywood-Genres mit schwarzen Schauspielern zu neuem Leben zu erwecken – von den ersten ‹schwarzen› Western der frühen dreißiger Jahre, über zahlreiche Musical-Adaptionen bis zur «Shaft»-Trilogie der Siebziger, als ‹schwarzem› Gegenstück zur James-Bond-Reihe –, funktioniert so eine Umsetzung nicht, solange die Protagonisten wie Gäste einer Aufführung erscheinen, in der sie eigentlich nichts verloren haben. Spielbergs weitgehendes Ausklammern gesellschaftspolitischer Hintergründe – die Weltwirtschaftskrise und die Verarmung der amerikanischen Landwirtschaft wird nicht einmal angedeutet – verstärkt den Eindruck dieser Künstlichkeit. Damit nähert sich Spielberg eher zufällig den klassischen Hollywood-Melodramen, deren operettenhafter Realismus zu ihrem Erkennungszeichen wurde.

Großes Schauspielerkino

«Die Farbe Lila» war ein Erfolg, wenn auch keine Einspielrekorde aufgestellt wurden. Verantwortlich für die gute Resonanz war die Hauptdarstellerin, die in ihrem Filmdebüt das Publikum zu Tränen rührte. Whoopi Goldberg wurde in der Rolle der Celie zum Star. Die mißhandelte und unterdrückte Frau spielt sie mit großer Zurückhaltung, sie meidet theatralische Effekte. Ihrer Celie widerfährt diese Lebensgeschichte, ohne daß sie Einfluß darauf nehmen könnte. Sie nimmt wahr, was mit ihr geschieht, ohne sich zu wehren. Erst langsam wird Celie zu der Person, die den Ausbruch schafft, die sich widersetzt gegen einen Mann, der sie wie eine Sklavin behandelt. Der von Danny Glover gespielte Albert überzeugt durch schiere Präsenz. Groß, stark, langsam und doch hellwach spielt er Albert als einen bis zur Verschlagenheit brutalen Ehemann. Von all dem, was um ihn herum geschieht, versteht er nichts, und doch ahnt er, daß er unrecht hat. Zum Ende des Films ist es diese Ambivalenz, die der Figur des Albert menschliche Züge verleiht, und das ist allein Glovers Verdienst, der diesen Albert nicht dem platten Klischee ausliefert. Es ist ein langer, leidvoller Weg bis zu dem Satz, mit dem sich Celie von ihrer Unterdrückung freispricht: «Ich bin schwarz, aber ich bin noch da.» Und es ist die Kunst von Whoopi Goldberg und Danny Glover, die diesem Film eines weißen Regisseurs die Wahrhaftigkeit geben.

In Europa wurde Steven Spielbergs «Die Farbe Lila» als Signal für ein Umdenken in Hollywood verstanden. Doch die erwartete Blüte des afroamerikanischen Kinos mit eigenen Filmen schwarzer Autoren und Regisseure währte nur kurz. Von den afroamerikanischen Regisseuren, die seither Filme herausgebracht haben, hat lediglich Spike Lee den Durchbruch in die Gruppe der etablierten Filmemacher geschafft. Hier herrscht Steven Spielberg unangefochten. Kommerziell hat er das Kino der letzten fünfzehn Jahre geprägt wie kein zweiter. Mit den Einspielergebnissen von «Jurassic Park» hat Spielberg 1993 seinen eigenen, bis dahin erfolgreichsten Film aller Zeiten, «E. T.», abgelöst; dazwischen liegen Filme wie die «Indiana-Jones»-Fortsetzungen oder «Hook», die alle Kassenschlager wurden. Filme, die mit dem Stichwort «ernst» oder «erwachsen» von seinen kommerziellen Hits abgegrenzt wurden, hat Spielberg nach «Die Farbe Lila» auch weiterhin gedreht. Doch erst mit «Schindlers Liste» bekam er die Anerkennung, die er sich mit diesen Filmen erhofft hat. Für «Schindlers Liste» wurde Steven Spielberg 1994 erstmals mit dem Oscar ausgezeichnet.

Whoopi Goldberg

Mit acht Jahren stand die 1949 als Tochter einer Vorschullehrerin in New York geborene Whoopi Goldberg erstmals auf einer Bühne. Den Auftritten am Hudson Guild und dem Helena-Rubinstein-Kindertheater folgten nach ihrem Schulabschluß ab Ende der sechziger Jahre kleine Rollen in Broadway-Inszenierungen wie «Hair» und «Jesus Christ Superstar». 1974 zog sie mit ihrer Tochter Alexandrea nach San Diego, wo sie neben Jobs als Bestattungskosmetikerin und Maurerin Gründungsmitglied der «San Diego Repertory Company» wurde. Für diese Gruppe trat sie in der Titelrolle von Brechts «Mutter Courage» auf und in Marsha Normans «Getting Out». Berkeley, im Norden Kaliforniens, war Whoopi Goldbergs nächster Wohnsitz. Hier schloß sie sich den Blake Street Hawkeyes an. In dieser Gruppe entwickelte sie ihre One-Woman-Show «The Spook», mit der sie in Europa und den USA auf Tournee ging. Mit dem Broadway-Erfolg ihres

Programms, in dem Whoopi Goldberg mit wenigen Requisiten mal als Junkie, dann als blonde Surferin und schließlich in der Rolle einer Immigrantin aus Jamaika auf der Bühne stand, bekam sie eine Fernsehshow, in der sie, so will es die Legende, Alice Walker auffiel, die Steven Spielberg auf sie aufmerksam machte. Eine andere Fassung der Geschichte weiß von einem Brief, den Whoopi Goldberg an die von ihr verehrte Autorin geschrieben haben soll, während die dritte Variante dem Regisseur Mike Nichols die Entdeckerrolle zuweist. Seit ihrem mit einer Oscar-Nominierung gewürdigten Debüt in «Die Farbe Lila» ist Whoopi Goldberg eine gefragte Darstellerin. Nach Rollen in Filmen wie «Jumpin' Jack Flash» (1986), «The Burglar» («Die diebische Elster», 1987), «Clara's Heart» («Claras Geheimnis», 1988) und «Homer and Eddie» («Homer und Eddie», 1989) wurde sie 1990 für ihre Rolle in «Ghost» («Ghost – Nachricht von Sam») erstmals mit einem Oscar ausgezeichnet. Ihr Auftritt in «Sister Act» als singende und tanzende Nonne Deloris van Cartier geriet so eindrucksvoll, daß kurze Zeit später ein zweiter, kaum weniger erfolgreicher Teil der Komödie nachgeschoben wurde. Ihr frisch erworbener Status als sequeltauglicher Star hinderte Whoopi Goldberg 1992 nicht daran, in Robert Altmans Hollywood-Satire «The Player» mitzuspielen – als überaus unangenehme Ermittlerin der Mordkommission.

Danny Glover

Der 1947 geborene Danny Glover wuchs in San Francisco auf. Schon als Student des San Francisco State College trat er Ende der sechziger Jahre als Laienschauspieler im politisch engagierten Community Communication Project auf. In dieser Zeit arbeitete Glover tagsüber als Angestellter bei der Stadt, besuchte den vom American Conservatory Theatre unterstützten Black Actors' Workshop und stand abends auf der Bühne der Black Box Theatre Company. Erst hier entschloß er sich, Berufsschauspieler zu werden, und bekam schnell Hauptrollen. So spielte er die Titelrolle in Shakespeares «Macbeth» in einer Inszenierung des Los Angeles Actors' Theatre und arbeitete mit Sam Shepard in dessen «Suicide in B-Flat» am Magic Theatre in San Francisco. Ende der siebziger Jahre trat er regelmäßig in Fernsehproduktionen auf, von denen «Polizeirevier Hill Street» immer noch in deutschen Kabelprogrammen zu sehen ist. Seine Kinokarriere begann mit Don Siegels «Escape from Alcatraz» («Flucht von Alcatraz», 1979), in dem Clint Eastwood die Hauptrolle spielte. Vor «Die Farbe Lila» stand Glover

1985 noch in zwei anderen Filmen vor der Kamera, die zu den besten des Jahres gehörten, «Witness» («Der einzige Zeuge») von Peter Weir und «Silverado» von Lawrence Kasdan. Unter Kasdan übernahm er auch 1991 in «Gran Canyon» eine der Hauptrollen. Richtig populär wurde Danny Glover aber erst 1986, als er in Richard Donners «Lethal Weapon» den starrköpfigen Kollegen des nicht minder dickköpfigen Mel Gibson spielte. Der Erfolg wiederholte sich 1989 mit dem zweiten Teil. Unter den afroamerikanischen Stars in Hollywood ist Glover der vielseitigste Schauspieler. Seine wohl schönste Rolle spielte er in Charles Burnetts «To sleep with anger» («Zorniger Schlaf», 1990). Als Mischung aus Märchenonkel, Schwindler und Charmeur, der eines Tages in eine schwarze Durchschnittsfamilie eindringt und diese mit einem Sortiment feiner Intrigen, mystischem Schabernack und glatten Lügen beinahe aus den Angeln hebt, kann er hier die ganze Bandbreite seiner Kunst zeigen. Burnetts Film, zusammen mit Spike Lees «Jungle Fever», John Singletons «Boyz 'n the hood» und «New Jack City» von Mario van Peebles eine der wichtigsten Produktionen des jungen schwarzen Films, sahen nur wenige Zuschauer.

Steven Spielberg

Steven Spielberg wurde 1947 in Cincinnati, Ohio, geboren. Die ersten neun Jahre wuchs er in New Jersey auf. Danach zogen die Eltern nach Scottsdale, einem Vorort von Phoenix, Arizona. Schon als Schüler drehte Spielberg zum Teil abendfüllende 8-mm-Filme. Sein erster 35-mm-Film «Amblin» beeindruckte den damaligen Universal-TV-Produzenten Sidney Sheinberg so, daß er Spielberg gleich einen Vertrag über sieben Jahre anbot. Sein TV-Debüt führte den zwanzigjährigen Regisseur mit einer *der* Hollywood-Legenden zusammen, mit Joan Crawford. Der kapriziöse Star sollte eine blinde Millionärin spielen. Spielberg: «Sie mußte immerzu schreien: Ich will sehen, Bäume, Beton, Gebäude, Gras, Flugzeuge, FARBE!» Die Episode gehört zu einer 90teiligen Reihe von Filmen unter dem Titel «...und die Alpträume gehen weiter». Mit der ungeliebten Fernseharbeit konnte sich Spielberg erst allmählich anfreunden. Seinen ersten Erfolg erlangte er 1971 mit dem Fernsehfilm «Duel», in dem ein monströser Lastzug einen Mann in seinem Auto verfolgt. Auf Festivals in Europa preisgekrönt, kam der Film auch ins Kino. 1974 drehte Spielberg mit «The Sugarland Express» seinen ersten Kinofilm, dem ein Jahr später «Jaws» («Der weiße Hai») folgte, sein erster großer kommerzieller Erfolg. Mit «Close encounters of the third kind» («Unheimliche Begegnung der dritten Art», 1977), «1941» («1941 – Wo, bitte, geht's nach Hollywood?», 1979) und «Raiders of the lost ark» («Jäger des verlorenen Schatzes», 1981) erwies sich Spielberg als einer der kommerziell beständigsten Regisseure. Mit «E. T. – The Extra-Terrestrial» («E. T. – Der Außerirdische») erreichte der 35jährige 1982 Einspielergebnisse in Dimensionen, die vor ihm noch kein Regisseur erreicht hatte. 1989 werden die Gesamteinnahmen seiner Filme auf über zwei Milliarden Dollar geschätzt. Die Tageseinnahmen belaufen sich zu dieser Zeit auf rund eine Million Dollar. Seither sind «Hook», «Jurassic Park», der mehr als «E. T.» einspielte, und «Schindlers Liste» hinzugekommen.

The Color Purple (Die Farbe Lila)

USA 1985

Regie:	Steven Spielberg
Buch:	Menno Meyjes nach dem Roman von Alice Walker
Kamera:	Allen Daviau
Musik:	Quincy Jones
Kostüme:	Aggie Guerard Rodgers
Art Director:	Robert W. Welch
Darsteller:	Whoopi Goldberg, Danny Glover, Margaret Avery, Oprah Winfrey, Willard Pugh, Akosua Busia, Desreta Jackson, Adolph Caesar, Rae Dawn Chong, Larry Fishburne und andere

Deutsche Erstaufführung: 1986